荒廢集

陈丹青

广西师范大学出版社
·桂林·

这枚法国十八世纪老画框不过嵌一块白画布，摆摆样子，
我至今还没画出一幅足够厚重的画能够配得起这枚老画框。

自 序

这两年藏身画室，静下来，自以为推脱不少稿约与琐事，近日搜查旧稿，竟得四十余篇，又可以出本集子了。体例仍类似《退步集》及其“续编”，并没新花招：有所期待的读者，怕会失望的。

话题多少是在变化：譬如给《南方周末》的“自由谈”杂稿，忽儿谈论死亡、救灾，忽儿评议歌赛及台湾；三篇关于鲁迅的讲演，是给周令飞先生一再叫去，写着写着，发现旧的谈资仍待扯出新的意见，新的意见，又该持续展开的；此外以编年排列的碎稿，较用力的是回顾“星星”群体和谈论奥运会开幕式，一则往事，一则眼前，既要说出自己的意思，又不至被删得没法子读，难免动些脑筋，书尾回顾七十年代的长文倒是才完稿，简直写到死去活来，终于顾不得章法，给汹涌的记忆卷走了。

早先在《退步集》遗弃的两篇游戏文章——关于坐飞机，关于非典——现在看看还喜欢，因为轻松，因为没意思。凡是刊物的专访，也多浅薄：我的书写全是这类命题作文，回国至今，也才明白开口说话最好是表不及里，深下去，媒体不便，我也没足够的学问和胆量的。

我与媒体的关系差不多便是写作的姻缘，照单全收，一概推却，都不是办法，但媒体自有一套办法将某人的言说予以扭曲而简化，更有若干记者有心无意来要弄：有的只为填版面，生掰硬扯、取义断章，有的存心撩拨，那撩拨的资料也无非种种断章和取义。我偶尔回嘴了，年初致《新京报》的公开信即是一例，但我也难辞其咎，因在众人面前晃得久了，总不免有口水吐过来。好在多数记者是善意的，也好在临了自己编成书，白纸黑字排列好，有谁乐意继续教训我，目标可以比较地清晰而准确。

时间就这样过去了：写稿出书，回国八年，别人看着很勤奋，自己思忖，总有荒废之感，虽然不忙这些，我也未见得做成什么更有价值的事——这回的书名题曰“荒废”，其实言重了，比起“退步”的意思，更显做作。父亲建议取名“缄言集”，意思狠准确：这些年，亲人和旧友，特别是对我侧目反感的人，或劝告、或指骂，归结为一句话：闭嘴吧！可是这“缄言”二字嫌太雅，又近生僻字，给出版社几位年轻编辑辨一辨，居然读作“箴言集”，“缄默”的“缄”，认得出而念得对，已属稀罕了，出版后，费尽口舌怕也说不清。怎么办呢，“荒废”二字先已写成书法，试印封面，效果蛮好看，别的书名既是想不出，下厂印制的时日逼近了，一横心：既有荒废之念，索性就此交差。

今后我仍将荒废光阴，抑或听劝而闭嘴么？父亲好几次对我说：爸爸妈妈这辈子，就为说了几句话！这是真的，而我近年何止几句话。可是每有书出，俩老右派却是认认真真反复读，并且大笑，或者流泪了。此生哪想到父亲母亲会是我的读者呢？年幼时纸片上画了几笔画，赶紧走去爹妈面前讨几句夸，现在情形稍许变了变：我知道他们心里欢喜，但总会一脸忧戚对我说：不管怎样，还是少说几句吧。

2008年12月12日写在德累斯顿旅次

目 录

编年杂稿

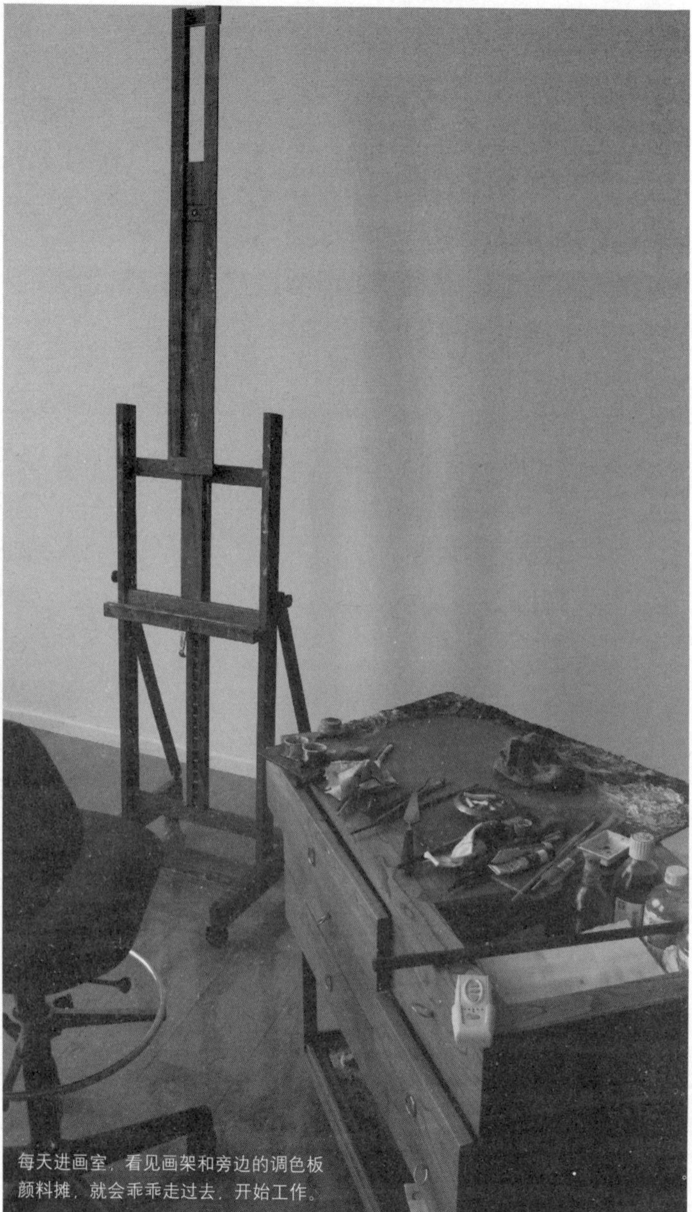

每天进画室，看见画架和旁边的调色板颜料摊，就会乖乖走过去，开始工作。

访谈杂录

很多人感觉你近几年来光批评了，这些年你有没有画画？

陈：我一直在画画。可是媒体会重新塑造人：李银河一天到晚谈性，王朔一天到晚骂知识分子，然后我一天到晚骂教育。只要我愤怒一回，我就得为公众二十四小时板着个脸。

你个人仍在寂静之中绘画创作，这些作品为什么不拿出来？

陈：为什么要把“寂静”拿出来？

你辞职离开清华时说：“单是盆栽也得有人好生供养着，体制怎能轻易改！”那种落寞……

陈：没有呀，我写到这里很得意。读不出来么？

那你以后靠卖画为生吗？

注　以上杂录，取自2007年《退步集续编》出版后数家媒体的采访稿，刊物名称多已记不确切，恕不列举了。

陈：我太久前就靠卖画过日子，二十七年前去纽约，每一块钱都靠卖画才会有。

其实你能大胆地辞职跟这个也有关系。

陈：对，有关系。我还有另外拿饭票的路。请媒体探讨辞职的原因，不要渲染我辞职。

现在是不是感觉到声名之累了，就是走到哪里都有人认识，都有媒体跟着。你好像很讨厌这种状况。

陈：我要是说很讨厌，有点做作，但确实挺打搅的。媒体纵容我，瞎撩拨，但对私人生活有影响，平均每天都会有媒体来找。你得费口舌说，不行啊，没时间——媒体可怜，每天要等米下锅，像我这样的刺头，就老被你们盯上，拽出来，说三道四，然后你们版面也填了，差也交了。

现在说起你的时候总是提到二十年前的《西藏组画》，作为你的代表性作品。你会不会有那种想法，要画出新的东西超越这个作品的影响呢？

陈：以前有过，现在不再这么想了。

为什么？

陈：这是个圈套。你画出所谓成名作，被承认了，就是一套子。

人家提起，你会不自觉拿这个套子套自己，这就是圈套。然后你想超越它，又上了自己的当，又设一圈套。别想这些，往下走就是了。早些年，二十来年前吧，我会想（超越自己）：不服啊！老子得超越啊！现在可不想了。超越又怎样，不超越又怎样？

你有没有自己一个理想的生活状态？

陈：没有，从来没有。媒体老要问这个，我只要活着就好。每天醒来，又是一天——不是理想不理想的问题，而是谢天谢地。你们年轻，不懂。真的，谢天谢地。

你怎么看待孔子所说的“五十知天命”？

陈：孔夫子时代的“天命”，与二十一世纪的“天命”——假如可以称之为“天命”的话——肯定不一样。过了五十岁，我仅知道自己在老下去，还会更老。

* * *

很多人认为当下中国还处于一个常识普及的过程，比如王小波的很多文字，有人认为你的话仔细来看也是如此。

陈：我说的话连常识都算不上。

你说你“捞过界”，写东西什么也属于玩票性质，但是你捞过界做的那些东西大家都很赞叹，像《退步集》、像你讲鲁迅那些文章，都说你做得好。

陈：我这是耍猴。人总爱看耍猴嘛。只是耍得多了，就那么点拳脚。我不是不愿意耍来着，得回去睡个午觉再说。学问太少了，太业余了。所以我谈的态度是那种蹭在边上的姿态，并不假定我是对的，只算是有此一说，应该大家都来说呀。

有幸先睹得《退步集续编》文章若干，文字雅达、文风坦荡、文气奇倔，常一语中的、发人深思，你认为这种文字的魅力来源于何处？它与你的绘画之间构成什么关系？

陈：“雅达”、“坦荡”、“奇倔”，别给我这么多好听的。你要是真喜欢我写的文字，就告诉我哪篇、哪一节、哪一句写得还可以。要是你真愿意讨论写作，告诉我哪篇、哪一节、哪一句写得有问题，有错，是什么问题，错在哪里——这才是刺激，是礼物。

绘画也一样。人对我说：画得好啊，我已经不会怎样快乐。要是详细指出哪里好，哪里不好，而且说得精准，我会很感激。你看明清画家题款上写元人怎样，宋人怎样，多么懂啊，多么会说话。现在拿十个博士学位，也写不出那时一行题款。

据我所知，该书中所用到图片资料来源于五十本画册以上，其中不乏难得一见的艺术瑰宝。这也是你的书显著不同的地方，你想让这些艺术图像资料传递出什么信息？

陈：我写一万字，不抵一幅图片的说服力。明代的沈周和达·芬奇生卒年份差不多，唐伯虎和拉斐尔年龄一查对，简直哥俩。我家里不是档案馆，没藏着珍奇的图片，都是市面上找来的，可是两种图片一并置，你自己瞧瞧，就知道什么是所谓东西方文化的差异——注意，是差异，不是高下和对错。

你在这本书（《退步集续编》）的前言里说，给这本书排插图的时候你是有快感的？

陈：我写啊写啊，突然一张图片，你看！我没瞎说，有图为证！从前写小说，写到差不多了，“有诗为证”！我这是玩儿“有图为证”。

你说到插图的时候，提到“并置”，是什么意思？

陈：“并置”可能是“波普”艺术的一个概念：一张毛主席像和五十张毛主席像搁一块儿，视觉冲击力是不一样的。一幅洋画和一幅中国画搁一块儿，搁得巧妙，也会眼前一亮：咦？是这效果！

我们这也属于并置啊！一个老家伙、一个小家伙，一块聊。

我们期望有《退步集三编》的出版，在退步这条路上，你打算走多远？

陈：在我可怜的知识范围，我已经很冒失，走得有点迷路了。但还会瞎走。路不要紧，保持走要紧。

* * *

从网上看到一些反映，大家喜欢你的书，是觉得你说话特别痛快，针砭时弊，对中国人文现状的批评都是淋漓尽致。

陈：我从来就这么写，就这么说话，得到回馈，才知道这就算痛快——我猜可能是大家太不痛快、太不犀利了吧？我也才知道原来我就这副德行！

我其实也有顾虑，很多话是曲说的，绝对是曲说的。而且我非常注意文章要懂得进退。一件事不要说死，不要主见太强，要考虑各个维度——以我可怜的知识，以我对事情的判断，你仔细看，我都留着余地的，都准备好哪个意思说错了，有人会来反驳我。美国教会我：你说话，只是你一个人的想法。没有人能假定他说的话都正确。我期待更多的想法、交流、回馈。

但现在不太可能。一个良性的对话空间，现在不太可能：有呼应、有争论，都不太可能。

谈到空间问题，那互联网呢？

陈：互联网当然是决定性的改变：在传统媒体外拓展一大片空间。但不要误解这就是真的言说空间——正剧不能演，只能弄点滑稽戏。它给你造成误解，以为挺热闹，其实不是这样的，真正的言说空间不是这样的。互联网只是舞台，不是节目。

世界，还有对世界的感受，是由许多事物构成的，网络不能代替世界，代替感受。

* * *

中国人民大学国际关系学院张鸣出的那个事，就是你说过的大学行政化的问题，你能不能就这个事情说一下？

陈：这种事情每天都在发生，每个学校、每一层楼、每个办公室，都有一个教授或副教授在跟他的顶头上司明里暗里闹别扭。只是张鸣这事儿曝光了。

你觉得有局部改变这种状态的可能吗？

陈：不可能，除非体制变化。现在学校可怕的是学生层面，学生被学生会操纵，你是里面的人，你拿奖学金也优先，什么都优先。学生也被权力化，年纪青青，接受的都是权力教育，事事认同权力，以后出来到社会，国家就交给这样的学生。

你有没有关注中学教育或幼儿教育？

陈：请辞曝光后，很多陌生读者来信，其中竟有高中生，我一点没想到！高一高二高三都有，说是谢谢我为他们说话，其实我在学校闹脾气时没想到高中生。

我在西单图书大厦签书，来买书的竟有高中生，我很意外。

高中生都是怎么反映的呢？

陈：非人的生活啊！有一位《大学生》杂志的新编辑告诉我，他是某市二中毕业的，该中学的别称就是"第二监狱"：围墙、铁丝网、监视器。一年到头早晨五点起床，晚上十二点睡觉。各种威逼监视，无所不用其极。常有孩子自杀。每年春节学生喝醉了，就把可恶的学监暴打一顿，扔河里去，然后再捞起来，第二年继续当他的学监。平时老师要胁的话是：不好好读书？你他妈永远农村户口！

这话对吗？狠对。可这是教育吗？监狱也不是这么管呀。狱卒说：好好劳动！不然赎不了罪——如今“农村户口”就是原罪啊！

国家对这种事情也不管。

陈：国家不管那就太好啦！什么农村户口城镇户口，全是国家管出来的事，然后直接导致第三监狱、第四监狱……学位都垄断在国家手里，你要拿到学位，你在社会上才像个人模样。所有这些问题都从这类政策衍生出来，这是个逻辑关系，因果关系，一切的一切，就这么形成了，改不了了。

张鸣教授在接受采访的时候也提到了你，他说你在辞职的时候对教育提出了很多看法，但是其实都是没用的。

陈：对，没用。因为它不是教育问题，是权力问题。教育问题可以商量，权力问题没商量，你闹别扭？滚一边儿去吧！

* * *

不管是上次的《退步集》，还是这次的《退步集续编》，我都从中看出你对现在整个中国文化状态的担忧。中国目前的文化太不繁荣了。

陈：繁荣？差太远了。社会上说来说去那么几个作家画家，那么几个导演几台戏。二十年前那几个，现在还是那几个。和经济成就比，文艺差太远了，太不相称了。

所以提文艺复兴，不如提倡多元化，提倡“百家争鸣”？

陈：什么都不要提倡。欧美日本从来不提倡什么多元化，什么百家争鸣。唐代宋代什么时候提倡过“百花齐放”？春天谁来“提倡”？春天还不是来了。

真要繁荣文艺，什么都别提，最好的办法就是退回零点。

你不觉得造成现在中国文化的尴尬局面，其实也是跟现在的经济发展有关系的吗？大家都想着搞经济，全都忽略了文化。

陈：经济问题和体制没关系吗？你看，体制不撒手，经济能发展成这样么？不是没有做文化的人，现在所谓“文化人”比以前多得多了。作家画家是以前的至少十倍。但不自由。外部、内心，都不自由。比如拍电影，能像好莱坞那样彻底交给市场吗？好莱坞有鬼怪片、心理片、三级片，我们很多类型片都没有。同时也没有真正的严肃片、文艺片、社会片。即便有，也非常脆弱、贫薄、狭窄。

你对众多体制问题持有激烈态度，你是否认为这个问题对于中国文艺的建设有比较大的杀伤力？

陈：我不会说中国的文艺“需要繁荣”，这是官方语言。《退步集续编》中三次谈论“文艺复兴”，可以归结为一个意思：在西方文化与中国现实之间，我们必须审慎。换句话说，假如有文化上的世界主义和民族主义，我们可能应该寻找介于二者之间，并有所超越的立场。

我也不曾对中国文艺抱有希望或失望。赵丹同志临死前倒是斗胆说过一句话："管得太多，文艺没希望。"

这种"杀伤力"源自什么？

陈：还是以赵丹为例：他在1949年前从影不到二十年，其间还在新疆坐了五年牢，却出演过三十多部电影，从1949年到1980年他去世的三十一年间，他只出演八部电影。其间，富有戏剧性地，他又坐了五年牢。

今日演员比他幸运太多了。可是他的话至今没有过时。你去电视台问问，这几年多少细规定：什么题材不能播，什么内容只能夜里十点以后播，什么节目立即被命令不能重播……出版社、报社、杂志社，也多有同样的困扰和管制。

你说中国现在来提文艺复兴，不知道到底该复哪个兴。

陈：我在三篇谈文艺复兴的文章中，希望自己审慎看待中国问题。中国是文艺大国，历史悠久，完全有自己的一套"文艺"，从先秦直到清末（现当代的另说），它是自足自在的系统。愣要拿欧洲文艺复兴的前因后果在中国这儿套，很难。

中国古代有太多文化盛世了。二十世纪以来，小范围文艺盛世也有过。一是三十年代，一是五六十年代。很多人都忽略五六十年代，但当时的油画、芭蕾舞、交响乐、话剧，比民国好，国家介入了，有规模了，出不少人才。样板戏水准不能完全抹杀，那真的是全新的文艺，曾经有可能走向一个高度，达到一个程度，可是后来完全被妖魔化了。

谈中国与意大利文艺复兴的关系，历史命题不一样，文化家谱也不一样。文艺复兴并不只是文艺，各方面，包括解剖、地理、航海、武器、生物学……所以后来会接续启蒙运动，会出现一个呼唤理性的时代。“文艺”只是文艺复兴的一部分，它背后有很多事物。现在中国是需要好好谈谈文艺。我们的人马如今排不出一个《红色娘子军》，它至少动用了部分艺术方式，成功表达了一种谎言。现在连谎言都弄不好。“艺术就是谎言”，好比《圣经》故事画成画、拍成电影，很好看，但多少人相信这些故事，多少人真的信教，不见得。可是你听听宗教音乐，多动人！我到敦煌去看画，非常感动，但我不信佛教。我感动，因为这是人家真心真意做的艺术，真心诚意的作品，不管什么内容，都会打动人。

艺术是谎言。但现在我们不会说谎，很笨地在那儿说谎。

那你会不会很悲观地觉得，在未来再也找不到属于我们自己的文化、历史？

陈：不，我们正在制造“我们自己的”文化和历史，只是我无法定义这是什么文化和历史。比如“学术行政化”就是全新的文化，正在构成历史……我们离这个时代太近了。谁都难说当今时代的功过到底是什么。和过去那个时代比，我当然拥抱现在。这绝对是个值得肯定的时代，所以我才咒骂，因为它有希望。“文革”那会儿，死路一条。

从最近一年多的国学热，还有就是“百家讲坛”的火爆，我们可以发现大众想了解认识中国文化的愿望还是很迫切的，但是似乎没有一种特别有效的方式能够让他们去了解文化。现在很多书的质量不高，给大众提供的文化产品不是特别好，好的东西也不一定能够做出来。

陈：垃圾太多。但这事得具体说：第一，我们有没有更好的选择？比于丹好？比易中天好？如果有，可是压制着出不来，那就不正常。第二，如果没有更好的选择，那说明我们就在这水准，就不要总是去说于丹不好，易中天不好。有什么读者，就有什么作者，他们（于丹等）搁在三十年代，就是文艺青年，因为真的国学家在那儿，但今天就成了个事儿。你得接受这水准，然后大家慢慢往高了走。

这是整个人文水准的问题。法国是萨特上电视，英国是约翰·伯格上电视，为什么呢，因为法国英国的电视观众在那个水准。他们要是来中国，我也听不懂，因为我不到那程度，我的程度可能正好听得懂于丹。如果听下来觉得她说得不好，我自己去读《论语》，但没必要去骂她，你一骂，你的水准就下去了。

很多人反对于丹，前段时间"十博士"还联名抵制。你知道吗？

陈：中国的事情，我只有一个最低要求：让它发生。别管是对是错。现在刚发生一点事情，唾沫星子就来了，要抵制了，你去抵制吧，没用的。博士？你也来讲啊。联名反对？傻X。我没学问，可是我最讨厌拿着博士往外贴。我不了解于丹，她讲《论语》讲得对不对，我不在乎，我在乎的是有人在讲孔子了。从"五四"打倒孔子到今天电视上讲孔子，为什么？这九十年来关于孔子到底发生了什么？我在乎的是这个。

有道德的卫道士，也有学问的卫道士，所有卫道士我都讨厌。真要卫道，世界上就一个真基督徒，那就是耶稣，这是尼采说的，中国呢，要说只有一个儒家，那就是孔子，其他都不是！

别拿着博士往外说事儿。别以为只有你懂《论语》。《论语》注释本不知有多少，朱熹、钱穆，多少版本，要听于丹的去听于丹，要信版本的去读版本。钱穆学问算得好，是博士么？连大学文凭也没有。他抵制谁了？！

你对目前的于丹热有什么看法？

陈：我没资格批评于丹，我没听过她讲《论语》。但我批评对电视明星的批评，因为这不是值得批评的事物，太正常了，学者早该上电视。如果你觉得他讲得不好，你去讲，这就是我的态度；再或者，你自己去读《论语》。接受群体不一样的，你不能要求所有听于丹的人自己去读原典，于丹也不会要求所有人只听她讲《论语》。电视是中性的，人不要听，会立刻换频道。

所有神甫都在讲《圣经》，这么讲、那么讲，但你不能喝止：不对，《圣经》不是这样的！然后神甫就得改口。于丹好比社会基层的“神甫”，西方几万几万这样的角色，等于我们这里的居民委员主任啊什么的，做做思想工作，调解调解，开导开导，前提是能说会道。于丹特像从前共青团系统能说会道的辅导员。

我记得你去陕西台做节目的时候，说台下的学生“表情都很茫然”，这么一个群体应该是于丹出现的原因吧？

陈：很茫然，无主见，集体无主见。国学热是市场需求，非常简单，老百姓要听，他就会听，不要听，你再上电视作秀也没人听。现在道德沦丧，信仰真空，谁出面“布道”，谁就有观众。学者不必急于批评，应该研究的是：中国在这个时期为什么会有学者上电视？为什么会有国学热？为什么通俗的说法会有听众？通俗说法和经典阅读的内在区别是什么？等等等等。

研究这些，会比单是批评更有价值。所有“热”的事情总会“凉”的，可是这当中恒常的规律应该去找一找。

有人认为，中国很多民间收藏家们手里其实有很多优秀的、中国自己的艺术品，所以就有人提倡搞私人收藏展，让普通人有机会看到真正的艺术精品。

陈：关键问题不是有没有人拿出收藏办展览。中国博物馆现在其实做了很多事情，各个博物馆试着推出各种展览，问题是公众参与程度太低。大家舍得去吃宴席，不舍得买个展览门票。如今门票钱是不便宜，可是那点钱你在好馆子里他妈叫个菜都不够。

中国公众的参与程度跟西方完全不能比。西方进博物馆的人口比例可能也就全国人口的20%到40%，可是这比例比我们高太多了。第一，他们接受教育的人比我们多；第二，人口素质高；第三很重要，那部分人长期进博物馆，是因为那是生活内容的一部分，就跟我们习惯去餐馆或习惯打麻将一样。国内长期没有博物馆，有，也没多少好藏品、好展览。进博物馆没有变成大众生活中一项习惯，大学生也很少去。在西方，听歌剧、听音乐会、进博物馆，很平常，很频繁。今天去哪里？博物馆常常是优先选择，这跟文化教养并不必然联系，而是习惯，是生活。

* * *

中央电视台那部《大国崛起》你看了么？对中国人的大国情结你怎么看？

陈：自卑情结。自卑太久了，总想出人头地，让世界承认。看你怎么理解“大国”，如果算面积、人口，当然是大国。可是英国、日本、德国，面积多小，人口也少，人家是大国呀。

现在全世界都在关注中国，《时代》周刊的封面故事也对中国的未来充满期待，前一阵子，有一个美国的调查数据，说西方对世界各国的好感度，中国排在第五，很高。

陈：中国试图朝良性变化。但是西方这么说有个大背景：全世界要跟中国做生意。最大的生意场在中国。世界的主要潮流是利益，是做生意。

西方一直在影响我们，同时误导我们。我们是实实在在生活在这里的人，应该很清醒我们生活在什么样的空间。中国还不是一个世界性的国家。我们的信息资源非常有限，或者说，只有信息。信息不能帮助你真的了解世界，但你会自以为了解世界。

你知不知道发生在2006年的中医存废之争？这是不是中国面对西方的一种自卑？

陈：老话题了，世纪初就争论过，民国政府一度还明令禁止中医。一位医生医术医德不好，跟中医本身好不好没关系。行业弄坏掉了，不能怪行业。国画、书法，算个行业，你去里面打听打听，一塌糊涂，都给弄坏了，但你不能说国画不好、书法不好。

为什么变坏了？

陈：钱嘛，利益、权力、行政，一个地方书协主席买官，底下塞150万，能想象吗？老主席退了，下面争当主席，行，看谁送的钱多，谁就上。一年，本钱就回来了。你想啊，长官那儿送礼，总得有个说法，名片拿出去，你是书法协会主席、副主席，你的字价钱就不一样啊。

行业坏掉了，不能说行业不好。我不清楚“废中医”是什么意思。中国各种各样的争论，背后的原因都没被说出来，都是停在面上的那几个焦点，我有兴趣的是背后没有被说出的原因。

我不太相信这类辩论会有什么结果，真正主宰中国医疗或者教育的，都是政治力量。这一行出了问题，是支配它的力量出了问题，可是争论起来，面子上都是学术争论。内部的原因，则来自社会、来自利益、来自上面。我通常不关注这种争论。

* * *

新书（《退步集续编》）里有三篇文章谈到了鲁迅。对鲁迅，现在似乎很多人从一种完全的肯定到了完全的否定，这种现象似乎也是文化上的不正常状态。

陈：鲁迅话题，其实比以前好多了，至少各种声音能出来一些。重要的不是鲁迅问题，而是言论空间问题。目前相对能够展开的问题多一点了，比如胡适问题、陈独秀问题等等，比以前得到相对公正的谈论，大家更理性地看待这些人物。这时，再将鲁迅放回一个大背景去看待，会更清晰。

还是那句话，中国的事情要让它发生。发生了，还要让它往前走，不要一发生就论对错，不要这么快给一个事情作是非判断。

你说鲁迅已经“面目全非”，你心目中真实的鲁迅是什么样的一个人？今天还有可能“还原”吗？

陈：我心目中的鲁迅就是个长胡子的浙江人，穿件长袍，经常愤怒，随时好玩，笑笑世界，笑笑自己，很认真，很随便。还原是不可能了。没有人能够“还原”，全是后人的解读和想象。我有兴趣的是怎样想象，谁在想象，是什么让他们这样想象。

鲁迅是否依然适合中国人的精神？以你对鲁迅的熟读，试想他会对今日的中国中产阶级群体呈现的面貌作出什么样的评论呢？

陈：不适合。当鲁迅抨击他的时代，同时许许多多人在抗争，今天既没有人像鲁迅那样抨击，也没有像样的抗争。抨击与抗争不适合今天，准确地说，“今天”的一切，成功地使任何抨击与抗争变得很傻、很错位，非常犯不着，因此非常不合适——乖、忍着、别犯傻，这才是今日中国人真正的“精神”。

鲁迅的命题仍然在。同时大陆读书人开始注意胡适的命题。不过这二位先生都太超前了，“自由”与“宽容”，“怀疑主义”与“不合作”，今天仍然没市面，远远比七十多年前更没市面。

我可不敢“试想”鲁迅对今日中产阶级将会如何评论。或者可以模仿他的句式："乐其脱贫，哀其不争"？

鲁迅和托尔斯泰在你身上同时发生了什么作用？

陈：我不曾想过这两位同志对我"发生什么作用"。我在少年时代只能读到有限的文学书籍，鲁迅和托尔斯泰是我阅读最多的两位，所谓多，就是直到成年、迄今，我仍然一遍遍阅读，从未丧失兴趣。但我知道，对今天的文学青年来说，我的阅读只是上一代人的兴趣。

当屠格涅夫将《战争与和平》第一册介绍给福楼拜读，福楼拜叹道："啊！一流的画家！"鲁迅也喜欢绘画。他关于绘画的评论，比他同时代的其他美学家艺术家更透辟。不过这两位天才的文艺观也有极度偏激之时。托尔斯泰咒骂大部分西欧天才，例如莎士比亚、例如瓦格纳；鲁迅则嘲讽京剧，从来不提起音乐，并讥刺当时留学西洋的文艺海归派。天才偏激，毕竟仍是天才，我现在想起他们的激烈，会欣然自笑。

在我看来，鲁迅与托尔斯泰的魅力，是对人世的巨大的同情。

2007年是王国维去世八十周年（1937年自沉），你怎么看他？

陈：鲁迅说他太老实了嘛，老实得像火腿。非常耿介。我想这是性格。有一本书是关于他的死因的各种说法……那时国家也很剧烈地转型，凡是改朝换代，都会出现这样的人，一件事物折断了，忽然拐弯了，就会有这样耿介的人，受不了，寻死了。现在人太世故、懦弱，好死不如赖活，没什么信仰，活着顶要紧。中国人不会喜欢纪念这样的人，中国人会很主动避开太真实的人物……

你说他"独立"，这是西方的说法。中国有自己的标准，"士可杀不可辱”，就是“士”的标准。他的遗言说：“五十之年，只欠一死。经此世变，义无再辱。”最要紧是“义无再辱”这句话，现在知识分子不会讲这句话了，接受侮辱、习惯侮辱、自取其辱，早已是当代知识分子的专业，娴熟得很。

还有就是所谓“节”，这是中国文化独有的观念。古中国的男子也有节烈观……他的纪念碑就在清华，谁在乎，学生们一点兴趣都没有。

* * *

你2006年做的一件重要事情，就是推木心先生。一般人不会这么高调地、努力地做这样的推广，是因为你的性格吗？

陈：我一路过来，在美术界推举过很多人，但是像你说的那么高调是唯一一次。我告诉你，我非常低调呢！出书发布会念一篇稿子，高调么？那天书市里每个摊位都在推作者啊！

我此生不会再遇到这样的文学家。我才开了头，很低调，对咱们这难伺候的空间，我很客气了。

你觉得他是完全值得推荐的？

陈：为什么纠缠推荐这件事？全国每年推荐多少作者，多少书，怎么我这一回就要来追究？我已经做得太晚了，二十年前就应该做。可是大部分读者恐怕到现在还没准备好，还很难接受这样一种文学。或者说，我们被别种文学填满了。

就是说他的风格可能有点让人消化不良？

陈：消化不良，是肠胃的问题吧？我们对文字的理解、对文学的理解、对写作对世界的理解，早就自己一副肠胃。我们被洗脑超过半个世纪，绝大部分都被洗过脑，包括我，而且根本不知道被洗成什么模样了。

其实你的推荐还是影响了国内很多人。

陈：我不是要影响很多人，文学不可能影响很多人，那个时代已经过去了。但既然有文学这回事情，大家都在找好作品，那么我告诉大家，请阅读木心先生。你不要读，请便。

你担心别人会说你是一个外行身份来推荐吗？

陈：是的，我非常外行，请懂行的大人先生们多包涵。我这些年没做一件行内的事情。我还会做，我只做了一小点呢。有人骂，狠对的。如果我做这事儿没人骂，我很沮丧，那说明不值得去做，我做的事情常会犯忌，犯忌才有意思嘛。

* * *

中国美术家的作品进入世界级美术馆的通路何在？

陈：不是通向人家的路“何在”，而是世界级美术馆一直在审慎寻找通向中国当代艺术家——当然是杰出的艺术家——的路。人家从来是在世界范围点鸳鸯谱，凡是点中的，我觉得大致公允。

有没有新一代有潜力的新锐青年艺术家进入你的视野，对他们作何评价？

陈：太多了。许多八零后青年艺术家在冒出来。名字一时说不上来。我不急于作评价，一朵花刚开，别评价，让她长大、盛开。

一个好的艺术家有标准吗？如果有，你认为标准是什么？

陈：有标准，但不能一律，要看谁，也不能不变，要看什么时代。每个作者不一样，标准因人因时而异。我不会以写实标准看待一位非写实艺术家，也不会以七十年代标准要求今天。真正的情况是，一位了不起的艺术家会贡献陌生的标准。在塞尚或毕加索出现以前，很多标准不存在。他们是挑战既有标准、同时确立新标准的人。

摄影之于绘画意味着人类文明的进步还是倒退？（影像记录比绘画更客观、更直白，但是少了很多想象力。客观的因素多了，主观的因素少了。能被记录下的信息多了，创造的内容少了。）

陈：话不是这么说法。艺术无所谓“进步”或“倒退”。每一种艺术门类都会从无到有、盛极而衰，或逐渐消失，或褪一层皮，变化成别种模样。摄影发明后，绘画并未衰亡，只是改道了；电影发明后，摄影并未衰亡，一如电视发明后，电影也不曾衰亡。

影像未必比绘画更客观、更直白、更少想象力。十九世纪的摄影竭力模仿绘画，二十世纪的摄影不断摆脱绘画的影响，后现代摄影则又回向绘画，甚至古典绘画的美学，而古典美学在目前实验性摄影中，获得全新的生机。

不要在艺术的不同门类之间设贬褒、定是非。各种作品还看艺术家是谁。

* * *

你在关博客时提到“少上网，多看书”。可是，假如我们现在想看翻译著作，那么就会发现翻译书很多都没法看，都是错译、乱译的。

陈：至少这说明中文的没落。翻译不看你懂多少外语，而是考验你中文怎样。严复那代人洋文并不好，可是中文好。

少上网可以做到，但是多看书——你看现在的出版状况——那该看什么书呢?

陈：我没有资格提供书单。我一再说我不是读书人，不是学者。上网、看杂志，都没问题，那是另一种阅读方式。但以我可怜的一点阅读经验，觉得看书的经验仍然不能代替的。“读书问题”是世界性问题。传统书的读者不断流失。但我不敢叫艺术家非得多读书，这是很复杂的问题，一个古代大师读的书不及今天的中学生，读书不代表学问，不代表见解，更不意味着人文水准。今天书店里堆满书，人文水准更高了吗?

* * *

不久前网上有个“当代读者最喜爱的100位华语作家”评选活动，韩寒等得票很靠前，你怎么看这样的排行榜？

陈：排行榜是消费文化的事，是统计学，被用到文化上来。这是外国人先开的头，把不同的作品量化、排比，后果很坏。我想韩寒得知自己比老舍排得高，不会很高兴。在价值混乱的情况下，有人想快点找个办法来测试价值，排行榜就是出于这种心理，用最简单的方法来处理最复杂的事。总之是商业行为。人文艺术这么丰富复杂的事物，给弄出一二三四名，什么一百个作家、十个作家，无聊透顶。商业极权很可怕的。往往要么是政治极权，要么是商业极权。

你觉得《阳光灿烂的日子》好看吗？

陈：我喜欢，但我会审慎表达我的喜欢，那是我们这代人的喜怒哀乐，我不想让下一代人陪着我们也来回忆、找快感，而《阳光灿烂的日子》之类只说出“文革”的一丁点儿侧面，真正的“文革”从未在文艺中说出来……我们发现小时候看革命电影，闹半天，原来是帮着左翼青年在怀他们的旧，我们傻X，陪着哭，以为那也是我们的事儿，其实是我们在怀他们的旧。

可是好电影能够成功地传达经验，向各种不同的人群传达经验。我们不是欧洲人，而且二战时还没出生，可是从大量欧美电影中，我们对纳粹时代很了解，很熟悉，这就是文艺的力量，真实的力量。这样的文艺，中国还没有。

你不希望我们这些七零、八零后喜欢这些吗？

陈：我没有资格让你们喜欢或不喜欢。你们应该有自己的痛点、快感，不要跟着上一代人瞎起哄。在美国，披头士一代人，喜欢猫王一代人，喜欢重金属摇滚一代人，分得很清楚，你喜欢你的，我喜欢我的。我们呢，老是拽着下面几代人一块儿……等青年人有自己喜欢的事儿，这帮老混蛋还有人出来批评，指手画脚。我讨厌这种人。

巨大的问题：这次四川汶川地震整体中国人的表现，映射出目前中国社会、国家、公民等等什么样的状况？又带来什么？

陈：关于地震和救灾，漂亮的赞美词说过无数遍了：快速反应、全民救援、舆论暂时透明、下半旗，等等等等——代价是六七万人死。

如果不地震，不死人呢？

我审慎“感动”、审慎“乐观”：暂时有点像现代国家、现代公民的意思了。不过中国人常会以集体名义，忽然显得异常正义、异常慷慨——前提是发生非常事件，这一次，是几分钟内报废六七万条人命。

还要看。恢复常态后看——我相信不会有什么本质变化。不会的。

《南方周末》自从开辟“自由谈”栏目，持续索稿。编辑嘱咐：描述一通后多少得有个结论。我常议论，但不惯下“结论”，世相百态哪有结论呢？但也就试着弄弄看，权当中学生练习作文，于是交了这么几篇稿，自己看看，总嫌不着调。究竟怎样地“谈”才算“自由”呢？以国内尺度看，目下言路虽仍紧窄，肯定影响言说，至少使言说过于谨慎而贫薄，但我相信不论什么意思，还看怎么说。今日的语言给弄得没滋味，固然因为长期的管制，然而当我独坐案前，没人管我：管制和语言之间并非毫无间隙，实则大有余地，写作的上乘，反倒是好的语言受惠于限制，说法妙，则会发掘微妙的意思，古文如此，白话文又何尝不是如此。从自己的电脑到报纸的版面，近时我将“自由谈”当成一项课题：言论自由与写作的自由，可能是两回事。

午餐时间

年初去纽约探望母亲和弟弟，饭后闲聊，弟弟说起单位的小事：2005年，南洋海啸万人死。单位午餐时间，便有同事搭起临时桌面，大家围拢，当场掏钱：二十、五十、上百美元，各人自便。如是者三五天，都在午餐时间，顺便，不耽误上班。临了捐款数目一并公布，做成账，上交专门机构汇到南洋灾区去。

弟弟供职“联邦交通局”，算是“公家”，许多纽约大公司（即所谓“私营企业”）的芸芸白领也都踊跃捐款，用我们的老话：“群众发动起来了！”其实没人发动，和政府更不相干。美国政府的恶习不是扮演“世界警察”吗？美国人民的恶习之一，捐款救灾是也：但凡哪些不相干的国家地区遭了灾，“群众”就来纷纷掏钱管闲事。我居停纽约那些年，没单位，但常见教堂或社区的走廊院子里，悬个告示，搭开桌子，太阳底下一堆老百姓不动声色在捐款，事情办完，撤摊。

那年美国新奥尔良州飓风肆虐，屋毁人亡逾百千，弟弟单位，一点没动静——这是美国自家事，华盛顿会管，新奥尔良政府会管，全国各州援助，无数民间机构更会援助。这帮慷慨而精明的纳税人很清楚：南洋灾民比美国人更需要援助，而美国要比南洋更知

注　此文发表时，题目给改为《自在自为的社会在哪里》。

道如何援助。援助，是一项专业。我有位中国画友那年正在新奥尔良，海水淹了他满架子画册和书籍。“丹青啊，你给我画的像也淹了！”他笑呵呵叫道，然后问我要不要买油画材料，“尽量买！除了家具、物资、抚恤金，光是政府赔我补充画材的经费就有四千美金，两年了，我还用不完！”

“9·11”过去七年了。你打听打听纽约下城密密麻麻得了高额补偿的私人与公司，就会知道什么是福利与人权国家的“国难财”，也会明白捐款南洋的热心公民何以母国遭灾，个个无事人一般。

好了。读者看出我是在暗示今春我国大雪灾沿途一塌糊涂的交通线……谢天谢地，过去了。近时“各级领导”正忙着论功行赏吧：论天灾，此番死伤比之海啸飓风，轻太多了；论人祸，则救灾的机制、援助的效率，早有不少文章聒噪过——政府独揽，民间无为，一方有难，八方措手，便是体制与国情的大隐患。“文革”时有句口号叫作“一切交给党安排”，有位文人私下多嘴：“哎呀，党多累啊！”随即被揪斗。而此番全国救灾的一笔亮色，是十几位河北农民义重如山，驾辆破车跨省越界径赴现场去救灾。人家有钱出钱，咱们有力出力，二者性质虽存大差异，但我那天读了报道，沛然神旺，简直活生生瞧见一组现代迷你型薛仁贵征西，好气派！昔年，杜月笙尚且划拨黑钱给河南灾民大捐款，今时燕赵好汉的义气丝毫不减。可是诸位明鉴：当今不是讲义气的时代，灾情骤起，偌大的国家和社会还看有没有自为自在的民间。什么才是真的“民间”？怎样叫作“自在自为”？答案说来简单，做到委实很难，就是：各单位安安静静排几张桌子，从善如流，利用午餐那点时间。

2008年3月31日

好一场举世未有的青歌赛

又一届宏大漫长的CCTV青年歌手大赛隆重播出好几周了。我呆看几眼，叹为观止：从《我爱祖国》到《想你想得心发慌》，从军人演唱的革命战歌到伯爵夫人咏叹调，谁说咱文艺不够多元？民族、民间、美声、原生态、主旋律、流行曲，青歌赛囊括了几乎所有歌曲类型，同台比，分组拼，力避厚此薄彼，处处协调精心。评审者一律是资深专家与历届获奖者，但仍然根据不同辈分、资望、民族、职衔等等，细细考量配置。另有"监审组"高居其上，间或"当庭"陈述。判分的精确，不在话下；评审发言绝对秉公而断，情理并茂；主持人则必口吐莲花，应声总结；还专设庞大豪华的"第二现场"另请权威当场回应观众来信。至于我曾反感的知识考试，实则考题任选，占分微乎其微。总之，全过程晶莹透亮，好比高清晰电子显像屏幕及诸位年轻歌手酥嫩光洁的扮相，望之如对美玉，无可挑剔。

我想说什么呢？一如年年春晚的娇美歌声：赛手们唱得好极了，听完就忘。我所困扰者，是青歌赛处处提醒我近年万分感佩的事物：它的人选配置绝对照顾到党政军民汉藏蒙回方方面面，与政协人大的宗旨何其一致；它的游戏规则无不秉承公平公正之名，与今日大学无数精致的考核同一逻辑；它的语境一如所有官方会议，每位发言者精心顾及权力平衡与媒体效应，并久已熟练转换为潇洒的专业语言，一并散发着空话与套话的魅力……我确信评审专家都是好人，也想不出理由指责赛事。但我还是忍不住说：这一切是荒谬的。政治运作周全平衡，是属明智，施之于文艺，便起乖悖。设想，茨冈民间歌手与少年帕瓦罗蒂同台比试，苏联红军合唱团与麦当娜乐队联袂参赛，舒伯特或约翰·列侬们将作何取弃？倘若邓丽君与梅兰芳在江青或慈禧尊前同声献唱，将在"知识考题"失分后获得怎样的薄惩与厚赏？不，这并非离奇之想：青歌赛不但超规模实现此等旷世壮举，而且完美到无懈可击。

但我的意思还没说清。如同作为主体的学生沦为校园陪衬，盛装歌手也未必是赛场骄子：舞台光束频频掠过他们是为了照耀庞大的评审团（阶梯式坐席竟让我想起伦敦下议院），而评审团的苦心奉献，最终指归也非艺术，而是凸显"中央电视台"的无边恩威。注意："CCTV"的主语不是"TV"，而是"CC"——如所周知，"中央"才是这文艺百花竞相盛开的最高主宰，而在我们这里，百花齐放不是指文化生态，而是体制的园林。如今各类新品种正在与时俱增：歌曲界的"原生态唱法"与流行歌，曲艺界的赵本山与郭德纲，美术界的前卫艺术，作协的八零后新会员……请幸运儿们勿与姚明刘翔的国际身价攀比，那是另行划分的高端政治正确，然而在神州内地，豪华版青歌赛虽或招致非议，但足以喂养亿万草民，"监审组"即曾当庭展读热情观众的赞美诗。半世纪以来，大众除了政府包揽的演艺大拼盘，不知还有别种文艺，而在愈形奢华的官方盛会中，中国文艺既不再受命于政治宣传，也看不出市场价值。作协有"茅盾文学奖"，美协有过"杏花村杯全国电视中国画大赛"……音协为什么要办青歌赛：为歌唱而歌唱？不必比赛。为人民服务？各种人群各具偏好，自会选择，也自会折腾各色各样的选秀与狂欢，哪里好意思麻烦“中央”。然而独此一家“CCTV”隆重开宴了，此所以人民一年等一场“春晚”，对了！青歌赛，莫非就是“春晚”的菜园与厨房？

可能我猜错了。一位令我心生爱慕的西藏歌女也没找对答案：她太美了，圣玛丽亚和藏教白度母都会嫉妒的。可是她答错了两项“知识考题”：一是男子剃须标志，一是奥黛丽·赫本六十年代主演的电影《蒂梵尼早餐》片段。零分！不像其他赛手猜题后愧悔不迭的可怜相，这位来自西部高原的民间少女依然表情圣洁，她脆声说道：“对不起，老师，我不知道这部电影。”

2008 年 4 月 15 日

李楠，摄于 2001 年。历年来，青歌赛归青歌赛，各省乡镇自有草台班子娱乐民众。节目与扮相，既非乡土传统与革命传统，亦学不像港台夜总会，然而这就是如今草根百姓的“文艺生活”。这几位小妮子绝对不入 CCTV 歌赛评委的青眼，但我尊敬她们。赛事的获奖者无非是文艺政策的琳琅摆设，她们，是真的“为人民服务”。

左右三图均为四川罗城古镇出演大戏的场景。该镇建于明崇祯年间，古风居然不绝。我们不是口口声声提倡老百姓“喜闻乐见”的文艺么？此即真的老百姓，真的喜闻乐见啊。

清人张恺绘制的《升平雅乐图》轴。

康熙年间，内廷设立专管戏曲的衙署："南府"与"景山"，以文艺宣扬忠孝节义，寓教于乐。康熙五十二年（1713）三月，玄烨六旬寿诞，自西郊畅春园至紫禁城神武门，凡数十里，结彩张灯，百戏杂陈。这幅由王原祁、宋骏业、冷枚等名家绘制的《康熙万寿图》（局部），即取当年的庆典盛况。

以上三图中征战亚洲的美国大兵，比汤米的炮灰资历晚多了。上图，五十年代朝鲜战争，“子弟兵”给亲临前线的笑星鲍伯·霍普逗得乐不可支。中下图，六十年代越战期间仓皇救难与倦极昏睡的美国兵。这些大孩子们后来是死是活？他们打死过“人家的儿子”么？

比尔与汤米

比尔，老邻居，来自中部小镇，在纽约华尔街股票行干一辈子，退休，丧偶，独居，满墙挂着他与太太游历欧洲的照片：“美啊！威尼斯、佛罗伦萨、拿坡里……亚洲可没去过，但我哥哥去过的！”于是他说出以下的故事：

“我哥哥，汤米，1944年当兵，派去太平洋战场和日本人打仗，一个月后接到阵亡通知书。爸爸妈妈哭了两个礼拜，我气疯了，对爸爸说，我要用机关枪打死所有亚洲人！”他大笑，同时瞪圆苍白的蓝眼珠，做出猛烈扫射的动作。我问他当时多大，他说上初中。接着，他就正色学他爸爸严肃的表情：“NO、NO、NO！听着，比尔：你哥哥被日本人打死了，但你要知道，汤米在亚洲也打死过人家的儿子！”

我常在美国遭遇这种“对等”的思路——譬如初到美国与人交谈：“对不起，我英语很差。”对方一定说：“不，我希望我会说中文。”——比尔和汤米的故事很简单：国家观念、敌我观念，还有，“人”的观念。四川老诗人流沙河曾走访南洋一处美军官兵大坟场，成片墓碑望不到边。其中或许埋着汤米？而汤米的爸爸痛哭过后，对活着的小儿子说：你哥哥也打死过人家的儿子。

自己的骨肉，异国的敌人。本国战争死难双方又该怎样看待呢？

注　此文发表时，题目给改为《苍苍烝民与国家观念》。

朱学勤先生曾描述他参观美国南北战争纪念馆，双方阵亡将士一律立碑祭奠。又据说西班牙内战结束，独裁寡头佛朗哥也将胜败两军千万炮灰合葬，做成纪念碑。究竟怎样，手边没资料，还请专家指正。

不久前看《集结号》，很感动，小刚同志模拟战争影像的真实美学，在中国电影史总算跨了一大步。故事也好的，瞧那几位浑身血污的官兵临阵吼叫，彼此追问到底有没有听到集结号，我实在忍不住出眼泪，同时也就想：对面敌阵蟑螂蚱蜢般一片一片给打死的性命，不但“血浓于水”，而且很可能是我军战士同乡同村的穷弟兄。《集结号》主题其实并非战争，而是追究解放后“烈士”与“失踪者”的待遇差别。蟑螂蚱蜢算什么？！别说没有任何名分，他们的累累家属此后必是人下人，长期监管，动辄受辱，弄死也活该。

“壮志饥餐胡虏肉，笑谈渴饮匈奴血”，爱国主义；“可怜无定河边骨，犹是春闺梦里人”，温情主义；《吊古战场文》描述遍地尸骨，人道主义呼之欲出了：“苍苍烝民，谁无父母？提携捧负，畏其不寿。谁无兄弟，如足如手？谁无夫妇，如宾如友？生也何恩，杀之何咎？其存其殁，家莫闻之。人或有言，将信将疑。”句句无分敌我，句句写人，虽则古昔没有“人道主义”之说，遑论“人权”。

说到人权，扯开去，斗胆说件小事：近时奥运火炬传递在欧美遭遇小恙，有位万恶的美国老太婆偏袒藏人，混在游行队伍中。我爱国华侨冲她高呼“中国万岁”，她居然敢顶嘴，只是笑眯眯：“中国人万岁！人权万岁！”我无端想起死鬼汤米的老爹。事由、场合，固然不同，然而美国佬觉悟太低了：都不说国家，只念及人——“人权”为什么“万岁”？我的粗野的解释是：战争、革命、对抗、闹，反正你想弄死我，我也弄死你，但打过闹过，别忘了，你我都是人。

2008年5月3日

人权与死权

因写到美国兵汤米的小故事，弟弟告诉我，那年首场海湾战争，鲍威尔寻求欧洲列强支持的演词中说过一句话：“除了请贵国为埋葬美国子弟兵划拨土地，我们别无所求。”这是真的。欧洲，亚洲，包括中国，都有大大小小的美军坟场——那时，作家周涛先生关于中国西部大沙漠辟为世界坟场的惊人动议，尚未提出。

人皆有死，怎样死？曾在纽约看一部长纪录片，导演的镜头历时数年追踪几位将死之人，揭示一场静悄悄的民间“革命”：越来越多的现代人厌惧病房里插满管子走入冥界的冷漠过程，于是实行人类古老的传统——在自己家里死。此刻记得两例：一是中年女作家，患癌症，镜头拍摄丈夫与她日常会友、谈笑、拌嘴、念诗……医疗是上门服务，但所有人都知道她死期将近。终于，她的尸体被裹在布中从花园玻璃厅后门给抬出去，丈夫尾随着，忽然下泪，说：“她从没这么乖呢。”因她生前是个爱辩论的女子。另一例是边远小镇老牛仔，八九十岁，如中国乡村旧习，棺木早已备妥，停在后院，儿子时常推着轮椅送他到寿材前，瞧一瞧，摸一摸。大限将至，镇上中学举办仪式，给他打扮起来：领结、礼帽、金色绶带，扶他高坐十九世纪老式马车，车后拖着那棺材，全镇游行一圈，击鼓奏乐，还有球场拉拉队女孩踢

注　这篇文字不知何故忽然写到死亡：才写完，刚发出，四川地震，遂延至六七月间发表。

着大腿，舞弄花簇，跳跳唱唱，博老人一笑——这老者并非当地显要，不过是寿数最高的人。下一镜头，便是落葬。

人权很具体，很细致，包括怎样死法，兼及生者的感受。近时读到国中第一例注射死刑的专稿，是为人权细则之一：中国进步了。不过获判死刑者毕竟稀少，大多数人的死法，总是问题。现代医疗先进，只要经济允许，十九会去病房走那最后一程，其实死者及亲友苦不堪言。怎样苦法，唯亲历者知，不赘说。以上纪录片中的死者并非穷到去不起医院，而是与家庭、社会种种条件相配合，勇敢而宁静地追求死亡私权，至于“安乐死”之类更是早经全社会广泛争论，说来很朴素，也很奢侈。推想国中亿万同胞，适成反例：凡有条件有特权得一病房而插满管子死，另是一种奢侈，亦且摩登，但毕竟少数，绝大多数中国人草芥般生出，草芥般死掉，农村更不必说。近期《人物》周刊有位作者描述他乡村祖父的死，不过是狠心花点钱给老人弄碗鳖汤喝喝，此外也就缩在炕尾，咳嗽等死。而这老人有位孙子写出来，给若干读者读到了，也算得一种奢侈吧，不然“轻如鸿毛”，等同尘埃，有谁在乎呢——那部美国纪录片中的几位死者也是平民，却以自己的死路，亲身给现代人权的万千细则，实践一份平实切当的可能。

死之意愿，因人事、宗教、国情而分殊异，或在医院，或在自家，不好强求对错是非，原是大可讨论的事。今天写这小稿，只因前时《南方周末》鉴于沙漠坟场的宏大构想，要我说几句，事后忽然记起那纪录片，试来对比这两种死亡的念头与现状，差别之甚。再借以上真实故事，申述所谓“现代化”固然意在追求产值的数据、国族的富强，此外，更要看是否落实到人人难免的生命感受，而处处顾及人的处境、人的尊严、人的权力与权利，其中，包括人怎样死。

2008年5月11日

中南少数民族以天主教仪式为乡民落葬的场景。吕楠，摄于九十年代。

汶川地震感言

数万人死了。无话可说。大灾祸。想起1976年。

值得一说的是关于“话语”。患难见人心，大国遭遇大祸，我们衡量的是政府与体制的“心”。救肯定在救，唯有政府掌握援救的权力与实力，人民等着，从四面八方远远围观。现在全国其他地区尚且安全的人，无非看报纸，看电视，看网络——巨祸降临，人期待话语，并被话语支配。非典、雪灾、火车出轨，民众听惯了同样的话。还有别的语言吗？像人那样说话，说给人听。

不会有别的话语。民间也没有。我们不是宗教国家，没有万民的祈祷，没有世世代代为灾祸储存的语言，除了哭，骂，或者沉默，或者，照旧嘻嘻哈哈。

压死的人听不见了，愿死者安息——“安息”这句话也是外来的——救援官兵很辛苦，多保重。此外我没有话说。捐画，义卖。

2008年5月13日

汶川大地震。2008 年 5 月 14 日，这位男子当街嚎哭，怀抱的裹尸布中，是他死去的儿子，才九岁。

地狱和宗庙

近时我与韩寒在湖南电视节目中聊到茅盾、巴金、冰心几位，以为文采欠佳，读不下去，于是被声讨。罪名不细说，更有网民要将韩寒拖出去枪毙。我既是与他聊天惹了祸，不该置身事外的。

今次要害，并非我们出言不逊，而在公开。两人的嘴固然没上锁，但把关者，大家知道，其实是电视台。眼下这类扯淡并无生命危险，倘若稍涉禁区，后期制作早给抹了。所以电视台每次闯点小“祸”都保了安全险，不是胆大，而是胆小，这不，交谈文字版先上网，讨伐骤起，制作方播出前赶紧隐去前辈名姓——此今之媒体“巧妇”的小动作与大为难也。

至于“鲁郭茅、巴老曹”名实之间的种种差异，同样的话，七八十年代我记得就和阿城、安忆说起，文学圈则二十多年前即有所辨析，学界还有专文述及，只是公众不知，而话题早已凉了。近日某作家对我说：“老陈，何苦呢？”你问他到底怎样想法，他也不过一笑。是的，中国人对各种人事向来关起门畅所欲言，眉飞色舞，但切勿公开，公开了，大家面子上不好交代、不好混，这潜规则，众人也早经熟悉了。

当然，崇敬文豪的读者专家多有人在，人多自然势众，本次讨

注　此文未被《南方周末》采用，半年后由《中国青年报》全文发表。详见文末说明。

伐的篇数、字数更是我与韩寒那段谈话的几十上百倍：正义迅即伸张！很好。我倒是因此念及中国文坛艺坛六十年来举世无匹的老故事和新剧情，归结两条：一是逼死他，一是说不得——傅雷悬梁，老舍自溺，演员石挥投海，巴金的爱妻被逼死，钢琴家顾圣婴一家开煤气自杀。未死者，有林风眠下狱，石鲁发疯，胡风案牵连逾千人，沈从文建国初年就往自己手腕割一刀……此外，被糟践被羞辱被毁灭的文艺家不知有多少。二三十年代呢，同是“鲁郭茅、巴老曹”，谁人批斗谁人整？却是有人敢于批评敢于撩，且多是韩寒那般的小年轻，而当胡适之陈独秀傅斯年瞿秋白们撩拨前辈、为难政府、游行办刊、组党谋反，大致都是二十来岁小逆种，言行之凶悍，后果之严重，岂是今之八零后小子可以比得——扯远了。“文革”后，前辈相继凋零，偌大的中国总得有几块匾，于是将前辈的声名从地狱捞出来抬进宗庙，树牌位，留青史，开纪念会，建文学馆。虽则京沪没有罗马巴黎的伟人祠，但几位前辈大抵都有雕像在，既是成了雕像，晚生除了鞠躬礼敬，岂能有二话。

这就是对待文艺前辈的常态与正道么？前一种糟践，其罪孽，不必说了，后一种恭敬，其异常，却比较地难说——稍不慎，正义之师又要严词声讨了——然而这就是六十年来中国历史的一体与两端：不是层层地狱，就是巍巍宗庙。此刻，我愿在地狱和宗庙之外，继续公布自己的褊狭和愚蠢：譬如法国雨果、俄国车尔尼雪夫斯基，我实在读不下去，马尔克斯的《百年孤独》、纳博柯夫的《洛丽塔》，绝对了不起，可我只啃了一两章，全忘了。翻译不佳是个借口（对不起，又开罪译者，顺便一说，七十三年前李健吾即对巴金的创作有过真挚的负面评析），绘画不必“翻译”，我早已对伦勃朗略生厌倦（他曾是我的神），对柯罗轻微失望（我至今深爱他），对怀斯从来惧憎（他在民意调查中位居美国画家第一），好在欧美爱国者不会越洋寻我来算

毛泽东于六十年代在怀仁堂接见文艺界著名人士巴金（右一）、周信芳（右二）等。

账……我所不以为然的中国画家呢，也斗胆招供吧，譬如黄宾虹、李可染、张大千，及晚期的林风眠。读不下去的中国写家，也还有——住口！你甚么东西？！有甚资格诋毁前辈？！喳！在下是没资格，但合上书页、目光移开，总算一份渺小的私权吧。有位正义者愤慨宣布，我们的言谈（总共几句话）“伤害了民族文学的尊严”。呜呼！这持续伤害文学与尊严的伟大民族，其“民族文学的尊严”竟如汶川校舍的预制板同样脆弱，而出语者一人居然自命代表十三亿中国人。知道吗，五十年代法国新小说派集体清算巴尔扎克的全知叙述，七十年代以赛亚·伯林万言痛陈启蒙先贤的刚愎自用，2006年英国乐评家大肆指责莫扎特甜腻媚俗，而约翰·伯格在毕加索在世的1965年即专书分析大师的失败，这些民族的“文艺尊严”受伤了么？以上被质疑的大匠师与我们本土的文学众神相比较，分量又是如何？

文学魅力的久暂、阅读趣味的差异、作者之间的好恶，原极复杂而微妙，这次争议的善道，应是进而探讨“文采”的是非，但问罪者的痛点哪里是关于文学，而是点了威权的名姓。韩寒的书我并未读过，也不在乎茅庐初出的写手是否文采斐然，他不过是如巴金所愿，讲了几句平凡透顶的真话。“自由谈”编辑时常关照文末要有结论，我与韩寒犯忌，正是对“结论”轻声说不。非要结论，是我忽然想起茅盾曾任文化部部长，巴金则是作协主席，念及此，这才背脊起栗，眼下声讨者咬牙切齿不依不饶，怕是要动议建立民族文学大法庭的意思吧。

2008年6月25日

附注：

这篇短稿的周折，值得一说。先是6月间投去《南方周末》“自由谈”栏目，标题被改为《这是对待文学前辈的常态吗》，送审后，全文被否决。我谅解而抱歉，因稍早湖南台已为此事作了内部检查。8月被叫去上海书市促销另一本书，将此稿念了一遍，算是迟来的回应，结果翌日十余家媒体一律避开文章主旨，只挑我新开列的作家与画家名单，指为挑衅升级，又来炒作。不久，《中国青年报》看此事越弄越糊，好意拿去全文发表，再易标题为《我能否对结论轻声说不》，引来一位好心评家指我常识错误，混淆“权利”与“权力”，根本不必“轻声说不”，放胆批评便是。至此，我原先为文的那点小意思，即“地狱和宗庙”，真的越弄越糊了——其实这位评家与我一样天真，以为有谁在乎文学，在乎批评。可资恶搞的小“话题”与伪拳脚，才是真卖点——我私下不止一次遇见记者问：陈老师怎么最近温和了，还是像以前那样痛骂吧，我们给你发！现在这篇小稿的遭遇便是四流的三岔口。但我不会因此听从某位专家要我闭嘴的喝令，同时感谢此事过程中为韩寒与我帮腔的写家：我并不认识他们，但他们使我确认，舆论一律而群相围攻的时代，至少在明面上，总算远去了。

日常的台湾

从纸媒与电视远看海峡对岸，一片混乱，闹翻天。我曾三次造访宝岛，只是末一回去台北，距今也有十二个年头了。上周，因台湾文学期刊《印刻》举办的年度“文学营”课席，去了几天，看望台北的老朋友，兼带访故宫，逛诚品书店——没有阿扁与马哥，也没有蓝绿阵营和贪污案，我看见的只是台湾的日常，日常的台湾。

日常所见不免琐屑而平凡，我的形迹无非是机场，海关，宾馆，街市，搭计程车，看路上的人群，和朋友在酒吧夜谈。台北故宫大幅装修过了，最高建筑“一零一”的北端现在是诚品的“旗舰店”，楼层内的咖啡座与各种时尚店，已近东京的水准。十多年前位于敦化南路的诚品书店正待停业翻修，附近街心花园的吴稚晖铜像，当阿扁主政时，已被拆除了……短暂逗留，我无意核对十多年来的变化，对岛内的政治是非既缺概念，也没意见。我所搜集的密集印象，仅只是交遇过往的生人与熟人，什么印象呢？很简单，用大陆的说法，即“五讲四美”，引祖宗的古语，就是“温良恭俭让”。

台湾人情好，我早就领教的，但那时定居纽约，不以为珍贵，而今居住北京近八年，忽然置身台北，可就处处看得稀罕，然而难描述。譬如“文学营”主办方的迎送招待，全程没有差错延误，没有横生枝节，大陆做不到这般周详与准确；又譬如宾馆服务敬业到令你诧怪，每个服务生会一再提醒你有访客的留言，额外的请求俱可商量，交代的小事，绝对准时照办；去隔壁连锁店买个卤蛋，摸出一把硬币，掌柜的看我裤袋里零钱太重，不吱声，迅速数过，换给你整数纸币；在故宫买画册，台币不够，人民币能用吗？——台北尚未如香港那样通用人民币——营业员稍有迟疑，进去问过，欢天喜地回说可以，倒好像是她的麻烦，解决了，比我还要宽慰……礼貌、笑容、抱歉、连声谢谢，都不在话下，办各种琐事，没一次落空、尴尬、被拒绝。我本能预备遭遇粗暴的态度，冷漠的脸，僵硬荒谬的机制，穷凶极恶的生意经，还有，种种零星小节的不专业，不认真，权责不清，或心不在焉——那是我在北京随时随地的日常经验——走在这样的人丛中，我发现只有我自己时或粗心、急躁，在绿灯闪亮前跨越横道线，因为我已像久在此岸的人一样，惯于粗粝的生活，嫌种种礼数与自我克制，太麻烦。

连日会面的新朋旧友则另是一番温良与教养：非常地想要见见，但必定问清你的安排，不使勉强或为难；席间随口应许的事，我倒忘了，不在意，翌日却已悄然办妥，如变戏法一般；谈话间难免涉及人事作品的议论，抑扬有度，不夸张，不渲染，总留三分余地，说是世故，却世故得自然而斯文，一点不是勉强，显然从来如此。通常，台湾对此岸的客人大抵格外客气，格外热忱，我的留心观察却并非人家怎样待我，而是人家怎样对待彼此，这一看，我随时随处目击的人情，实在并非假装——集体性的温良恭俭让，装不出来，也装不像，我所以觉得以上种种情状难以举证描述，并非指社会精英，而是在街市随处遇见的人。

相比日本人的打起精神事事认真，台湾人的恭谨是有汉民族的温润松爽，不给你看得吃力；相比香港人的凡事规矩兢兢业业，台湾人的周到透着家常的欢然，并不板着脸。细想想，好像在吴、蜀、闽、粤，民间尚存稍许类似的遗风，偶或遭遇，会念及早先的南中国民风大致还好——北地的良民另是一种表现——而今日各大都市的民风民德，还用我来细说么?

所谓“温良恭俭让”，现代的说法叫作“公德”，也近于如今大陆常说的所谓“底线”。倘若温良恭俭让被养成集体的习性，日常生活便不至于荒败。台湾的种种问题已被说得太多，不提政治状况，只说社会罪案，自我八十年代便在纽约华人报章不断读到，最惊心是九十年代演艺家白冰冰女儿的被绑架被撕票大案。然而由媒体了解一地，与亲履亲历的经验，实在天差地别，不可混同。我短暂的旅行印象必定表面肤浅，但我所看重的正是这点浅表。假使社会的浮面与浅表都不好看，不看好，我们如何与人相处，度过每一天?我不关心台湾曾经戒严与解严，也不关心那里如今实行的是真民主还是假民主，以我的阅历和记忆，民主实现之日并非太平世界，一如革命成功之时，世道尤为难测。我在乎人群的德行，社会的常态，是否失去底线。总之，在台湾，在这短短几天，我有所触动的并非阿扁的遗患或马哥的希望，而是以上微不足道的琐碎。

2008 年 9 月 4 日

上图：1949 年春，蒋介石夫妇在浙江奉化最后一次祭祖。下图：同年，北京成立新政协筹备会，图为筹备会常委合影——从此台湾再度被海峡远隔。

台湾的文艺家

自八十年代在纽约结识台湾文艺家，一来二去，总觉得这些同文同种的同行和我们有点异样。九十年代末常回大陆，新朋旧友的言状作风也渐变异——但并非台湾同行的那种异样——新世纪迄今可就日甚其异，我得悄悄调整才不至于在大陆同行面前暗暗受窘，最显著的进步，就是学会可别率尔谈论艺术。不谈艺术，谈什么呢？细想起来，却不记得谈些什么。概括地说，可能是位子？票子？房子与车子？当然，还有至关重要的路子……此外便是不咸不淡的闲话。几位熟透的老友自是例外，一见面仍旧挠痒痒似的聊艺术，而偏是这类憨人大致对位子路子之类不开窍、缺感应，直白地说，就是比较傻。

这回去台北和几位老相识重逢，十几年没见了，一个个都还是从前那般，说不几句，就聊到各自永在周旋思忖的那一门子艺文，简直像卡槽的唱片，我忽然明白了：他们的“异样”固然不止一端，但相对今时中原文艺人普遍的老于世故或嬉于世俗，显得有点傻。

侯孝贤六十开外了，惯常如老农般寡言，除非说到电影。譬如问及《海上花》劈面头一个镜头不可觉察的移动，他来神了，详详细细跟我说机位怎么摆，演员又是如何调弄……朱天文长我一两岁吧，辫子斜扎，还有校园姑娘气，她出书不断，居然至今手写，不用电脑，若是开口言说必是文学的心得，脸色一正，如正在写作中，好一番思量……诗人杨泽是在纽约相熟的老朋友，那时他出版诗集《仿佛在君父的城邦》，意指当年被阻隔的中原，日后回台主编《中国时报》副刊，这回面见，意态殷殷要我写写作为“南朝”的台湾文化，显然对宝岛仍在爱恨交加的思绪中，心灰而热肠……张大春，台湾文坛悍将，这回特意听他一堂课，单说“七言”的缘起，深入浅出，浅出而深入，真听得我佩服，学生是社会上老中青业余爱好者，于各种典故应对如流，念及中原所谓“国学热”的虚火与声势，还是闹“运动”那一套，对岸则真的是在上课，好安静，好平常，窗外艳阳……九十年代以世界摄影观念启蒙大陆同业的阮义忠是个激动之人，才刚握手坐下，就讲起不久前在台北看柯特兹原作展：“哎呀呀，老兄！那种质地，那种震撼……”瞧着脸就涨红了，仿佛文艺青年，算算他也年近花甲。

天下文艺人的性情行状，本无定规，不该有个模式。我自己平素就不热衷整天价谈论绘画，念叨艺术。可那几天一拨拨与台湾老友倾谈，忽然置于一种疏远已久的氛围，那氛围，非指艺术，而是我们也曾有过的率真与本分：在我曾嘲笑的八十年代，中原文艺人群相聚首，一概热烈地犯傻，而此岸同行的集体来历，我也其中之一，毕竟熟悉而同情的，无非压抑过甚，穷贱过久，如今大约是该抖他一抖，活得猖狂一点吧，只是瞧着对岸同行的守本色，不免发生感触。

譬如老友请我吃饭，亦如从前那样寻个街边店铺，并不去豪华宾馆开包间，因出入各种场合，他们不在乎朋友是否在乎彼此身份的贵贱；除了本业，我至今不清楚这些哥们儿挂靠哪个“单位”，或有人兼课任教，或阶段性属于某些民间机构吧，但对岸哪有遍布中原的作协、影协或美协，他们向来只是“个人”、“自己”。享誉台湾数十年，以上几位无可置疑是岛内一流艺术家，可是没一位身居官位，言谈神色间看不出半点周旋官场的潜意识或显意识；他们的青春记忆有过白色恐怖，书报查禁，但从未经验彼此揭发、痛遭批判、革职流放，是故说及戒严年代，大抵平静笑谈，既不会咬牙切齿，也不会因创伤太深而刻意遗忘。他们中好几位出身“眷村子弟”，即王朔似的“军区大院”孩子，但细究其详，却又不好比较：譬如朱天文的父亲朱西宁原是“国军”作家，一路南渡，居然带着张爱玲的书，又在七十年代胡兰成来台授课而被正人君子讨伐之际，邀胡来家久居，日后成了朱家小姐妹的启蒙师，这在“我军”简直大逆不道。另一位“国军”画家李仲生，南来台湾，五十年代即以立体派与抽象画影响弟子，培育了岛内第一拨现代主义画家，这在“我军”又是匪夷所思……说起台湾种种，我们时或粗粗撮要国共之间两岸历史的相似，一笑而过，细究其故，其实越说越见分殊，这分殊，是当我将两岸同行一事一事比照过，这才愈见其深，背后的缘故，说来话长。

那天新竹文学营课后，教员休息室挤满十来位被邀请的文艺家，或年逾古稀，或正当少壮，报出名姓，全是岛内精英，如雷贯耳，也不过一人分一盒便当——如今中原大学客串教席的最低待遇也必是校园餐厅开包房——他们无官无衔，各自经营一摊行当，唯美其名曰文艺家。忽然我想起邓丽君、三毛、琼瑶、罗大佑、李敖、柏杨……二三十年前，这些人物的作品远渡此岸，如消息，如南风，拂润浩劫过后艺文枯败的大中原，如今中原的无产阶级文艺家变阔了，神气了，还记得昔时对岸的如缕南风吗？

此刻他们出去进来，调笑逗趣很开心，显然好久不见了。我从旁闲看，心里想：他们也会有异见、门派、代沟、猜忌吧？老一辈，则可曾在蒋家父子的时代有过同行相残的冤案与中伤？凡有人的地方总有这等小故事，但眼前这台湾文艺的日常一幕，又还是觉得有些异样，并非仅止温良恭俭让——隐隐约约，又像又不像，我瞧着偏安岛内半个多世纪的同行与同胞，无端望见了民国时期的文艺家。

2008年9月9日

上图：后排：朱西宁夫妇。前排：朱天文、朱天心姐妹。摄于1959年。下图：朱西宁（右）与胡兰成摄于1976年。

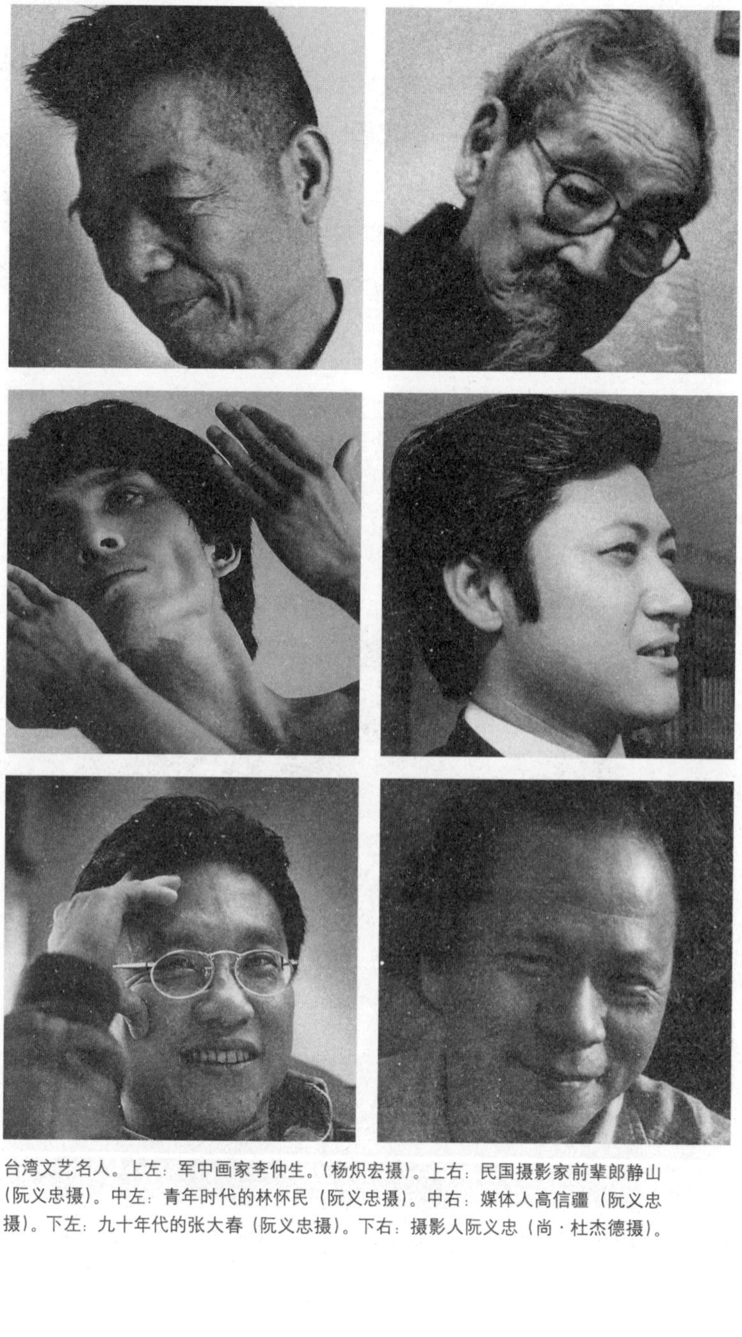

台湾文艺名人。上左：军中画家李仲生。（杨炽宏摄）。上右：民国摄影家前辈郎静山（阮义忠摄）。中左：青年时代的林怀民（阮义忠摄）。中右：媒体人高信疆（阮义忠摄）。下左：九十年代的张大春（阮义忠摄）。下右：摄影人阮义忠（尚·杜杰德摄）。

日常，以及日常之上

月初写《日常的台湾》(9月4日“自由谈”)，意思没说完。所谓“温良恭俭让”，并非仅止台湾民情，凡“先进国家”的民众，包括我在纽约日常交遇的中东人、南美人、印度人、南洋人，大致也都淳良友善守公德，坏人坏事并非无有，但因全社会毕竟以规矩礼让为习尚、为主流，窝囊受气的概率，实在稀少——但公德与人性不是简单的因果关系，这一层道理，不知要请教社会学还是伦理学专家。我是想说，自觉“五讲四美”的民众并不意谓个个都是好人，一如五不讲而四不美的亿万人群，也绝不都是坏人。“好人坏人”，原是不得已的遣词，单说人性的恶，国外媒体天天充斥罪案、谋杀、败德、丑闻，简直不是人待的地方，其实呢，平日里出门走动接办杂事，各色人等的来往多是一面之缘，你不知道，也无须揣测对方的善恶，因彼此所需无非各种琐屑的“服务”，所感也不过片刻的“态度”，如此你来我往的日常片刻，便足使某地民风给我们留下好感或恶感，无须追究多少大道理的。

当在此岸日常生活中遭遇无礼、欺瞒、愚弄、强横，我多半明白对方何以怨毒、卑鄙、不开心，因在普遍的不良与恶习背后，我知道是哪些问题与渊源在。然而目睹身受对岸的温良恭俭让，我却费思量：他们之中，谅必多有票选陈水扁的人，又有毅然上街倒扁

自大陆到台湾，国民党统治持续遭遇民众的示威抗议。图为1947年南京爱国学生上街游行，瞧这些女生的年龄，不过是高中生。

的红衫党，过去二十年，岛内民气愈见旺盛，民意日趋自主，民怨日渐沸腾，而民主逐年长进，这一路闹到今，那行使民主的人民不就是大街上这些规矩谦和的男男女女吗？当他们选举或抗议时——譬如那位默默给我数了硬币换成整钞的小老板——将是何等模样呢？他会发飙、喊口号，和众人一起逼着哪位政府高官谢罪下台吗？至少他会投票，即便放弃，也总有投票权吧？十多年前我认识一位美丽的女民进党员，宜兰人，做画廊生意，质朴温良，宁静地对我说：我一定不会投国民党的票。我常感慨这些平日开口客气再三细声嗲气的台湾男女们，不避现实政治，说是要去唱歌、吃团餐，一打听，原来是竞选热身活动。相比北京人私下的政治高谈，他们遭遇大事真的是公民，不是空口无权的“老百姓”。我在台北末一天，隔几条街远远看见一辆辆坐满群众的彩车呼啸开过，据说就是去哪里集中声讨阿扁全家的贪污案，若非有人告知，我还以为是什么集体婚礼之类。

所以你别看对岸的人民“温良恭俭让”，一旦事关公众利益、社会问题和政治选择，其实很猛、很凶、很会纠缠、很难对付，亦且能量很大的。还用说吗？近年我们单从媒体上连番瞧见的闹哄哄，正是宝岛民众的另一面。

那么，台湾议会的叫骂厮打，怎么解释呢？我从电视瞧见马英九当市长那一阵，为了哪个铺子的便当菜料有所不洁，就给一群市议员劈头盖脸轮番指骂，十足当年造反派，直逼得小马哥那张俊脸左抵右挡，好声好气又解释又保证，活像“文革”时被围攻的老干部。或曰：这种表现哪来温良恭俭让？哪有半点民主的做派？不错，这正是民主，准确地说，是民主政治初告实验的幼稚园阶段。记得六十年代我还小，电影纪录片里好几回瞧见日本议会主席台上一大帮国会议员西装领带打成一团，后来呢，后来犹如小儿出天花，日本的民主还不是日长夜大，成熟起来。

闲话少说，此岸的形状正好反过来：平时凶、底下狠，翻到面子上，也即社会领域和公共层面，则民气淤结，民意堵塞，翻报纸看电视，罕见真问题、真意见，便是有，也必百般婉转，简直达于文体修辞的“温良恭俭让”，总之，一派云淡风清。遍地的民事与民怨怎么办呢？除了捂着闷着，两条路：一是惨苦的上访，结果渺然；一是出了横祸包不住，聚众大闹，如近时贵州的瓮安，结果也渺然。压制还是疏导？见报还是隐瞒？弄得各地政府好头痛，不过据专家说，“上面”正在研究怎样科学而妥善地处理这类“突发性群体事件”。

其实“上面”对此现象察之长远，苦恼久矣。五十年代毛泽东就为“大民主”、“小民主”问题有过指示，说是资产阶级“大民主”要不得，而所谓“小民主”，即平时凶、底下狠是也，只是繁衍至今，凶狠的理由和方式，愈见庞杂离奇罢了。可不，如今多了手机短信和英特耐，上啊！于是成天价泡在电子厕所里拉屎撒尿吐浓痰……这样的所谓“小民主”，真是“民主”吗？说给果然活在民主地区的国民听，不晓得人家懂不懂。

2008年9月15日

过去两年，因令飞邀请而又有这三次关于鲁迅的讲演。他上台后先给大家深度鞠躬，然后以纯正的京腔谈论祖父，因他在京城长大；三十年代末他的父亲与祖母迁到淮海路居住，直到1949年北上，所以海婴先生的国语有沪地口音。令飞说：他们三代的声带遗传是语音偏高，这细节，因鲁迅生前的讲演从未被录音，家人不说，我们就不知道。令飞获知祖父身高的方式也颇科学而奇妙：他据鲁迅在山阴路故居门口的照片，实地测量，发现鲁迅比孙子要矮去将近二十厘米。

我先前的三次谈论鲁迅，以为再也无可说，接了令飞给予的话题，想开去，写下来，不料又说出这些意思。其中长沙讲演倒是逐一回应主办方的提问，于是谈及胡适及其他人物，也才发现自己原来抱有这样的看法。末一篇谈论《狂人日记》的影响，隐约说出自己的异见了，这异见，其实是鲁迅身后的大历史所给予，不知我说得对不对，而审慎说出异见，我以为，仍出于我对鲁迅的爱敬。

选择上海与上海的选择

谈鲁迅迁居上海八十周年

大家好！

今天这个话题，蛮有意思的：1927年，鲁迅先生来上海定居，至今八十年了。中国这么大，当年鲁迅先生为什么选择上海？

又要说到所谓天时、地利、人和。鲁迅选择上海，就是选择“地利”——当然，鲁迅能在中国成全他自己，“天时”第一要紧。

譬如解放后逼着孩子们念他的文章，念得最多的两篇，一是《纪念刘和珍君》，一是《为了忘却的纪念》，这两篇文章要是换了天时，鲁迅就未必写得出来，写出来，也休想发表——请愿学生刘和珍与四十几位小青年，被大兵镇压，打死了，鲁迅在文章里说，那是“民国以来最黑暗的一天”。这样的纪念文章，这样的说法，五六十年代，七八十年代，直到今天新世纪，全中国还是没人敢写，写了，也不给你发表。《为了忘却的纪念》，写鲁迅几位年轻朋友怎样半夜里给拉出去枪毙，鲁迅怎样逃亡，还为此作了一首诗，其中一句是“吟罢低眉无写处”，意思是写了也无处发表，其实不久还是发表了，两年后收入他的新书《南腔北调集》，公开发行了。这样的文章，这样的书，换了天时，在五六十年代，在七八十年代，直到今天新世纪，全中国还是没人敢写，写了也不给你

注　2008年初上海图书馆讲演。

发表。

有人会说，没关系，可以到香港发表呀，可以拿到网上去呀，是的，时代不是一点没进步，但这点进步，顶多也就是拿到香港去，拿到网上去。在我们的时代，谁要是遭遇同样的事情，全中国千千万万纸面媒体、视频媒体，照样不容他写，不给他发。

这就是“天时”的厉害。

现在再来讲鲁迅先生的“地利”。早年鲁迅愿意去北京，一是有饭碗，蔡元培请他去，二是北京古城大学多，文人多，照鲁迅的说法，适合做学问。所以鲁迅在北京盖了八道湾和阜成门外两处四合院，预备长久住下去，母亲、夫人、弟兄，全都接过来。但“天时”不很对，因为民国初年军阀统治，鲁迅的学生就是给军阀打死的，“人和”也不对，鲁迅在北平和许多当时官员、文人与海归派不要好，闹翻了，于是1926年到厦门教书去。现在关于鲁迅离开北京的理由，能够比较平实地交代了，就是说，鲁迅有了许广平许先生。出于当时的种种现实考虑，最好的办法，就是换个地方。这是人之常情，我以为鲁迅走得对，走得好。

到厦门待了半年，“人和”还是不对：和林语堂不对，和将要到来的顾颉刚不对，等等，鲁迅就去了广州大学，和许先生会合了。可是到广州不久，著名的“四一二清党”发生，鲁迅说他一辈子没见过这么杀人的，而且是年轻人出卖同伙的年轻人……于是鲁迅在1927年秋天，带着许先生来到上海。

大家知道，“四一二清党”的发端就在上海，同时，发布清党命令的国民政府主席蒋介石，刚刚和宋美龄在上海结婚；大家又知道，鲁迅痛恨帝国主义，各国帝国主义当时在中国最密集的地方，正是上海。问题来了，痛斥政府清党杀人、痛恨帝国主义的鲁迅，为什么反而去上海？

鲁迅，1928 年 3 月 22 日摄于景云里寓中。其时鲁迅入住上海不满一年。

原因很简单，大家也知道：上海有租界。租界的意思，就是发生灾难，有租界，你可以躲藏，可以逃避。我在当年的纪录片看见日本人攻进上海，租界的巡捕把铁丝网打开，指挥人山人海的上海难民往租界里逃；南京没租界，1937年兵败沦陷，大屠杀发生，不少洋人的教堂、医院、慈善堂，救了许多难民的性命。鲁迅有幸，生前不曾遭遇八一三淞沪战争和南京大劫难，但他因为和左翼的关系，也在租界躲藏过。我读到一位日本青年的回忆，说是在个粗陋的民居邂逅躲藏的鲁迅，两人坐在楼梯角落天天说闲话，后来才知道这个留胡子的中国人就是鲁迅，逃难过后，鲁迅还请他去家里玩，写字送给他。

外国的租界，是中国人的屈辱。鲁迅到上海的种种考虑和真实原因，却是因为上海有租界，而且特意选择日本人聚居的虹口区。这一层原因，鲁迅不好说，也不愿说，因为这是屈辱。怎么表达这种屈辱呢？他将“租界”二字各取一半，写成“且介”，作成文集的题目，表示他躲在租界，是一个半殖民国家的奴隶。所以在选择“地利”时，鲁迅既是个民族主义者，也是个现实主义者。说他是民族主义者，因为鲁迅一步也不肯离开中国，在他危险时、生病时，宋庆龄、蔡元培、史沫莱特，还有延安来人，都劝他出国去，可是鲁迅不肯，连他当时向往赞扬的苏联，他也不去。说他是现实主义者，他明白上海，尤其是上海的租界，是当时中国各地的最佳选择，在上海待下来，他可以有一个进退回旋的余地。

这一层，后来一位人物的选择有点相似，就是大学者陈寅恪。出于民族主义和现实主义，1949年前后他不愿留在清华，决定远离即将成为全国政治中心的北京，他也不愿去英国人治下的香港，或者跟着国民党去台湾，做流亡者。他选择了广州。虽然广州的“地利”适合他的病，广州的“人和”，譬如省委领导陶铸他们十分礼遇他，可是“文革”爆发，“天时”大变，他选择的广州埋葬了他。他死于承平时代的乱世，远远没有辗转于乱世的鲁迅在上海那么幸运。

八十年前的中国，有租界的城市不止上海，天津有租界、武汉有租界，鲁迅为什么不去呢？原因也很简单，因为上海是大世界，不但是中国第一新兴大都市，也是亚洲第一大都市。鲁迅选择上海，说明鲁迅在情感上的民族主义、生存上的现实主义之外，他的文化立场是一位世界主义者、现代主义者。这样一位具有世界眼光的大人物，当时的北京、天津、武汉、广州、厦门，都不能满足他，不能最大限度成全他的观察和言说，只有上海，中国第一座具有世界意识与现代规模的大都市，才是最佳选择。用今天的话语说，上海代表当时中国的“先进文化”。

其实在1927年鲁迅到上海之前，各路新派人士就络绎来到，藏身上海，而且谋反。先有清末的康有为、梁启超，后有民国建立之前之后的孙中山、宋教仁、陈其美、于右任，再后来，就有江亢虎、陈独秀、毛泽东、周佛海等等早期共产党人……总之，上海是这些革命党流亡和举事的乐园。至于来上海办学，公开宣扬新学问、新思想的大人物，更是不胜枚举，最著名的当然是出掌上海公学的胡适之。

可是历来描述鲁迅居住过的那个上海，都将上海的生态几乎全部肃清、抹杀，只剩个鲁迅，加上几位左翼青年和地下党在那里偷偷见面。为了衬托这些革命人，作为反派，偌大的上海似乎也只剩下一群军警、特务和检察机关，一天到晚忙着搜捕、暗杀、查禁，整个大上海在我们的教科书里不过是这些正派反派的舞台，没有其他人、其他事。其实，鲁迅本人和左翼朋友们，才是当年上海真正的反派。

今天的新上海，没有反派人物了，治理得非常好，除了前年被双规的一大群贪官污吏，新上海住满了密密麻麻的顺民和良民。所以我愿意想象在鲁迅迁来上海之后，三十年代的上海，和他一起住在这座大都市的，是些什么人——

除了老百姓，当年上海真正的主流人群是帝国主义分子及其买办，是高等华人、白领职员、民族资本家、各路生意人，此外，住着掌控部分上海社会的大流氓如黄金荣、杜月笙——这些人，鲁迅的文章几乎不提到他们。另一份长长的名单，是许许多多文化艺术界人士，这里只能扼要谈几位代表人物。譬如出版界的王云五和邹韬奋，报界的史量才，戏剧界的梅兰芳，电影界的郑正秋，演员那是太多了，鲁迅迁来上海前后，正是中国第一代电影演员出道之时，譬如著名花旦阮玲玉和胡蝶，著名小生赵丹和金焰，著名青衣上官云珠和秦怡……美术界的人物，我可以多说几位，譬如徐悲鸿和刘海粟，是在上海码头上船出去留洋，林风眠和颜文樑从国外回来时，也是在上海码头接受同行的致敬，然后分别去杭州苏州开办艺术学院。活跃在上海本地的艺术家，有去日本留学的陈抱一、关良和关紫兰，有第一代都市漫画家叶浅予、张光宇，有日后去了延安，建国后设计国徽的张仃……可是这些人鲁迅或者不知道、不认识，或者不感兴趣、不以为然，文章里也几乎不写到这些人，只是略微讽刺过梅兰芳、徐悲鸿、刘海粟，而阮玲玉自杀后，他却认真地写了那篇著名的《论“人言可畏”》，说的既不是电影，也不是阮玲玉，而是媒体和舆论的问题。

整个中国二三十年代的文艺史，可以说，就是上海文艺史。上海文艺史，从时间上对照，几乎密集发生在鲁迅来到上海的那十年。那十年，海派文学起来了，一长串名单，以前不提，这几年总算提起了，譬如实验小说作者穆时英、戴望舒、施蛰存、刘呐鸥、叶灵凤等等，加上更早期的鸳鸯蝴蝶派如张恨水，再加上后来左翼的那帮人，这才构成上海文学三十年代的全景观。在这全景观的深处，我有兴趣的是，当鲁迅在虹口往来于大陆新村和内山书店时，年纪青青的傅雷先生已经从巴黎回来了，年纪更青的张爱玲正在圣玛丽亚女中读书。那时鲁迅哪里晓得有个才气横溢的小姑娘住在沪西呢？按年份算，当时十几岁的张爱玲已经发表了处女作，领到第一笔小稿费，当她拿着稿费立刻上街去买口红时，鲁迅很可能正在虹口区的马路上，和西装笔挺的四条汉子闹别扭，或者，正在家里请萧红萧军吃夜饭。

这样想象着，鲁迅的那个上海这才活起来，假如我们再来发动想象力，应该记得穷凶极恶的张春桥姚文元，当时住在哪条小弄堂，还是文艺小瘪三，轮不到周扬夏衍的资格，去和鲁迅打交道。

时间不够了，我应该快点结束这篇讲话。总之——

所有关于上海历史的记忆和研究，公认上海的黄金时代是上世纪三十年代，而民国年间唯一短暂的承平时期，也是三十年代。鲁迅在上海的十年，正是三十年代。三十年代的上海要是没有鲁迅，那是寂寞多了，失色多了，三十年代的上海文化因为有鲁迅在，就有了不可取代的分量，有了文化的制高点。前面说到的文艺界名流或者小瘪三，不论是左翼右翼，不论是中间派逍遥派，不论文艺的主张或主义，不论是喜欢鲁迅还是不喜欢，大家全都在乎鲁迅的大名，要么敬佩他、追随他，认他为精神领袖，要么拉拢他、利用他，换取党派的利益，要么攻击他、撩拨他，引他注意，自抬身价，要么对他敬而远之，走自己的路……可是在鲁迅的文章、书信和日记中，那十年除了写作，就是带孩子、见朋友、逛书店、看电影，有时参加集会、经常躲避追捕，再就是躺在那里生病……总之，鲁迅处于文化争议的旋涡之中，又置身于上海的主流生活之外，他在上海期间的全部作文，没对上海说过多少闲话，就是说了，也没几句好话，在私人信件中，他对上海的世相，语多讥讽，对文人的百态，心存鄙视，上海的文界，大致不入他的眼，以上海市井的粗话说，上海各路文人大致是"阿乌卵"，我们在他这些文字中，几乎看不到那个黄金时代的上海文化。

现在我要说，这就是鲁迅的大气，更是上海的大气。三十年代的上海之所以是三十年代的上海，就因为上海很看得起鲁迅，而鲁迅不很看得起上海，上海容纳鲁迅，而鲁迅远远地躲开上海——这就是一座城市与一位文人最传奇、最风流的关系。巴黎出了雨果与波德莱尔，巴黎所以风流；伦敦住着狄更斯与王尔德，伦敦所以风流；彼得堡给陀思妥耶夫斯基详详细细描述了，于是彼得堡风流；东京有过芥川龙之介与三岛由纪夫，于是东京风流；纽约有过伍迪·艾伦和安迪·沃霍尔，于是纽约风流……我们不能想象这些城市不曾遭遇这样的人物，而这样的人物选择了这样的城市，然后跟她过不去，跟她闹着玩，城市则不动声色，包容文化叛徒，持续地给他们想象的空间，给他们创作的灵感。

八十年前，鲁迅选择了上海，上海慷慨地窝藏鲁迅，在被鲁迅辛辣嘲笑的十年中，上海成全了鲁迅最后的岁月。八十年后，上海仍然记得鲁迅，但上海可能忘记了自己的过去，而且是被迫忘记。去年，上海市政府宣传部有几位小官员很客气，请我到一座高楼顶上吃中饭，要我看看上海每年制作的对外宣传片，片长五分钟，我一看，几乎认不出这是上海，为什么呢，因为全是拍摄新建的高楼大厦、高速公路，全是在吹嘘每年的海港吞吐量多少，每年的产量和产值又是多少，没有半秒钟出现上海的文化历史，没有一个镜头出现一位上海的历史人物。我就问，上海和上海的历史，最骄傲的是什么呢？是中国现代史那么多那么多了不起的人物。鲁迅，是其中一位，有这么一位鲁迅在，其他上海人物的正邪明暗，这才出得来，有许多正邪明暗的人物在，鲁迅也才出得来。过去我们总是凸显、夸张鲁迅一个人，好像全上海只有一位文化人物值得夸耀，值得纪念，这是对鲁迅的尊敬吗？不是，是出于利用的目的，歪曲鲁迅，同时一并歪曲了大上海。一部关于上海的对外宣传片，无非是上海向世界来夸耀上海，很好，上海应该夸耀，将近六十年前，上海终于废除了所有租界，赶走了洋大人；上世纪九十年代以来，则要论建设与规模，要论富裕和繁华，要论所谓现代化，那是远远超过三十年代的上海。但什么才是今日上海真正值得夸耀、值得骄傲的呢？

今天的讲题，令飞兄的吩咐是“我心中的鲁迅”，是的，鲁迅在我心中，而我心中的鲁迅当年住在上海。令飞生长在北京，从您祖父的文字看，他比较地喜欢北京，而不是上海。我是上海人，多少总有上海情结，所以擅自把讲题改动了，叫作“选择上海与上海的选择”，前一句，是说鲁迅，后一句，是指今天和未来的上海。上海是休想再请来鲁迅了，也休想恢复当年的文化生态。没关系。我只是说，未来的上海，除了高楼大厦，除了产量和产值，还有什么别的人事值得夸耀，还有什么别的选择吗？

2007 年 12 月 22 日写在上海

上左：留学日本的上海女画家关紫兰。上右：越剧明星袁雪芬（周海婴摄于1949年）。
下左：上海富家千金。下右：著名京剧演员言慧珠（周海婴摄于1950年）。

快乐而贫贱，往来弄堂的一位熟食小贩。周海婴摄于 1949 年。

上图：弄堂里的举重青年。下图：巷口的难民。周海婴摄于 1951 年与 1949 年。

上下图：乞食的贫民。周海婴摄于1948年。这几幅摄影作品是原汁原味的上海，质朴传神。我年幼时在街巷目击同样的人事，下图那位孩儿多么动人！我也曾穿过一模一样的棉布小长袍。

左右四幅照片均选自上海陆元敏获首届“沙飞摄影奖”的作品，题曰“住在老洋房的上海人”——不是鲁迅住过的那个上海，也不是今日艳丽伧俗的上海。自五十年代迄今有关上海的摄影中，这是我所见过最为良善、深沉而准确的作品。度尽半个世纪的洗劫，这座城市仍在如许家当与面影中，默然闪现上海的魂灵。

民国的文人

长沙谈鲁迅

在《鲁迅是谁》的演讲中，你讲到“鲁迅的被扭曲，是现代中国一桩超级公案”，与此类似的是否还有一批他同时代，而后在1949年选择去了台湾的学人，同样陷入这种“公案”中，如胡适、梁实秋等？

陈：许多学者做了大量研究鲁迅的工作。我不是学者，居然一再谈论鲁迅，是为了说出我们的处境——如果诸位同意鲁迅被扭曲，那就有可能同意：被扭曲的是我们自己。

五十年代初鲁迅被神化，同时是胡适的被妖魔化。当政府为鲁迅补办国葬时，胡适批判在全国范围展开，他的书被全部禁止，就像鲁迅的著作在台湾也被一律禁止。此后至少两代人，在大陆读胡适、在台湾读鲁迅，都是准政治行为，都有政治危险。所以独尊鲁迅、抹杀胡适，不是关于鲁迅，也不是关于胡适，而是我们几代人被控制被洗脑的漫长过程。

这一洗脑过程，在大陆，采取同一模式，就是：在各个领域选择民国时期某一位人物，以“政治上的正确”给予褒扬、抬高，不可怀疑，不可反对，直到被神化，同时，贬斥该领域其他重要人物，

注 2008年春长沙湖南大学讲演。

上图：周海婴摄。1956年10月，上海市政府以国葬仪式为鲁迅迁墓，扶棺者有时任上海市市委书记的柯庆施（前右一），时任文化部部长的茅盾（前左一）。上一年，全国展开胡适批判。下图：1957年，毛泽东与上海各界知名人士座谈。就在这张照片的聚会中，罗稷南先生有"鲁迅要是活着"之问，毛答以"沉默"或"坐牢"。赵丹遗孀黄宗英的回忆证实此说，照片中，坐于另桌的赵丹即位于毛的后方。

批判、压制，直到被抹杀、被遗忘。以下一组粗略的名单，是人文艺术领域的小公案：

在文学界宣扬茅盾、巴金，封杀沈从文、张爱玲的所有小说；在思想界抬高艾思奇，贬低冯友兰；在史学界抬高郭沫若，抑制陈寅恪——说起来不伦不类，郭沫若的身份严格说来并不是准历史学家，但解放后他公开批判自己在民国时期的创作，从事历史与考古学——再譬如音乐家，我们从小只知道聂耳和冼星海，长期不知道黄自和黎锦晖，因为不准播放他们的歌曲；美术界则高度肯定徐悲鸿，批判刘海粟、林风眠，停止出版民国美术的非左翼作品；在演艺界，推崇梅兰芳，抑制程砚秋尚小云等名家；电影界，除了民国时期左翼人物被启用，非左翼电影人逐渐消失……

以上人物和鲁迅、胡适的名声不能等量齐观，但大致是学术艺术领域中第一流人物。其中，凡是被抬高利用的“正角”多半死去或建国初期死去，譬如徐悲鸿和梅兰芳，很方便被神化。在世的则比较难办，譬如郭沫若，他到“文革”时期的表态更进了一步，公开宣称要烧毁自己的所有著作，事实上，他在民国时期的文艺创作并未再出版。至于那些被批判的“反派”，长期处境难堪：冯友兰很早作出公开检查，自我羞辱；沈从文完全放弃写作，并曾自杀；刘海粟成为右派；林风眠六十年代被逮捕监禁；民国时期广有票房的京剧名角，诸位可以阅读章怡和女士的《伶人往事》，就知道他们解放后从萎缩到灭绝的命运。

到了“文革”时期，几乎所有“正派角色”，亦即解放后的无产阶级文艺家，也几乎全部遭殃。所以“反派”人物远远不止这份名单。其中凡是留在大陆的，不容许他们出现在任何媒体，凡是走出境外的人物，迅速被抹杀，即便出现他们的名字，也是诸如梁实秋等被鲁迅骂过的人物，但我们不可能读到梁实秋的任何文字，不知道他也骂过鲁迅，而鲁迅文字中没有提到的人物，便自动消失。这就是为什么直到八十年代初，我们这代人才逐渐知道学者傅斯年、罗家伦、陈寅恪、钱穆、钱锺书，小说家沈从文、废名、张爱玲……这是一份长长的名单，目前就我记忆，列举以上这些。

在这些人物中，鲁迅和胡适名气最大，代表性最强，被贬褒的规格也就最高。

最近二十多年，政府相对理性，逐渐松动意识形态封锁，历史景观得以局部恢复，相对正常的学术研究成为可能。但是，长期以政治目的切割历史，因人废言，成为一种思维模式遗留给我们几代人，成为我们的细胞，甚至基因。譬如当胡适和大批民国人物的学说著作逐步解禁、公开谈论后，随即出现一种相反倾向，即贬斥鲁迅、褒扬胡适。这些议论部分言之成理，胡适的再出现也确实有益于了解鲁迅，但如果今天我们还在二者之间试图厚此薄彼，刻意贬褒，就仍然没有摆脱意识形态魔咒，因此，同样扭曲。区别，只是过去被迫扭曲，现在主动扭曲。

鲁迅、胡适，不是谁对谁错的问题，而是物种与生态的问题。他们二位的是非，牵涉复杂的学术问题、政治问题、历史问题、心理问题，这里不展开。我的意思是说，人不免有所偏爱、有所倾向，但前提是有所判断、有所选择。从五四直到1949年，中国幸亏有一位胡适，也幸亏有一位鲁迅，幸亏有人反对胡适，也幸亏有人反对鲁迅——在他们二位之外，中国还幸亏有其他不同主张、不同学说、不同性格、不同来历的人物。可是到了我们的时代，鲁迅被独尊、胡适被批判，绝大部分知识分子被抹杀，总的目的，就是剥夺我们的常识、判断与选择。这种剥夺的后果，是政治生态迅速败坏、文艺生态迅速荒芜，我们从此失去选择、失去记忆，最后，失去历史。

我爱鲁迅，自以为熟读他的著作。八十年代以来，我开始读到胡适的著作、梁实秋的散文，还包括徐志摩、沈从文、张爱玲等等其他民国文人的作品——我发现，我喜欢梁实秋的散文，喜欢沈从文与张爱玲的小说，2007年我读过的最好的书，就是胡颂平编写的《胡适晚年谈话录》，我同时发现，阅读民国其他作者的作品，使我对鲁迅的敬爱与了解，获得更深的理由，这种了解，有一部分即来自胡适。

五十年代初，当中国神化鲁迅、批判胡适时，胡适正在纽约流亡，他知道对他，对死去的鲁迅，发生了什么，他有一次对周策纵说："鲁迅是个自由主义者，绝不会为外力所屈服，鲁迅是我们的人。"大家会说，这是一面之词，不可能得到鲁迅的同意或反对，因为鲁迅那时已去世将近二十年，但不论我们是否相信，或怎样解释这句话，胡适说了这句话，这句话也说出了胡适，并说出了五四那代人的关系。

一个文人艺术家身后的毁誉，不绝于史，本来不奇怪，但像鲁迅与胡适这样的公案，我不知道中国历史上是否曾经发生过。孔夫子自称"丧家狗"，不是因为政治迫害，而是报国无门；诗人屈原投江的原因之一，是失宠于楚怀王；画家毛延寿被皇帝处死是他隐瞒了王昭君的美貌；纪晓岚得罪了主子，被放逐新疆，结果乾隆帝想念他，又将他召回来；至于司马迁、嵇康和金圣叹这些人物的致残和致死，是属于言论获罪。这类记载不绝于史，但毕竟那是古代，而鲁迅与胡适的故事发生在新中国。

苏联也发生过类似的故事，但远远比不上我们。此外，有哪个现代国家的政府、政党，以至于全国、全民，会对两个文学家思想家作出类似的贬褒？在法国，萨特与他的同学，同样是哲学家的阿隆，思想对立长达半世纪，萨特和他存在主义的同志加缪，公开绝交，可是法国政府和政党不会介入这种文人的分歧。更早时，纪德与罗曼·罗兰前后访问苏联，作出截然相反的评价，出了书，引起激烈争论，可是政府和政党也没有对哪一方肯定或者批判。大家知道美国著名的所谓公共知识分子，有乔姆斯基，有苏珊·桑塔格，可是美国还有许多正直的知识分子未必喜欢他们，认同他们。为什么呢？

道理很简单，在鲁迅与胡适的时代，有左翼，有右翼，还有别的主张与派系，有国民党，有共产党，还有别的政党，即便在各种党派或集团内部，也有左翼、右翼、激进派、保守派、温和派，如果要细分，还有极左、极右，或者中间偏左、中间偏右，等等等等。在文艺群体中，同样有各种主张、各种主义、各种派别，虽然有的很强大，占据主流，有的很脆弱，处于边缘，有的比较成熟，有的非常幼稚，但都能够发出声音，做点事情，能够保有各自的空间。

到了五十年代中期，左翼文艺开始遭遇厄运，其中代表人物如胡风、丁玲、艾青、萧军、江丰等等“反党分子”与“右派分子”的命运，大家耳熟能详，不多说，到“文革”发生，党内权威理论家胡乔木、文艺教皇周扬、努力改造的小说家巴金、革命作曲家贺绿汀，还有几乎全部的革命画家、革命导演、革命演员，甚至为国争光的运动员，大批遭殃，或者被迫害，或者被置于死命……

今天的博士生应该做好多论文，详细寻找1949年以后在各个专业领域被刻意褒贬的名单。

鲁迅与这批学人的关系究竟如何？有过一些有趣的交往吗？在那个时代的文化版图上，他们的位置又是一个怎样的格局？

陈：从鲁迅个人交往录去了解民国的“文化版图”，肯定是片

物以类聚，人以群分。明人张琦、项圣谟于顺治九年所绘《尚友图》轴。图左上者即董其昌。

面的。厦门大学的谢泳教授近年对民国学者做了大量清理研究，诸位有兴趣，应该读他的书。

所谓物以类聚，人以群分。在文人之间，不同门派、师承、游历、眼界，自然会有不同的圈子。鲁迅和章太炎的弟子们是留日派，胡适和傅斯年罗家伦他们是英美派，虽说都是海归，但不免有隔阂，分亲疏。这本来不奇怪，改革开放以来，许许多多从不同国家、不同学校、不同时期留学归国的海归，彼此之间也有隔阂，也分亲疏。而北大、清华、复旦、南大的教授们，包括从事不同专业的学者，都会有不同的圈子，有隔阂，分亲疏。此外，即便同一院校、同一专业的文人学者，由于不同籍贯、辈分、出身、境遇、性格，

自左至右：罗瘿公、程砚秋、吴富琴、齐如山、许伯明，摄于1923年。
如今的文人与伶人，再怎样装扮调养，休想作成这等周正儒雅的合影了。

彼此谈得来，谈不来，经常走动，或从不来往，在所难免。

九十年前，新文化运动的真领袖，是陈独秀和胡适，鲁迅对他们敬而远之，有合作，有来往，遇见大是非，彼此声援，或者辩论，但平时未必是朋友，也未必是冤家。读鲁迅日记，五月四号那一天他写道："昙。星期休息。徐吉轩为父设奠，上午赴吊并赙三元。下午孙福源君来。刘半农来，交与书籍二册，是丸善寄来者。"通篇没有一个字记载那场五四运动。

诸位有兴趣，可以查看鲁迅和胡适的书信，他俩在新文化运动早期很客气地交往过，胡适很喜欢周家兄弟，佩服他俩的文才。胡适是交际型人物，少年得志，成名早，在主流社会地位很高，和鲁迅的经历性格很不一样，鲁迅年纪比较大，作风比较地倾向旧式文人，胡适年纪轻，属于西方回来的新派知识分子，但这种差别也谈不上是非。

说起是非，1925年前后为女师大事件、三一八惨案，留日那群人和留学英美那群人意见相左，彼此的对立公开化，形成明显的营垒，建国后全部采取官方教科书说法，独尊鲁迅，抹杀其他。今天，史料研究早已公布当时各方意见，平心而论，英美派比留日派更理性，更超越，更具有现代国家的法制观念与公民意识。但不要说八十年前的语境，即便事情发生在今天，这些西方观念仍然会与国情发生深刻冲突，难以奏效。以我在美国的生存经验，我自然倾向胡适等英美派当时的意见，但以切切实实的中国生存经验，在更深的层面，我同情鲁迅，因鲁迅更懂得中国问题的纠葛，看破人心的险恶。今日中国许多大问题、大是非，英美式的理性姿态与法制观，越来越被认同，但在现实深层，处处遭遇国情的阻挠。“女师大”、“三一八”这类历史悲剧，在我们的时代多次发生，规模更大、剧情更离奇、代价更惨重，可是英美式的理性毫无余地。三一八事件发生后，各路知识分子能够立即在各种媒体上发言、争论、抗议、写挽联、开追悼会，可是鲁迅和胡适如果活在今天，唯一的选择是绝对沉默，此外一无所能。道理很简单，那时中国形形色色的文人还谈得上所谓“文化版图”，今日中国的文化人结构，顶多只能称作“文化板块”吧。

总之，用今天种种新观念强求八十年前的中国人、中国事，并以此作出贬褒，划分对错，那我们的进步其实有限，对中国现实的认知，也还是有限。

鲁迅交友之广，也是这个演讲中提到了的，但后人在照例的宣传中，只知道他有共产党朋友。鲁迅一生在对待朋友、与朋友相处方面，大致是怎样的性情？

陈：除了不可能查证核实的隐私，没有一位中国作家像鲁迅那样被详详细细暴露在公众面前。由于长期独尊鲁迅，他生前的所有生活记录——日记、书信、大量回忆和旁证——不但全都出版，而且重复出版。诸位如果真要了解鲁迅，可能要比了解任何其他中国作家更方便。这些资料中充满鲁迅对待朋友的故事和细节，诸位有兴趣，很方便查证。

然而长期被政权神化、非人化、政治化，鲁迅反而被过度简化，鲁迅资料中丰富翔实的日常细节，后人视而不见，绝大部分人谈起他，就是好斗、多疑、不宽容。语文教科书长期强迫学生阅读鲁迅，成功地使一代代年轻人厌烦他，疏远他，今日的文艺中青年多半不愿了解他，因为怎样看待鲁迅早已被强行规定，以至几代人对威权的厌烦、冷漠和敷衍，也变成对鲁迅的厌烦、冷漠和敷衍。敷衍一位历史人物，最有效的办法就是简化他，给他一个脸谱，很不幸，鲁迅正是一个早已被简化的脸谱。

鲁迅很早就说过，你要灭一个人，一是骂杀，一是捧杀。大家现在看见了，过去半世纪，胡适被骂杀，鲁迅被捧杀。近年情况反了一反，是鲁迅开始被骂，胡适开始被捧，然而还是中国人的老办法：要么骂，要么捧，总不能平实地面对一个人，了解一种学说，看待一段历史。

“兄弟失和是他最难释怀的内伤”，这几乎也可算鲁迅生涯中的一桩超级情感公案。而且，尤具戏剧性的是，他与周作人在进入历史书写中所处的境地，甚至都可以用“神鬼”之别来描述。这个方面，除了失和内情的悬疑，周氏兄弟在对待亲情方面，性格有很大的不同吗？就鲁迅的作品来讲，有涉及这些的吗？

陈：鲁迅不是神，周作人也不是鬼。周作人曾在早年说，自己心中有一个“绅士鬼”，一个“流氓鬼”，这是文学的说法，修辞的巧妙，我们就此说周作人是鬼，那是不懂修辞，不懂文学，别说当不成绅士，恐怕还不如流氓，中国从前的流氓，有性情，会说话，用词很别致。如果因为周作人当过汉奸，就说他是鬼，更不应该。你是陈独秀，是胡适，是周作人的同辈，你或许有资格骂他一句，贬他一贬，到了我们这一代，有什么资格呢？我不认为我有资格责难前辈，看不出我们有什么道德的高度可以遥远地责难一位五四时期的文人——那是多么轻佻的道德姿态。诸位请看看今日中国成千上万的贪官、污吏、黑矿主、王八蛋，那才真是妖魔鬼怪啊。

至于周家兄弟的情感关系，哥哥弟弟都写过。中国从前的规矩，母亲死了，大姐在家就是母亲，父亲死了，大哥就是父亲，担当权威，负起责任。鲁迅的父亲早死，此后一生，他一直是位好哥哥，不摆权威，尽责任。他留学回来，接母亲到北京，给弟弟在北大安排教职，北京两处房产是他的薪水盖起来。弟弟得病，他比弟弟还急，后来写在《兄弟》这篇小说里。但是彼此失和，直到去世，在可见的文字中，两兄弟都很得体，即便在大观点大是非上有所暗示，有所表达，也十分厚道，十分守度。从前有句话，叫作“君子绝交，不出恶言”，何况兄弟失和。大家要知道，他们周家兄弟在当时是极端新派的、前卫的文人，但他们的行为大致遵行旧道德，不但他们，英美派海归的为人处世也谨守旧道德的规范。胡适在台湾去世后，蒋介石挽联就说出这层意思，我记不得原话，大致是：“新文化中旧道德的楷模，旧伦理中新思想的师表。”我们再回头看看从 1949 年直到今天，中国的文人之间、师生之间、朋友和亲人之间，发生多少卑鄙丑恶、乖张惨痛的故事，像周家兄弟那般失和，像五四文人那种有教养的绝交关系，在今天，寥若晨星。

据说周作人晚景很凄凉，他一生是不是都对鲁迅怀了怨恨之心？

陈：周作人晚年不是凄凉，而是孤立和悲惨。说他孤立，因为建国后他被提前释放，毛泽东批示将他养起来，写回忆，弄翻译，月薪两百元，相当高。但他不再有朋友，不再有社会地位。说他悲惨，是这样的日子过了十多年，到“文革”，他就被红卫兵折磨，撵到破屋子里，有个老婆子偷偷伺候他，有一天他在炕上喝完一碗粥，当天就死了。

周作人晚年有一方印章叫作“寿则多辱”，说的是实话。但他刻这方印时，还想不到会领教“文革”时期的侮辱。他因汉奸罪被审判，坐监牢，属于惩罚，不是受辱。

至于他一生是否对鲁迅怨恨，我以为不要随便揣测。即便有怨恨，那也并非是错，因他是鲁迅的弟弟。而像这样的兄弟恩怨，不是外人可以任意揣测的。在座诸位可能是独生子女，没有兄弟姐妹，但都有父母、亲人、好朋友，外人公开揣测议论你们的私人感情关系，你们会同意、会接受吗？

“政治化的鲁迅遗产以不可抗拒的方式灌输至今，看不出停止的迹象——在中国，鲁迅和马克思各有分工：鲁迅专门负责诅咒万恶的旧中国，马克思专门负责证明社会主义的必然性。”这个意思，就是事实上的鲁迅并不只是诅咒万恶的旧中国，他诅咒之外的东西，可以简要介绍一下吗？

陈：“吃人”的“礼教”，顽劣的“国民性”，军阀统治，国民政府的压迫，等等等等——这些主题，是鲁迅一代知识分子全都诅咒的事物。陈独秀、胡适，当年就是发起反礼教、主张文学革命、呼吁改造国民性的先锋人物。

可是为什么大家只知道鲁迅一个人在“诅咒”呢？就因为五四一代知识分子和知识遗产，被高度政治化——胡适的知识背景是英美那一套，后来又和国民政府合作，所以他的革命性全部不算，变成反动派；陈独秀因为二十年代末不服苏联的管制，既被共产国际抛弃，又被中共党内打击，所以他的革命性也全部不算，连创建共产党的大功劳也不算。鲁迅死得早，没有介入国民政府，也不是共产党员，而他的“诅咒”具有高度的文学性，他在新文学运动中的影响力和权威性，其他新兴知识分子比不上，所以鲁迅在建国后最有利用价值，最方便被以一种极不道德的方式树立为一个道德的，甚至超道德的形象，来压迫大家。

在这一场巨大的阳谋中，真正被利用的是我们几代人。独尊鲁迅的真目的，是为了使我们无知，使我们不怀疑，使我们盲从意识形态教条。我应该说，我们几代人被成功地利用了。现在一部分人知道被利用，于是掉过头来诅咒鲁迅。

那么鲁迅是否还“诅咒”过其他事物呢？第一，鲁迅固然诅咒过古文、礼教之类，但对其他事物，他不是诅咒，而是怀疑、讽刺、批评；第二，他议论过的事物，太多了，譬如文人相轻问题，翻译问题，美术问题，小孩子和妇女问题，留胡子和拍照问题，书籍封面设计和毛笔钢笔问题，等等等等。但他怀疑批判的方式多种多样，有轻重，有曲直，亦庄亦谐，即便他被引述最多的批判命题，也不像长期宣传的那么极端、片面、简单。所以第三，今天议论鲁迅的年轻人，阅读过几本鲁迅的书？阅读过多少其他五四文本？假如阅读过，应该不会有以上问题，不会问鲁迅时代的其他文人是什么状况，鲁迅怎样对待他的朋友或兄弟，尤其不该问鲁迅是否还诅咒过其他事物。为什么呢？因为只要阅读鲁迅，阅读那个时代的作品，就不会有以上疑问，即便有，也不是这么问法。

总之，半个世纪的洗脑，弄得本来应该知道的事情，变得不知道，本来蛮清楚的是非，变得不清楚，本来很普通的常识，变得很稀罕。独尊鲁迅的后果，不是我们只知道鲁迅，不知道其他人，而是我们连鲁迅也不知道，也要来问。

我今天回答的，其实都不该是问题，结果都变成问题，要破解这些问题，很简单，请阅读鲁迅。可我从来不劝告别人读鲁迅，因为几代人被逼着读鲁迅，读了等于没读，或者，还不如不读——这就是我为什么说：扭曲鲁迅，就是我们的被扭曲。

在这个演讲中，陈先生也认为“中国毕竟有所进步了，今天，鲁迅的读者有可能稍微接近鲁迅生前的语境”，那么，鲁迅生前的语境究竟是怎样的？通过鲁迅的作品，我们是否能比较全面客观地了解到？或者说，我们需要如何自觉地破除掉那种强加的误导，去通过鲁迅作品，而真正了解那个时代？

陈：当我们说怎样“真正了解那个时代”，似乎暗示：我们已经了解自己的时代——我们真的了解自己的时代么？我看不了解。我们为什么要了解“那个时代”呢？就是为了了解我们自己的时代。

鲁迅时代的所谓“语境”，当然可以在鲁迅作品中到处感受。譬如他们两兄弟伙同北京一帮不安分的教授，一再写文章公开痛骂当时的教育总长章士钊，现在哪个文人敢骂现任教育部部长？就算有，哪家媒体敢发表？又譬如鲁迅多次提到检察机关任意删除他的文章，可是当他将那些文章凑成集，还可以补全被删除的句子和段落，而且在下面标上黑线，告诉读者这些字句段落曾经被删除。诸位要想“全面客观”了解“那个时代”，读一个人的书，绝对做不到。最笨的办法就是读各种各样的书。如今的书店和图书馆，各种各样的书越来越多，只要你想了解，你就去买来借来读，好不好？

至于怎样“自觉破除那种强加的误导”，我的意见，是先从语言开始，从我们张口说话开始。我们几代人，包括今天八九十年代出生的大学生，一开口，一下笔，都是党的语言，党的文化，除了这种语言，我们没有别的语言，没有别的表达方式——但这个问题太大了，这里不展开。

《笑谈大先生》说了鲁迅的好看好玩，印象最深的还有那些评价，说一些人，在中国近代史都称得起先驱和导师，“他们的事功，可以说均在鲁迅之上”，这点真的显出有“不仅还原鲁迅，还还原着一个时代”之感。希望仍以这样生动可信的方法，为我们再画一个时代轮廓背景里的鲁迅像。

陈：这也是多读书的问题。“事功”在鲁迅之上的人物，民国时代太多了。譬如鲁迅是晚清的留学生，早期留美学生中有位詹天佑，曾经建立大功劳，就是发明了“人”字形铁轨，修成京张铁路。留日学生中有位大名鼎鼎的秋瑾姑娘，为了反清，脑袋给割下来。鲁迅从来没有发明任何有用的工具，也没有为革命蹲过一天监狱，更别说献出生命，他只写了一篇几千字的小说，叫作《药》，算是纪念秋瑾。

可是我以为这几千字，可能比秋瑾姑娘的牺牲更有价值。秋瑾献出自己的性命，未能阻止在她身后多少百万的性命继续牺牲，白白死掉。鲁迅借她这条性命告诉大家，中国的许多场革命何其虚枉，中国的亿万百姓何其昏昧，多少烈士以为一死之后，可以唤醒大众，可是后来几十年，上百年——容我说句残忍的话——成千上万的烈士真是白白死掉，他们以为自己的血可以免除民族的罪孽，结果我们的种种罪孽不但没有减少，反而变本加厉，今天社会上许许多多悲惨离奇、卑鄙无耻的事，在秋瑾和鲁迅的时代，不但没有，而且说给他们听，他们根本听不懂。

可是民众不仅不想到感念烈士，而且多数早给忘了。鲁迅在二三十年代的几篇杂文中就写道，民国人早已忘了建立民国的黄花岗七十二烈士，现在大家看看，什么七十二烈士，什么秋瑾姑娘，包括《药》这样的小说，包括小说中揭示的道理，多少人记得？多少人在乎？这就是鲁迅的小说的厉害——在中国，你为大家死，你死了也白死，而鲁迅呢，我看是写了也白写，他的书写的残酷，犹如血迹，是让人看了害怕而厌恶，赶紧清洗掉，弄得不像出过血才好。

所谓“事功”，大约是指某人为社会、为国家做成什么事情，可是我用这个词，意思是我们怎样看待一位文学家，怎样看待一件毫无用处的文学作品。现在对鲁迅的许多非议，其中一条就是说鲁迅只管批评，没有正面的建议。这话很好听，仿佛很正确，也是今天经常听见的漂亮话，说是许多知识分子只知道批评，不做实事——没错。鲁迅不会建造青藏铁路、不会弄个卫星升天，也不可能发明一项手机功能，或者给诸位找份工作，加点工资，教你怎样升官发财……中国这一百多年关于物质的事功，何止千万，诸位今天大学毕业，如果以为多少万年薪，弄个公寓，买辆好车，便是人生的大幸福，大目的，那真是别去读什么鲁迅与胡适，不如痛快赚钱，或者赶紧做官，任期内闹点政绩，拆几条马路，圈几块地皮，撵走居民，盖几座高楼，那才是伟大的事功啊！

在《鲁迅与死亡》中，记得有说鲁迅写故友或纪念文字，总能击中人心，音容笑貌愈加清晰，但后人再来写故去的鲁迅，却是越描越模糊。为什么意识形态会戕害人心到这个地步呢？

陈：鲁迅是个至情至性的人，鲁迅又是现代中国罕见的文体家。有这两条，鲁迅的文章这才深沉动人。所谓“意识形态”教育的恶果，一面是泯灭人性，一面是破坏文体。为什么文体那么重要呢？因为感情性情，人皆有之，但你得将复杂细微的内心情感说出来、说得好，却是非常难。别说悼念文章，就是哭丧也要绝好的技巧。我在乡下插队落户时，亲眼见过发丧的家族特意花钱请乡里公认的专业哭丧人，调动情绪，营造气氛，那是哭得来出神入化，从低音到高音，从喃喃私语到放声号啕，那节奏、音量、姿态、表情的控制，简直叹为观止……这样来比喻鲁迅的文章，固然不妥帖，不过诸位要是读一读鲁迅的书，再查对文章写成的日期，你就会发现，鲁迅几天前写写调皮的短文，今天沉痛地悼念朋友，再过几天，他又去写妙趣横生的时评，或者老老实实的学术文章。

其实民国时代，连朱德这样的武人悼念母亲的文字，也是质朴真挚，比今日的文人写得好。那时的文人描述亲友，悼念故人，有不少好篇章，譬如朱自清的《背影》，虽然我不认为写得那么好，但也情性毕露，很可读。

这五六十年，全社会发展出一整套语言，煽情、造作、夸张、空洞，打开电视，几乎每个节目主持都用这种语言说话，日常生活中我们也这样说话，即便说的是真人真事、真挚的感情，语言却是空洞、夸张、造作、煽情，而且大家不觉得这有什么不好，我们是从丧失语言开始，丧失了传统、丧失了天性。你去听听一个幼儿园孩子说话，说到自己的爸爸妈妈，就已经造作不堪，不像一个孩子的说话。但这个题目太大了，今天也不展开。

鲁迅其实有比较长的教书生涯。他是个好老师吗？是怎么样风格的一个老师？他有情感传奇，有一场轰轰烈烈的师生恋。你也曾教书。对他的教书经历，有过特别的关注、兴趣和研究吗？

陈：鲁迅的所谓“师生恋”，在民国人物中并不格外“传奇”，算不得“轰轰烈烈”。当时著名的恋爱太多了，暗中的罗曼蒂克故事也不少。单是第一代共产党内的爱情故事就多得很，不方便说，可以公开说的，譬如徐志摩与陆小曼，徐悲鸿与孙多慈，都是有名的例子，在当时公开登报的……胡适与原配白头到老，名声很好，但他与美国恋人几十年的情书，台湾早已出版，他女朋友不止一位，当然都很得体。那位曾经要和鲁迅打官司的顾颉刚，在原配之外曾长期追求一位刚烈的革命女生，书信日记里是死去活来，那女同志解放后还在政协做官。被军阀枪毙的著名报人邵飘萍，三房夫人，都是红颜知己，大好人。北大前校长蒋梦麟丧妻后，与一位女子的婚恋在台湾闹得一帮老朋友伤透脑筋。还有左翼大王、文化主管周扬同志的发妻，是一位大家闺秀，变卖家当支持老公闹革命，结果周扬去延安后将她抛弃，娶了新人，一直瞒着，以至含辛茹苦的夫人得知后，发疯至死。另外，建国后第一任文化部部长茅盾先生也有一场漫长的婚外恋，那女子解放后还写了痛苦的回忆。

鲁迅因为被独尊，所以他的所有故事被放大，挡住了许多民国往事。现在，民国史料大量面世，我们可以自己看一看。上海老中医陈存仁先生的《银元时代生活史》，其中写他和章太炎、于右任、吴稚晖的亲身交往，充满细节，好看极了。譬如于右任曾经长期躲在上海的妓院，不是为了风流，而是为了清静，又譬如吴稚晖，自

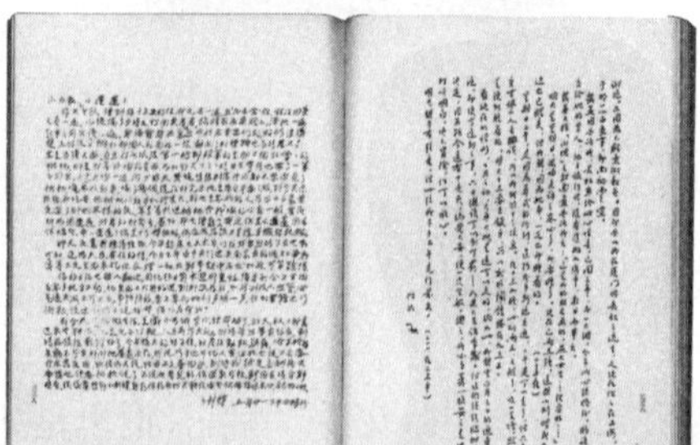

上图：青年许广平。中图：《两地书》部分手稿。下图：前左起：周建人、许广平、鲁迅。后左起：孙熙福、林语堂、孙伏园。1927年10月4日合影，时鲁迅与许广平初抵上海。

己德行还好，却非常喜欢讲黄段子，逗人乐。

我不曾特别留心鲁迅的教书生涯。鲁迅不自恋，很少谈自己，谈起来，只是自嘲，他对自己的身份地位，譬如教授啊、名人啊、导师啊，要么从不说起，要么就是嘲笑。可是民国的老师普遍有师德，爱学生，例子很多，举不过来。

鲁迅与年轻人的关系十分著名，生前不知帮助过多少年轻人。给他画封面的画家陶元庆夭折了，他来出钱造坟。韦素园和瞿秋白死了，遗稿都是他亲自整理，花钱出版。这些人都比他年轻十几二十岁。有些晚生后来背叛他，攻击他，鲁迅至死也并不因此失去对别的后生的好心意。而胡适对学生和年轻人也是关爱提携，不遗余力，经常慷慨出钱赞助。他提倡新诗新文学，可是自己缺少文学的才华，有位年轻诗人他赏识，可惜名字我忘记了，这小年轻老是跟他开口要钱，他也居然一次一次给，一百银元，甚至两三百，这在当时是很大的数目。“文革”中自杀的前北京市副市长吴晗，胡适就曾非常赏识，亲自介绍他到清华学明代史，吴晗不久入了地下党，解放后出任北京市副市长，还不得不批判恩师胡适之。台湾那位李敖年轻时穷困，就曾得到胡适的资助，现在李敖为了感谢他，还要自己花钱在北京大学给胡适造个铜像，我猜北大不会批准的，虽然北大的光荣，北大之所以是北大，和胡适很有关系。

鲁迅教书的细节，据学生回忆，一是清晰，一是好玩，经常逗得哄堂大笑，有位北大学生听他的课，笑得受不了，说是“好玩死了”。我只记得一个细节，是他文学史课讲到古代舞女一种发型，那发型的字，很古僻，又说到一种舞姿，是身体向后仰，鲁迅就当场作出向后仰的姿势，弯腰弯到支持不住，几乎倒下去，于是直起身子，说：“非不为也，余不能也。”我猜，其实鲁迅哪里看见过魏晋隋唐的舞女怎样跳舞，他是从古书古画中看来，凭自己想象，当场

上图：鲁迅照片中唯一大笑的镜头。沙飞摄于1936年10月8日。十一天后，鲁迅逝世。下图：笑容可掬的胡适，摄于1952年。

做点动作，然后特意用古语说："不是我不愿意呀，是我学不像呀。"逗大家笑笑。

好了。我现在也来借这句话："非不为也，余不能也。"——今天给大家勉强讲鲁迅，应该到此为止了。

2008 年 3 月 16 日写在纽约

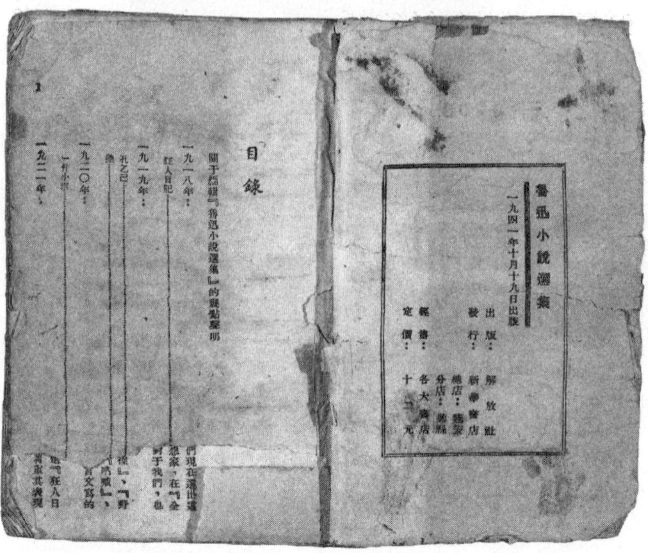

上图：1909年鲁迅摄于东京，时年二十八岁。下图：为纪念鲁迅逝世五周年，延安新华出版社发行《鲁迅小说选集》，收入鲁迅小说十三篇，首篇即《狂人日记》。

文学与拯救

纪念《狂人日记》问世九十周年

大家好！

今天的题目是《狂人日记》发表九十周年。想来想去，我勉强可以谈两点。一是鲁迅的文学才华，一是那两句著名的话："吃人"和"救救孩子"。

好几年前，港台大陆三地文学评论家弄了一回活动，是从新小说迄今为止选出一百位作家，展示中国现代小说的成绩。不消说，鲁迅先生头一名。头一名既是鲁迅，那么头一篇，就是《狂人日记》了。

文学、艺术，要来选人，而且是一百名，我不知道是什么意思。但评选者的一段话，我记住了：中国的白话文小说起于鲁迅，也在鲁迅手里成熟。

这前一句话，鲁迅自己也说过的。1935年，他在《中国新文学大系·小说二集》的序言中回顾中国1926年之前的小说，然后写道："在这里发表了创作的短篇小说的，是鲁迅。"当仁不让，但是一点不骄傲，不自得。我真喜欢鲁迅这样子说起自己。

这后一句话，鲁迅可能会不吱声。他说自己的创作是因为朋友怂恿，于是拿些"小说模样的东西"去敷衍，又说，文坛太寂寞，大概凤凰之类都休息去了，他这样的夜鸟飞出来叫叫，就被注意

注　2008年北京师范大学讲演。

了。我以为这不是鲁迅装谦虚，而是真话。

1918年鲁迅发表第一篇小说，直到他去世的1936年，总共十八年，其间写小说恐怕十年不到，薄薄两本小集子，《呐喊》、《彷徨》，规模很有限。从整体看，白话文小说的历史也就这么不到二十年。他在以上同一篇序言中还告诉大家，《狂人日记》受到果戈理同名小说的影响，《药》的结尾也有安特莱夫的影子，鲁迅对自己、对读者，尤其对文学，都很诚实的。他是写过第一本中国小说史的人，知道什么是文学与文学史，知道文学的成熟哪里那么容易，那么快。他做了开路人，但看轻自己，写了一通就罢休了。晚年的《故事新编》，那是无可超越，又深刻，又老辣，可是他也说太"油滑"，好像不当一回事，更没有居功自赏的意思。孙郁先生说鲁迅是个翻译家，很准确，他甘心情愿给新文学铺铺路，垫垫底，并没用太多力气写小说，早就让开身子，等着英雄好汉出来超过他。

九十年过去了。中国现代小说成熟不成熟？有没有好汉超越他？我现在倒是愿意回到《狂人日记》发表时，看看中国文学大约是怎样一种状况。

1918年，中华民国才成立七年，虽然结束帝制，但整个形态和晚清差不多。文学革命，也就是胡适陈独秀倡导的白话文运动，刚刚开始，时间大约是1915年。文学史专家或者知道那时中国有没有出现白话文小说，以我的无知，好像没有，有，想必稀少幼稚。照鲁迅的说法，《水浒》《红楼梦》已经精彩地运用白话，但大家知道，那毕竟是"章回小说"。到了二十世纪初才出现有名的长篇小说叫作《老残游记》，可是《老残游记》的同时，欧洲易卜生、哈代、福楼拜、托尔斯泰、契诃夫，早已写出了顶顶重要的代表作，叔本华、尼采的思想也被介绍进来，但这些欧洲大人物到十九世纪末、二十世纪初就先后死了，而在中国，那时还没人以现代的思想、人格来写现代小说。

这时，鲁迅忽然扔出来一篇短短的《狂人日记》，非常前卫，非常摩登——比现在七零后八零后作家前卫得多——所以文人们很吃惊。不久，《孔乙己》、《药》和《阿Q正传》也发表了，蔡元培就给鲁迅的弟弟周建人写信，说实在是五体投地啊，五体投地！胡适和陈独秀闹文学革命，但没有创作，所以也对鲁迅大佩服，拼命说好，拿来作白话文小说的成绩，打击保守派。诸位想想看，那时哪里有作家协会，鲁迅的正职是教育部佥事，据说相当现在的处长，同时在北师大兼课，并没有名气。署名“巴人”的《阿Q正传》发表后，许多人猜测这位作者到底是谁。今天，要是北师大的老师群，或者教育部官员里又冒出一位小说家，一发表，全国文人吃一惊，那是什么情形？

鲁迅的少年志愿是做医生，并不是弄文学。除了听章太炎讲“小学”，论学历，和在座中文系的本科生、研究生、博士生、博士后相比，简直靠边站。《狂人日记》发表时，鲁迅年龄很不小，三十七岁，有句话叫作“大器晚成”，鲁迅是超级大器，但其实他很早就“成”了——大家要知道，此前鲁迅已经写得很多，写得很好。他那一代人旧学根底厚，他又全盘吸收当时西方的新知识、新思想，他写作的语言、笔力，一出手就响亮非凡，二十多岁时写的《人之历史》、《科学史教篇》、《文化偏至论》、《摩罗诗力说》，足够显示他卓越的写作天赋。虽然用文言，虽然他几乎忘记这些早期作品，但那样的眼光、笔力、气势，到今天也没人能够写出来。鲁迅是个沉静的人，很早就怀疑、悲观、看破，他没有积极参与文化运动的发起，更没有领袖欲，也没有资料表明他自信有着写小说的天才。他到北京后长期闷在家里抄古碑，有点破罐子破摔的意思，并不把自己看成是个人物，但做学问、写文章，从来认真扎实，周作人晚年回忆，说他哥哥做一件事情完全为了自己的兴致，一点没有企图心。在他动笔写新小说时，除了旧学的教养、新学的激励，全中国并没有人可以给予他有关现代文学创作的影响，本土现代文学的前辈、先例、同伙、同志，一个也没有。要说有，也只是从日本的翻译看了一点欧洲小说，就这样子躲在小四合院自己写起来，结果开天辟地：中国古典文学结束了，中国现代文学开始了。

这真是不可思议。明代的罗贯中写《三国演义》，有历代的话本，清朝的曹雪芹写《红楼梦》，毕竟前面有过《金瓶梅》。托尔斯泰写《安娜·卡列尼娜》，自称受到普希金影响，而普希金写《别尔金小说集》时，前面没有人指引他。这种罕见的才华，无法解释。今天看，鲁迅的初作还是不可更动，不可商量。它可能单薄，但是完满，一上来就有自己的文体，深沉锋利，这种文体不是说还要怎样锤炼、生长，它已经是典范。我们不会说：一朵花得开那么几次才慢慢像一朵花，真的玫瑰，一开开来就是玫瑰，鲁迅的小说就是这样子。

后来的张恨水、老舍、曹禺、沈从文、张爱玲，论文学才华，都不得了，一上来就有自己的面孔，很快相对成熟；论题材、界面、规模、样式，也比鲁迅有拓展。但很难想象在他们出道之前，中国没有一个鲁迅。解放后，三十年左右几乎没有纯正的小说，八十年代才出一大批新作家，总算在文学断层这一端长出不少苗，但早期作品那种幼稚、贫薄、先天不足，和民国文学才子没办法比较，更难和鲁迅项背而望——十八世纪的曹雪芹超越了十四世纪的罗贯中和十六七世纪的冯梦龙，二十世纪的鲁迅，又以白话文小说一举超越了古典章回小说，现在九十年过去了，其间千万篇小说，论文体和语言、论成熟感、论扭转时代的力度、论经典性，可能仍然不容易超越鲁迅。但不论如何，过去二十多年毕竟兴起了大规模文学实践，许多好小说诞生了，而从几代作家望过去，在起点上，站着一位瘦弱的鲁迅。今天，我们的文学视野早已超越鲁迅，我们有理由以新的制高点、新的复杂感看待鲁迅，但不论怎样议论鲁迅，我猜，弄文学的人都会拿他没办法。

接下来，要说《狂人日记》中那两句有名的话："吃人"和"救救孩子"。

这两句狂人的狂话，是小说的语言，文学的语言，可是它说出后，迅速在历史狂飙中迷失，不再被看作文学。历史也像发狂一般，再三再四以可怕的方式，听从这两句狂话，同时反过来对它施以深刻的讽刺与侮辱。鲁迅生前就领教了这番历史的捉弄，从《狂人日记》发表直到去世，鲁迅始终敏感于时代不断在翻脸，今天来看，这历史的恶毒，是《狂人日记》始料未及的报应。

"吃人的社会"、"救救孩子"，为1918年前后新文化运动的"反礼教"命题，作了最为精炼、凶狠的概括，振聋发聩，大慈大悲，极度形象，极度夸张。前一句话，指两千年旧文化，后一句话，在鲁迅个人是出于绝望与希冀，在历史层面，直接指向革命：革命，在文的一面启动了鲁迅那代人倡导的"改造国民性"，在武的一面对应了国共两党的强力统治。九十年后，如果仍以形象夸张的方式引用鲁迅前一句话，他所憎恶的"吃人"社会完全被推翻、征服、消灭，"吃人"的性质变了没有呢？变了，变成另一群人在吃人，或者被吃，换成另一方式吃人，或者被吃。而"救救孩子"这句话，就是"救中国"的意思，当时说出口，就隐含大问题：谁来救孩子？怎么救法？能不能救得起？

袁世凯的君主立宪是一种救法，失败了；孙中山的"三民主义"是一种救法，失败了；蒋介石的"训政"是一种救法，失败了；战无不胜的毛泽东思想是一种救法，大功告成，后来又失败了，为了补救这失败，此后到今，改革开放、三个代表、和谐社会等等等等，

上图：民国新军。南怀谦摄于20世纪初。中下图：
被武将们环伺簇拥的袁世凯与孙中山。

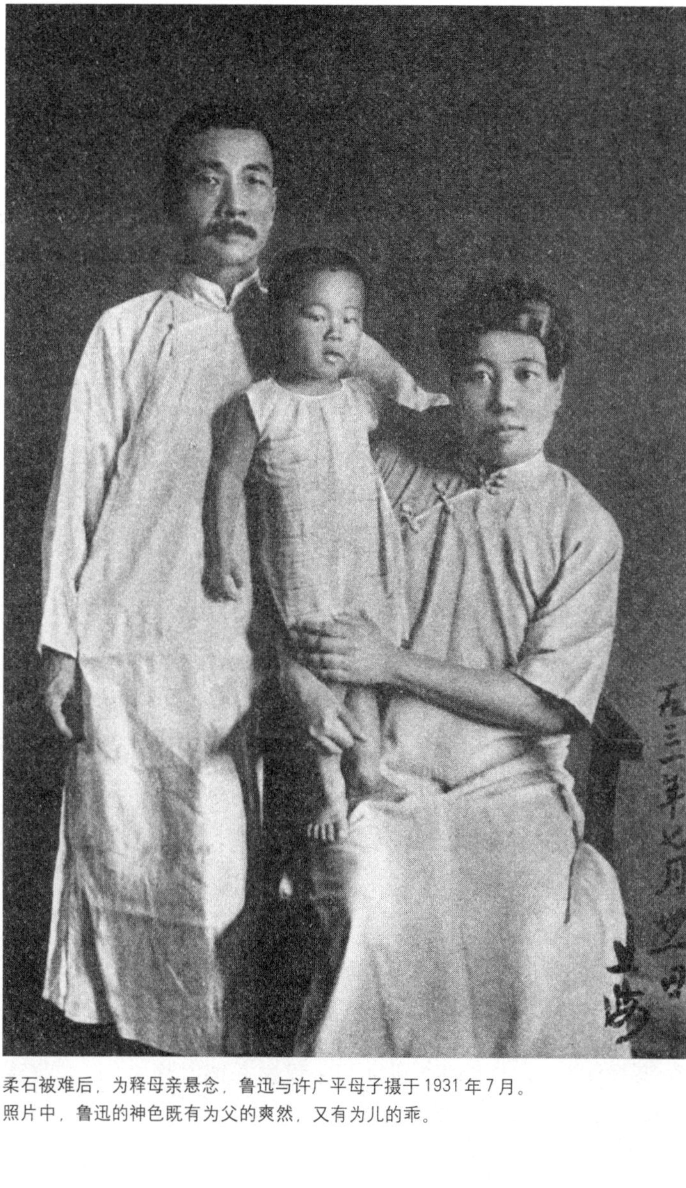

柔石被难后，为释母亲悬念，鲁迅与许广平母子摄于1931年7月。
照片中，鲁迅的神色既有为父的爽然，又有为儿的乖。

都可以说是种种救法的救法，历史地看，目前正在成功的路途中——现在，让我们改动鲁迅那可怕的说法吧！将“吃人”与“被吃”改为“治人”和“治于人”，再或者，改成“整人”与“被整”、“骗人”与“被骗”……都可以，然后来看看今天的中国，“治人”与“治于人”、“整人”与“被整”、“骗人”与“被骗”……仍然到处可见。但是，不再有人跳出来大叫：“救救孩子。”千千万万孩子们早已被告知，或早已认定被“救”了起来，预备长大了“治人”或“治于人”，“骗人”或者“被骗”……总之，一个空前富强的中国正在崛起，和鲁迅那个被瓜分给欺负的旧中国，不能比了；一个人人平等人人有尊严的中国，暂时还没出现，和鲁迅目击的中国，还可以有得比。

回到鲁迅。当初他既是呼喊“救救孩子”，必定和他的五四同志们一样，以为自己应该救孩子，而文学能够救孩子。与《狂人日记》对应，他在散文《我们现在怎样做父亲》另有一句著名的话：“肩住了黑暗的闸门，放他们到宽阔光明的地方去。”是的，旧式婚姻，可诅咒的古文，同乡秋瑾的死亡，鲁镇百姓的愚昧，都是鲁迅身受或目击的“黑暗”。但他自己的事好办：他书写白话文，他为了恋爱出走，但在此后的现实中，在他曾热爱并为之辩护的中华民国，他很快发现放到“宽阔光明的地方去”的孩子，照样是一个死——1926年刘和珍与许多同学被军阀镇压，他说那是“民国以来最黑暗的一天”；1931年柔石和他的同党被国民政府枪毙，他说他被“层层淤积”的血“埋得不能呼吸”；1933年瞿秋白被害，鲁迅不再写文章，书信中说起，也异常冷静。他不再叫喊，他变得比1918年更绝望，因为在他年轻时，目击的是同龄人的死亡，而在三十年代丧命的青年，都比他小二十多岁，可以做他的孩子。而三十多岁讨论怎样做父亲的那个鲁迅，那时快五十岁了，中年得子，真的做了父亲，但这位父亲很清楚，除了好好养大周海婴，其他千千万万孩子，他根本救不起。

不久鲁迅死了。“救救孩子”这句话跟着他的小说留下来，变成一道符咒，凡是怀抱救国心的青年记得这句话，相信这句话。可是别家的孩子不说，单是鲁迅家的孩子，以及孩子的孩子，一旦遭遇麻烦，别说没人救，连自救也不能。而鲁迅当年是可以自救的：他和许广平先生恋爱，走去广州上海，过日子，生孩子，除了寻求母亲和原配的谅解，不必任何人同意。可是过了五十年，鲁迅的亲孙子周令飞和台湾同胞在东京申请结婚，海峡两岸驻日本官员没有一个人胆敢出面、胆敢做主，哪怕说一句同情的话。事后，大陆的高级官员把鲁迅的儿子叫过去，教训他，要他和鲁迅的孙子脱离父子关系，还要他退党。

诸位，鲁迅要是在家，拿出《狂人日记》喊道：“救救孩子！”谁理他？

但鲁迅身后，在光明中奔跑的一代一代中国孩子，胸怀正义、勇气和血性，继续慷慨激昂，救中国。无论是胡风还是储安平，是张志新还是林昭，是六七十年代的红卫兵还是老知青，是八十年代的大学生还是读书人，都自以为是在“救中国”。结果呢，连自救也休想：等到他们闯了祸，或被认为闯了祸，全中国没有人能够救他们，也没有人胆敢救他们——很好，最近二十年，孩子们学乖了。什么都可以做：跳舞、唱歌、吸毒、堕胎、考试、升学、赚钱……都没关系，都很好，但千万不要救中国，千万别去闹革命。是的，是你们，在座的孩子们，总算被迫或者主动摆脱了九十年来救国与被救的轮回，人人做个乖孩子，学会顾自己。

这是新文化运动的大讽刺、大失落：“国家兴亡，匹夫有责”的伟大寓言，被孩子们彻底看穿了、抛弃了；这也是中国历史的大还俗、大胜利：革命与改良、文化与制度、文学与拯救，终于被看成

1976年，"四五运动"中天安门广场纠结呼号的爱国青年。吴鹏摄。

是两回事。

但九十年前大部分的中国读书人，包括鲁迅，相信革命，不信任改良；热衷于文化争论，以为制度的确立还在其次，还在其后；而那时的先锋文学，有意唤起并直接刺激国家民族的拯救意识和拯救行动。文学革命的发起者陈独秀后来自任新党的党魁，文学革命的杰出创作者鲁迅，成为革命者的精神资源。毛泽东在延安窑洞里说："我的心与鲁迅是相通的。"而奔赴延安的知识青年都是鲁迅的崇拜者。他们不清楚鲁迅晚年对左联的深刻失望，就像鲁迅不知道日后的延安发生了什么；日后的延安，那些整风过后幸存的青年又哪里想到后来进城做了大官，或大右派，而毛泽东自己也未必想到解放后会坦然语告：鲁迅要是活着，不是沉默就是坐班房……反正，当鲁迅1936年去世之际，梦想自救与救国的青年，正打算上路，奔赴延安——这一切，在政治思想政治实践的一面，可以追溯到马克思列宁主义和苏俄，在文学的一面，则可以追溯到鲁迅的小说，追溯到1918年问世的《狂人日记》，追溯到其中那句呼喊："救救孩子。”

文学能不能拯救国家？如果能，过去九十年被称作拯救的巨大成绩单，我们看见了。如果不能够，九十年过去，应该怎样看待鲁迅？怎样看待文学？没有疑问，《狂人日记》是一篇卓越的小说，是中国新文学的开山之作。今天，《狂人日记》的犀利与才华仍然令人惊异，但历史高高抬举这篇很短的小说，并不仅仅因为才华，而是它恶毒的挑衅，以至它的影响远远超过鲁迅能够达到的想象。在鲁迅的时代，有过一些试图将文学与拯救审慎划分的小说实践，但很少有人听取。在我们的时代，仍然有一些试图将文学引向拯救的热情作品，也很少有人听取。怎么会呢？我们可以想想。所谓“文学”这个概念，其实来自西方，“拯救”的概念，同样来自西方，来自基督教，一如马克思主义和无产阶级专政的概念，来自欧洲。是什么，使这些概念居然在六十年前的中国成为现实？

我没有能力回答。我不愿意说，文学只是文学，文学必须纯粹，不，我确信伟大的文学拯救人心；我也不愿意说，文学理应背负拯救的使命，煽动革命，救国救民，所谓启蒙也绝不单单是文学的事情。我不知道别的国家有哪一篇小说会发生《狂人日记》这样的影响，但我看见，一场文学革命，一篇小说，一句话，在中国历史中曾经发生了怎样的后果。

文学是可怕的。才华尤其可怕。鲁迅赋有这种才华，而且和九十年前的历史遭遇了。这就是我今天尚待清理的感想。

2008年4月25日

杂稿不予汇编，不知其杂。以下长短不一的文字，七八篇略涉本业，大致议论别家的艺术；四篇关于阅读，是敷衍出版社的书评；三篇被问及市场，其实这哪该是画家出面谈论的是非；三篇分头说及奥运会开幕式，则迅即有正义的年轻人在网络痛骂；两篇讲述知青，倒是本分。另有评说电影、话剧、摄影、时尚各一篇，受人委托，或是应景，还有一回与媒体打口水仗，当属咎由自取……倘若这作者是另一个家伙，我怕会嗤之以鼻，但校对一遍，我承认那就是自己近年来不算营生的营生：一端是媒体催稿，一端是读者要我在书上签名：这是骗局，也是真情，我早识破，然而上当了——书尾回顾七十年代的长文可能是一次救赎：它带我暂时逃离今日的忙乱，返回少年时代。我认出最后那幅与弟弟合影的照片，但照片中憨笑的孩子，无论如何不认得这些杂稿的作者，就是他自己。

我永远被起飞吸引

大飞机起飞真好看

我永远被大飞机起飞和降落吸引。奇怪，不论在什么时候看见飞机起飞，我就呆呆地看，心里很昂然的样子。

大飞机起飞真好看。我初到纽约那几年，还曾跑到飞机场边上远远地看，飞机越过头顶，震耳欲聋。自己坐在飞机里，起飞了，倒没什么，可是远远地看，飞机起来了，降落了，永远兴奋，连生理都兴奋，目瞪口呆。

尤其是飞机在跑道上排队等待起飞，前面的飞机慢条斯理，依次循序向前进，停好，给太阳照着。忽然，那为首的飞机浑身发抖，往前蹿，稍不留神，机头已经抬将起来，一对翅膀左右平摊，冲上去，冲上去，义无反顾，异常坚贞，真叫人感动啊——人怎么会干出这样一件事情，这么重的一块铁？！

不对，是铝，可是铝也很重啊。

小飞机起飞有点滑稽，像晴空中的蜻蜓或蚱蜢。瞧！它也起来了，那份招摇，活像上海弄堂里骑着脚踏车呼啸而过的小阿飞。

注　为纪念世界航空一百周年，《中国航空报》于2002年作此采访。发表后，网络转载时仅取最后“艳遇”一节，其余全部删除。文中小标题为编辑所加。

有一阵我喜欢申请靠窗的位子，然后录像。我有好几盘录像是飞行景观。你看白云远远近近一朵一朵耸起来，像几十个原子弹同时爆炸，夕阳照过来，云的影子遮住另一朵云，每朵云，我猜大概有几亿立方米大。云移动，我也移动，缓缓移动的巨大景象，最壮观。

要是屈原、李白坐在飞机上，看云彩，看大地，会写出怎样的句子！

地平线忽然倾斜

小时候穷，人穷了常有非分之想。“文革”中小汽车稀罕，我想：这辈子恐怕坐不了小汽车了。结果二十二岁那年，很偶然，有一次从南昌的什么地方到火车站去，一位朋友弄到了一辆小汽车，送我去。这经验几乎和我第一次坐飞机那般隆重。一坐进去，人忽然矮了，那会儿都坐公共汽车，往下看路人，一坐进小汽车，路人个个比我高。

第一次坐飞机是两年后，居然得去西藏的缘分。南京飞成都，成都飞拉萨。是伊尔申什么什么型号的苏联飞机。起飞了，地平线忽然倾斜，地皮好像掀起来。

当然兴奋！印象很深。1976年，二十七年前。那也是我第一次从空中看地面，长江在四川湖北一带，在中南的绿野大地猛烈转弯，大蟒蛇似的，因为飞机在移动，长江转弯像是活的，飞跃的。

等到我第二次去西藏，1980年，坐飞机知道害怕了。那时已经有家室有小孩，心想别出事！越过高原遇上气流，剧烈颠簸，你知道吗，好比上帝手里捏个饭盒使劲晃，你就坐在饭盒里！水杯打翻了。我呕吐，非常难受，倒不怕，只在每一颠簸的间隙集中神志，等着下一颠簸，颠着，等着，终于平稳了。

空姐非常镇静。空姐了不起，面不改色。那时的空姐穿着类似军装，像文工团员。据我知道好多空难都记载空姐镇静。“9 · 11”事件，机舱里谁都知道此命休矣，空姐一个个打电话给地面交待事情。这是职业勇气，比道德还要高，在职业中，人有了勇气，她可能在地面上没那么勇敢，平常也没那么勇敢。其实女人比男人更勇敢，女人是母性的，母性是保护，到那一刻，母性唤醒了。

毕加索从不坐飞机

毕加索从不坐飞机，他不愿飞越大西洋到美国。他知道自己这条命很重要，知道天下只有一个毕加索。中国古谚：千金之子，坐不垂堂。毕加索知道自己是“千金之子”。马蒂斯坐飞机，去过纽约，在第五大道暴走，说摩天大楼让他很震撼。达利喜欢坐飞机。这几位都是现代美术史顶重要的人。

我会闪过一念：这次会出事吗？！

但只是一念，并不会深想下去。你看，每次起飞，每次降落，全体乘客一声不响。有一次我在洛杉矶起飞，瓢泼大雨，飞机升空时疯了似的发抖，无比坚定地发抖。雨帘简直是瀑布，巨大的机翼像把横过来的刀一样划破雨帘，雨水均匀地向机翼上方呈大弧线飞溅。身边是一位肥胖的黑人女子，闭着眼，不停划十字。

起飞、降落，那时的心理值得写。很难写。起飞时我通常看书，轻轻地、轻轻地恐惧半秒钟，好像事不关己，一面读着书里的字句，而且像平时读书那样，闪过毫不相干的念头。

我一年至少四次越洋飞行，暑假寒假都要回纽约探亲，每次单程都是十几个小时。还加上好多次国内飞行。飞行的恐惧还是会

1971 年，林彪座机在蒙古温都尔汗附近坠落，此为坠机现场。

有，只是一次比一次轻微、轻率，像小刀片划过——人的恐惧或快乐都是轻率的，都不曾细细咀嚼……没有人交流这种恐惧。中国人天然避讳，西方人喜欢谈恐惧，西方文化一大内容就是恐惧，世界末日、最后审判，这跟宗教传统有关系。中国人不谈。文学家应该写写看：人类乘坐这种最奢华、最现代、最危险的交通工具时——几百人挤在一个圆筒里——心里什么念头？

轰隆一声，着陆了。大地真好啊！暗自庆幸，愚蠢的庆幸：又拣了一条命，其实没人在抢我这条命。

我不知道我是什么表情

二十年前刚到美国，最惊讶就是飞机场。纽约肯尼迪国际机场，那是我第一次看到现代机场。以后在美国各地飞行，很多好机场，芝加哥机场、道格拉斯机场，都比纽约机场造得晚，所以更现代。今天中国也出现浦东机场、首都机场、广州机场这样新造的机场，其实比纽约机场现代多了，咱们现在有资格笑话：瞧，国外机场不过如此。

但是重要的不是机场，是乘客。

在美国，飞机叫作“空中巴士”，乘客行李很少，穿着体面，脸上是一种长期习惯飞机生活的“无表情”。中国挤公共汽车那份混乱，现在还这样，争先恐后，全是表情。近六七年，飞行开始大规模进入中国公众生活，每到机场我就看人，你瞧，不少女人，尤其是年轻女子，穿得像去开party。穿西装的地方老板或官员，显然兴奋，郑重其事，上下飞机，不停打手机：“我在候机室呢！马上登机了！挂了！”明明通话内容跟飞行无关，可是要来点明他在飞机场。

火车高级软卧车厢也能看这种自觉的优越感，装得无所谓，但是对自己很满意。这种表情很有意思。中国人整体生活已经进入消费时代，但“表情”还属于前消费时代，还在兴奋期。可别太快弄得像西方人一样，一脸冷漠，一脸的无表情。所谓消费时代的脸，在西方是集体表情：他们知道这一切意味着着什么代价——孤单、恐惧、疏离、死亡。有了飞行，就有空难，西方人蛮看破的。看破了，于是出现集体表情。西方人面临突发灾难，比中国人镇静、理性。“9·11”那天头一幢楼出事，千百员工下楼撤离就跟排队进电影院似的，不抢，不慌，不失态。

他们早就在这个文明中，看破它的好处，看破它的可怕。

中国人拥抱新文明，还不太想到这一切的后果……不过高级白领和资深官员，显然飞机坐了多少年了，家常便饭，开始接近西方人那种冷漠的、视之当然的“无表情”。

唯独不知道我是什么表情。我总是好奇，东张西望，介于贼和间谍之间。

艳遇与我擦肩而过

人在旅途中会有fantasy，就是想入非非。不知女人有没有，男人希望有艳遇。我现在还有这种fantasy：让你轻微快乐的不是真的艳遇——艳遇概率，少得跟空难一样——而是fantasy：也像空难的恐惧般，一念闪过，闪过一念。

但我有个毛病：旅途中不会主动跟人说话。不是架子大，是害羞。天性如此。我觉得搭话是轻佻的。有的男女没几句就熟得跟前世冤家似的，火车没开就已经打牌了，那份儿亲昵呀：嗨！你瞧你、你瞧你，讨厌！

我给你说一次艳遇，真的艳遇。我是画画的，贼眼，去年从上海飞北京，一眼瞧见队伍最前面正在签票的女子，美人！后侧面那么好看，简直“专业”美人！她掉头走了。走了，我就忘了。

我经常迟到，好几次是广播播音找我，连名带姓。那次我也是最后进机舱的人。坐满了，一眼看见她——不是我在找她：这样的美人，怎会不看见呢。美术馆最好的画，老远勾你目光——我一排排对座号，居然就在她身边：我靠走廊，她居中，靠窗一位小女孩。看见正面了！形太准了，眉眼鼻梁，笔笔中锋，像王羲之的字。王羲之的字，极姿媚的。

我暗自高兴。要命的是害羞同时到位，你知道，害羞其实是倔强的情绪。我们就这样并排坐着，我不可能别过脑袋看她——除非眼睛长在太阳穴靠耳朵那儿——她索性坐我远点儿，还能偷看她。

害羞：一个老男人心里的小男生情结。我们从小不跟女生讲话，看到漂亮出众的女性，紧张，拘谨。这种心态跟一辈子。平时我胡说八道很放松，人不多的聚会，谁相貌出众，我会暗暗拘谨。现在还这样，没办法，这是性格。

我很想画身边这位美人，跟她讲话，但此时此刻我知道什么都不会做，还不如没艳遇。

起飞了。她开始睡觉，身子弯下去，头发垂落，挡住脸面。空姐送茶水了，我替她攒在我的小桌面上，伺机递给她，光是递递也风流啊——我插队时有个哥们儿，打起人来拳脚忒狠，可是他常到县汽车站守候下车的女生，抢着给人扛行李——我也不过如此伎俩。

可是没得逞。她全程熟睡，根本没喝水，也不注意水杯。她偶尔起身朝椅背后仰，中国人很少侧面这么标致——我到底还是扭头看了，真是惊艳！摸出一支圆珠笔，一个信封，反面是白的，我飞快勾勒，飞机轻微颠簸，线条也颠簸。还像。我记得偷看周围有没有人注意，简直是作案。

完了。北京到了。艳遇结束了。飞机停稳，灯光大亮，我起身让她出来，活活看她走掉，一句话没讲。她标致到那样，自己知道，埋头走开。

下一次坐飞机，放个什么电影，香港片。她演皇后，绫罗绸缎，嗔怒着——哦，难怪，她是演员。过一阵，报摊上一本彩色杂志封面，又是她，查对名字：范冰冰，那位邻座睡美人。

做个悬念小说还行，留着期待。结果呢，结果就像我上面说的那样。

2002 年 11 月

非典在北京

那天在校园走，猛听得女生尖脆的叫嚣，急抬头，是在教学楼高层，窗户大开着：

“非典、非典，向我开火吧！”

我止步发笑，瞧她兴尽住口，缩头关窗，其时4月下旬，学校因非典封校经已快两周了。

二十多年前看美国电影《等到天黑》，看一身冷汗：奥黛丽·赫本演个盲女困在家中，两拨黑道轮番出入她寓中，追索海洛因，她以瞎眼与之周旋终日，性命交关，万般险急中暗通楼顶一位小姑娘，向外报警，这才逃过一劫——片尾有句话，是所有人惊魂甫定，偏只那小女孩一脸遗憾，仰面说道：

“No！ I wish every day just like today！”

我们被告知“非典”这回事，一个多月了。上海朋友来约稿，怎么办呢？应景应时的文字，我不会写，而我的写字，又大致全是为了别人的邀约，那就试试看——

4月16日，我开始每学期分四堂讲授的“共同课”，各系同学均可选听，照例讲四个钟头。承同学赏脸，允我抽烟。课后发现有一字条未及回应，写的是：“老师，您生活中有过恐惧的经验吗？

注　发表于2003年5月上海《文汇报》，题目改为《与恐惧擦肩而过》。

当您恐惧时，您怎么办？”

迟午下课，手机响：就在我们上课时，本校第一位非典病人被架走了。

得病的是工业设计系学生。翌日，与之同系同楼同舍区的七十余个孩子当即被送往北郊招待所集体隔离。接着便是停课封校，离校的不得回，在校的不得出。我照常去画画，办了教工特别出入证，蓝绳子，压膜塑料，有名有姓有编号，挂在胸口晃荡着，如电视中昂然出入的人大代表，荣耀而特殊，进校门，只见戴口罩的警卫走上前来，手持一枚塑料温度计，状若手枪，照我眉心虚虚一戳，活像执行枪决：三十三度八。

三十三度八？我竟如此冷血：回说还要加上一点五度，便是正常的体温。

校园空寂，街头也空寂。春日明媚，群树爆芽，万千新叶簌簌作响，京城夹道是梅花樱花丁香花槐树花争奇斗妍，好不猖狂，以胡兰成所引家乡话形容，诚哉“难收难管”。我骑着自行车穿行其间，戴着分配的口罩：先是圆形凸起的那种，如驴之嚼口，不几日讨得一枚普通棉布口罩，遂了心意，又多一招怀旧的实物：在上海，儿时少时年年入冬戴口罩，呼吸着自己的呼吸，从罩沿边窥看世界，以为世界看不清自己：很自爱，很性感，很私密。

天黑了，对街原本餐馆林立，4月底相继关闭。才八点多钟吧，街头好似深宵，昏沉僻静，路灯下，在我居住的团结湖北二条街口，日常夜夜聚着围观下棋的闲人，黑黢黢，面目不清，非常时期居然不散伙，直到今天仍旧在那里。依仗春暖，路边的椅凳昼夜靠坐着身份不清心绪不明的人：外地人？民工？热恋者？失恋者？或腿臂纠缠，或怔忡发呆，或者索性躺倒酣睡，占据着整张肮脏的长椅，状若济公……北京的灰尘。

大型史诗《走向共和》连续剧隆重开播。还没弄清播放时日，已经错过十几集。预告片段早已看熟，画面一出，便即随诵如仪：

李鸿章高吼："你难道听不懂吗！"

老佛爷厉声："你这是勾结逆党！"

袁世凯哼道："我从来就没听说过什么人民！"

孙中山长得多像孙中山啊，只见他仓皇奔逃，镜头迭化，愕然停格……

非典病例的屏幕数字也已看熟，看了几天，厌烦了。别的频道呢，别的频道亦无非"非典"：动员、宣誓、记者发布会，广东大夫钟南山，平心静气咬牙切齿，是的，岭南人多有耿介如钟南山者，偏说目前的病情只是"遏制"，不是"控制"，还要引据英文……忽然，明星们排排站好唱起战胜非典歌，想是哪位能干的写手连夜写就，"文革"时多有这等干才，大会一开，词曲便来。

早就注意那位中央台四频道"面对面"专栏主持人王志，那才是主持，想起纽约主持人。纽约主持人从来不哭，王志哭了，带着单边的酒窝，悄然拭泪，又复发问。

手机短信息满了，删除，又添满。沪地朋友4月底急劝我逃去南方，怎能呢，岂不给上海又送去一只危险的北京瘟鸡。

五一长假，两次骑车去故宫景山。一次放晴，护城河上空风筝飘摇，有位相貌堂堂的退休老人好不威风，白手套，花衬衫，全套米色西装，浅棕色皮鞋，慢悠悠教儿子怎样收长线，那老成持重俨然内阁大学士。另一次细雨，雨中树下是四五位京城中年男子纵声合唱，颈胸耸动，状若雄鸡，围一群中年女子，盛装，涂口红，个个烫发，眼神沉醉而景仰。雨势渐渐大了，雨中的歌声传得很远，远处，另一群围聚亭中的中年男女进进退退，一二三一二三，学跳交谊舞。

七十多位孩子回校了。那年轻的病人很快恢复三十六度体温，原来是“疑似”。孩子们结束了快乐的京郊隔离：在那里，男女生朝夕混在一起，天天看电视。

我喜欢骑自行车，喜欢在人迹稀少的北京城忽悠忽疾地骑。在非典肆虐的一个多月，在轻快颠簸的坐骑上，我徐徐认出了二十年前的北京：在北京，在我出国前，大街上似乎就这么些疏疏散散的行人。

2003 年 5 月 18 日

知青与农民

“知识青年”的意思，就是没有知识的青年；“上山下乡”的意思，就是大规模遣散，实现“都市乡村化”——流放、流落、流浪，是上山下乡运动的国家景观，失学、失业、失落，是上千万“文革”知青命运的总模式。

极少数知青的个人奋斗，似乎印证了“天将降大任于斯人”的古训，其实是为国家政治命运的戏剧性转变所拯救，得以修成正果。绝大部分知青，三十年来被时代与社会一步步抛弃，成为多余的人。

知青不幸，因为此前、此后，没有一代都市青年全体遭遇被剥夺、被愚弄、被遗弃的过程。知青有幸，因为他们是国家的歉疚、社会的隐痛、时代的败笔，因此尚有若干被言说、被纪念的历史价值。

今日都市青年的父母十之六七可能是老知青。请老知青们不要忘记：亿万农民远比知青更悲惨、更凄苦、更无告。知青被历史赋予一种荒谬的身份，但没有人会“纪念”农民，并给予格外的同情或尊敬——知青与农民的曾经“结合”、终于离弃，这不该只是知青一代的记忆，同时，也是农民的记忆。

黑明同志的影像追踪是对知青的记忆。在他的镜头下，知青们

注　为黑明摄影集《走过青春》所写。

一个个老去。他们苦笑、成熟，或者面无表情。岁月留驻，并同时抹去他们被侮辱被损害的斑斑印记，现在，他们既不像当年的知青，也不像世代的农民。

2006 年 6 月写在北京

选自黑明摄影集《走过青春》。赵纯慧（右二），北京99中学六八届初中毕业生。父亲是工程师，"文革"入狱，母亲发疯。弟妹年幼，无人看护，经街道和学校强行动员，赵纯慧于1969年离开北京，落户陕西宜川县寿丰公社，翌年患精神病，后被当地干部安排嫁与本村残疾农户李根管（图中白发农民），育三男一女。

历史的叫喊

以我的偏见，话剧《白鹿原》可能是林兆华导演最好看、最富野心，也最有力度的一次舞台实验。《南方周末》就此采访他，林导反复叨念两小时的舞台表演太难表达原著的长度与丰富，好像很对不起原著似的。可我一点不在乎这部话剧和小说的关系。多年前，我手里曾经拿到过小说《白鹿原》，读了头一章，再也读不下去，此后只记得主角连娶几位老婆，都死了。

我说不出一部话剧与一本布满字词的小说应该是什么关系——或者说，应该没有关系——谢天谢地，话剧《白鹿原》的每一分钟我都看了进去，并自以为借此目击了小说《白鹿原》试图揭示的历史与人事。

在我看过的中国本土当代话剧中，这是一部以正剧所可能具有、应该具有的堂堂魅力，而调动了悲剧、喜剧、历史剧、荒诞剧、实验剧诸般元素，使之交相奏效的作品——论及话本的经典性、历史跨度、舞台表演、演员的阵容与传奇性，《白鹿原》仍然无法超越《茶馆》（哪一部现代中国话剧能够超越它呢？），但我以为，《茶馆》本该展开的时代景深、本该持续的历史追问，以及，这景深与追问本该诉求于话剧艺术的种种可能性、开放性与实验性，在林导演的《白鹿原》中获得大胆的应答。就此而言，林导演超越了他的

注　应林兆华导演请，为话剧《白鹿原》所写，发表刊物不详。

前辈，换言之，他的前辈原本就期待并乐于看见话剧舞台终于出现这样的作品，一如我们所见证的历史——空前伟大而悲惨的这段历史——早就等待着无情的追究与质问。

我不懂得怎样评析《白鹿原》的话剧美学。剧情无须复述。以我的直观——观众只能直观——话剧只是活人、语言、动作、场景。我被话剧《白鹿原》所震动的不是剧情，而是历史的叫喊。当林导演指使原乡的农民在剧情首尾登场狂叫，剧作自身即已被这狂叫所震撼，并由此获得生猛的基调与狂暴的形式：那是历史的无情、绝望、不屈，是北国乡民千载以还遭遇骤变的大喜大悲、大恸大惑，还有，大茫然。

是这叫喊的设计，豁然超越了作为历史剧的《茶馆》，超越了《茶馆》开场那位敲更者与说书人：那位旧时代的符号被巧妙地赋予意识形态，在向六十年代的观众倾泻历史悲情的同时，颂扬着新中国与新社会。日后，老舍的生命为这意识形态的真实剧情所吞噬。今天，我们看见，从《茶馆》说书人与整部话剧所遮蔽的历史深处，涌出这群被林导演纵容上台放声叫喊的真农民。他们从未被允许放声叫喊自己的命运，尤其是，以他们自己的方式叫喊。

至于中国农民的种种特质——淳厚、狡猾、刚直、愚鲁、善良、残暴、犹疑、顽劣、顺从、坚忍……这种种特质在百年革命的血腥变乱中被唤醒的毁灭性与承受力，被演员们表达得即便不算淋漓尽致，亦足鲜活而泼辣。真正的中国农民：乡党、乡绅，以及乡村族谱的种种角色，从被遮蔽被歪曲的历史中，闯入舞台，成为主角；而国共两党的内在关系与历史形态因之获致相当可信的真实性，以至不是我们在观看，而是我们被这真实所逼视。

这是原著的功德，不过若非演员的真身、舞台的效能，小说的字词恐怕很难具有这股生命感与说服力。而在把握整部剧作的悲剧性与史诗感之时，林导演——我不知道他以何种观念或方式——回避了所有可能的老套：历史温情、伤感主义、伪乡土气息、革命浪漫主义、卑劣的说教、前卫的噱头……他似乎以一种小心翼翼的决心，断然赋予全剧从头至尾的粗鲁感，以及，我愿意说，一种暴烈而诙谐的男性气质。

在传统现实主义美学与实验话剧之间，林导演是一位奇怪而难以替代的中介者。相对于前辈，他的实践迹近叛逆，相对于今日的实验话剧，他可能是稍嫌温和的前辈。他的路数与招式，譬如在《厕所》，尤其是《赵氏孤儿》中，已经成为他醒目而惯常的个人风格。话剧《白鹿原》大胆启用原乡的农民、地方曲调，还有真实的羊群，但认真说来并未造成手法的惊异：使我惊异的是这种林兆华式的招数释放了可能连他自己都不曾预料的激情——我不能想象假如去掉我称之为“叫喊”的设计，这部愤怒的精力弥漫的历史剧会不会更精彩。除了首尾两次酒神精神般的集体叫喊，哭丧叫魂的原乡歌调在剧情中一次再次忽然发作，犹如见血的刀痕，刺耳的配器使这部话剧获得史诗的量感、音域，尤其是，残酷的效果。

陈忠实与林兆华都为《白鹿原》付出了各自的挣扎。我相信，陈忠实乐于看见他的小说在舞台上变得这样残酷——不论是谋杀、通奸、抉择的大痛、事变的惊骇，还有，革命的卑鄙一面，总之，在剧情中，在演员丰沛的表演中，均被注入残酷的快感。我观剧，看电影，向来为感官所牵引，弄不清情节：不论小说还是话剧，我至今说不出《白鹿原》的故事梗概，但在观看话剧的两小时中，我时刻听到历史的叫喊。这叫声可能被数十万言的小说闷住了，但在林兆华一手摆布的舞台上，农民，终于肆无忌惮叫喊出自己的历史。

2006年6月16日

身份与活人

如果请您以“中国人”为题作两幅画像，一幅给中国人自己看，一幅给异国民众，这将是怎样的两幅画像？

陈：我早已画了超过几百幅“中国人”的画像，中国人异国人都看过，但你永远不清楚观众的反应。记得刚到美国与画廊签约展览出售我画西藏的画，几乎都画人物，卖得不差。后来发现选中这些画的部分藏家同时喜欢收藏美国人画的“西部牛仔画”，他们或许将游牧、荒原、人与牛马的画面等同。这使我大为沮丧。我自以为我的西藏作品接续的是柯罗与米勒的传统，结果被认作我瞧不起的牛仔画一路，多丢份儿啊。

后来我决心放弃西藏题材，这也是原因之一。不过这不证明藏家错了，自亦不是我的错：一件作品在不同时空会引来不同的解读。附和您的“身份”之说：人各有身份，便各有解读吧。

您是在两种文化下成长与生活的人，在这种可比较的文化背景下，您对当下，转型期间，中国人对自我的身份确认是一种怎样的感受？是否觉得有这样一种在东西文化之间对自我文化、民族身份的焦虑存在？

注　原载于2006年11月的《中国新闻周刊》，标题为《“理想中国人”不是画出来的》。

陈:“身份”、“确认”、“焦虑”，是现代西方哲学、社会学、心理学的概念和词语。人通常不会这样思考自己，至少我不会。当我近年在京沪街边叫一碗牛肉面响亮地吞吃，给汤水热气烫出鼻涕时，我的全套意识形态和生理状况与当知青时毫无两样。可在机场办登机或出入境手续，摸出护照，便忽然记起自己是异国公民。好在机场小姐头不抬，眼不眨，十指纤纤，照章办理。

中国真是进步了。八十年代初，我为出国申请中国护照，不敢声张，觉得自己有叛国的嫌疑。我至今记得在公安局排队等候的申请出国者全都低着头，一脸有罪的神色。

我不知道一位民工会不会为自己究竟是农民还是城里人而日夜焦虑。民工的焦虑是去年前年大前年老板积欠的工钱，他们被城里人欺负、看不起，但没有人告诉他们这就是“身份焦虑”，就算告诉了，要紧的还是积欠的工钱，几时还？！

同样，以您的视角和体验，在异国他邦，中国人通常会被感受为怎样一种整体认知？

陈:这是一个漫长的话题。我祖上是广东台山人，十九世纪即移民美国。那时，大清帝国的华人被看成是修筑铁路或只会烹调洗衣的贱民。据说李鸿章访美时，特意在纽约主要街道为他预备的迎接仪式上大摆阔气，让几十位朝廷随从抬大轿。他要让美国人知道，中国是文明悠久的大帝国。

我初到美国，八十年代，一部由尊龙主演的好莱坞电影上映后遭遇华人游行抗议，说是对唐人街黑社会的描写侮辱了华人。这是弱者的撒娇。美国人拍摄他们自己的黑社会罪恶时，残酷血腥得一塌糊涂，香港黑道片也一样。同年，美国人盛大纪念法国人赠送自由神像一百周年，仪式中选出十位杰出的美国人，其中有贝聿铭。

不过您问的是人家对我们的“整体认知”。长话短说：今日世界列国哪敢小看中国人，都急着和我们做生意。据说渴望学习中文的夷人近年增长数十倍。在国外看到有关中国的影像中，拖辫子的清朝人、民国时代的逃难与死刑、“文革”时期的动乱人潮、改革开放初期密密麻麻呆滞而渴望的面容……都属于过去时了。可喜中国政府今年开始推动中国游客出境旅游的“文明教育”——聚众喧哗、随地吐痰、乱扔垃圾、就地蹲坐、占椅横躺，还有疯狂的现金抢购等等——总之，最爱面子的中国人终于在国际面前懂得要面子了。

在体制内，您创作过被广泛认同的作品，在国外，您以自由画家身份被市场接受，归国后，您的社会和文化批评文字反响甚广，在这系列人生行走中，您在创作时怎样想过自己的“身份问题”？

陈：十六岁下乡落户前跟母亲到派出所眼看自己的名字在上海户口簿上一笔勾销，二十一岁从赣南谋得一纸批准迁移苏北农村再插队的文书，二十八岁申请出国护照，三十四岁在纽约移民局办妥绿卡，四十一岁在同一所移民局获取公民护照，五十三岁在北京获得公安部颁发的“外国侨民永久居留证”……我将在新书中详详细细写出这些荒谬的故事，题目想好了：《身、身份、身份证》。

但我画画时，没有一秒钟想过自己的“身份问题”。

记得在《多余的素材》中，您1992年回国省亲时，三样东西充填了您归国之亲近：阳春面、自行车、街头殴斗。现在您归国六年了，又有怎样的景象事物可以让您产生归国之亲近呢？

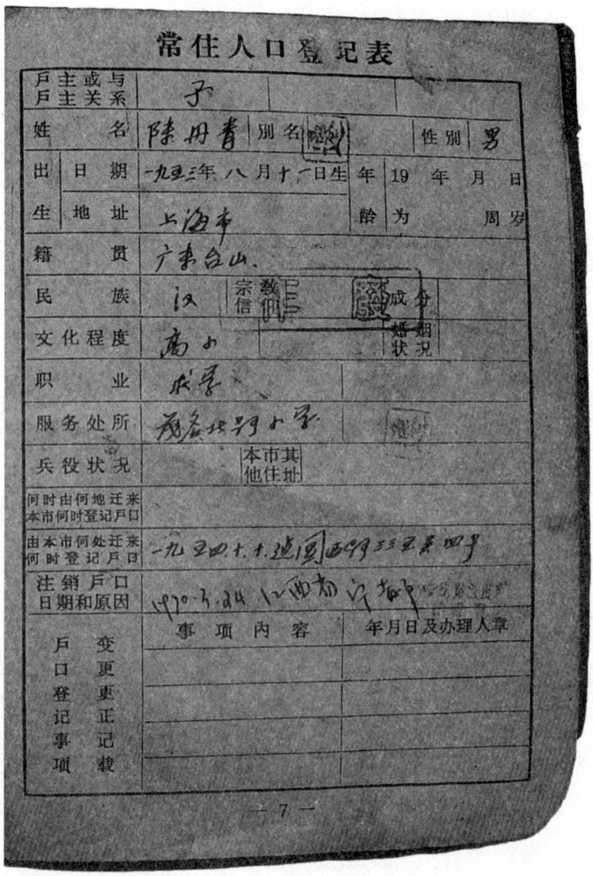
常住人口登记表

戶主或与戶主关系	子				
姓名	陳丹青	别名		性别	男
出生 日期	一九五三年八月十一日生	年龄	19 年 月 日为 周岁		
出生 地址	上海市				
籍贯	广东台山				
民族	汉	宗教信仰		成分	
文化程度	高小			婚姻状况	
职业	[illegible]				
服务处所	[illegible]				
兵役状况		本市其他住址			
何时由何地迁来本市何时登记戶口					
由本市何处迁来何时登记戶口	一九五四.十.十 [illegible]				
注销戶口日期和原因	1970.5.24 江西省 [illegible]				
戶口登记变更更正记载事项	事项内容		年月日及办理人章		

— 7 —

我家户口簿。1970年下乡之前，我的户口注销了，页面上盖着“迁”与“作废”字样，“文化程度”注明“高小”，因我辈在“文革”初年上初中，几乎不上课，也没有文凭。

每年加入美国籍的亚裔侨民常在入籍仪式中
穿着本国的传统服装。刘博智摄于1993年。

陈：我只得重复说过的话：大晴天，我就感到亲切，心里快乐。晴天是世界性的，太阳照着你，不查身份证。

在您的视线之内，于国内，美术与中国人现在是怎样一种关系？于国外，中国的美术又是如何被看待？

陈：在我的“视线之内”，除了美术界——不知中国美术界总人口占全国人口多少比例：亿万分之一？——我看不出“美术与中国人”有什么关系。近年意大利文艺复兴展和印象派展览在京展出，参观人数不少，可是馆方，譬如中华世纪坛博物馆领导层还是犯愁：不理想！他们问我：陈先生，你看怎么能吸引更多的市民到这里来？

我可没办法。即便是美术界，就我所知，外地不少职业画家不会专程来京看这些珍贵的异国美展。要是全国美展，他们会来，留心探看什么题材什么画法有利于得奖，当然，全是公费。许多美术家就是当地的准官员。

意大利和法国的小山镇小百姓，随时可以到教堂仰头观赏过去十几个世纪的绘画与雕刻。在法国，据说话剧观众至今超过看电影的人口。至于“中国美术”，就我所见，美国至少十所重要博物馆有相当完整的中国古代美术收藏，大都会美术馆居冠，从彩陶、青铜时代到清末，藏品逾万，十九精品，美国老百姓天天混进去看，还赖在清静的苏州园林馆不走，一声不响端坐出神，好像给催眠。

就我所知，您也曾被问过“中国人为什么要画油画”这种问题，能冒昧地请您回答，您创作时是如何处理“油画”与“您”与西方的关系？

陈：在我学油画的六七十年代，中国和西方没有关系。但我出生成长的上海与西方很有关系，我常在从前法租界一带飞快地骑自行车。准确地说，我们这两代油画家与西方的关系主要是仰望那些留学西方的画家：刘海粟、颜文樑、徐悲鸿……在我青年时代，全中国只有邱岳峰的嗓音代表西方。结果到了美国偶然重听他的配音磁带，我猛然醒悟：他说的每一句话都是中国话，普通话。

我"如何处理"油画与西方的关系？很简单：学习、学习、再学习。我不相信什么"独创"之类鬼话。写美院毕业论文时，我想我是第一个跳出来反对"油画民族化"口号的冒失鬼。此外，我从不相信一个西方人会将我的画误以为是法国人或荷兰人的作品。

可是当我在哈尔斯或塞尚的画前佩服得想要拥抱他们时，我不会想到他们是外国人：他们就是那位叫作"塞尚"或"哈尔斯"的人。

若要在油画中有中国标识之确认，您觉得有何可吐、有何可纳？

陈：有何可吐、有何可纳？我不很懂这话的意思。我的画有没有"中国标识"？能否"确认"？上面已经说了：我不操心这类问题。

归国后，您对抹去记忆的行为和压制个性的行为进行了诸多批评，前者是向传统之探寻，后者又有对外来之民主、自由的向往，您是否觉得这是一个重新确认身份的恰切途径？您觉得道路应怎样铺设才能缓解这种身份焦虑？

陈：请不要替人焦虑。如果哪位，或哪一群知识分子为民众的"身份焦虑"而焦虑，我可能会起轻微的焦虑：您真的了解民众么？

我写作时几乎不用"民主"、"自由"这类字眼。在我看来，这与“革命”、“奋斗”等等字眼差不多，只是字眼，很正义，很痛快。当然，我憎恨抹杀记忆、压制个性，但这些年我的言说并非存心为了所谓“身份焦虑”的缓解而“铺设道路”。不，我只是多嘴。

如冒昧请您再画一张“中国人”像，您心目中的理想肖像会是怎样的？

陈：别客气。今年我就画了十几幅“中国人”的肖像，全是内蒙的矿工。我画人像，事先没有“心目中的理想”，那才是绘画的快感：“我将会画到怎样一张脸呢？”我像狗一般兴奋着，盯着矿洞口下班的工人鱼贯走出，看他们的脸，请矿区工头上前为我瞩目的那位说项，来做模特儿。

只要画得动，我还想画好多好多人像。画谁呢？我会画得怎样？说句肉麻的话，这就是恋爱。记得少年时毫无恋爱经历时，我悄悄地想：天哪，她是谁？真的会接吻吗？

我没有“心目中”的人事。我只会瞪眼看。时尚杂志总是问：你心目中的美女是怎样的呢？我可答不了：那是旷男怨女的“身份焦虑”，准确地说，是媒婆媒公们精打细算的想象力吧。你去京沪公园里瞧瞧，成百上千的家长聚在那里为自己的子女找对象，脸上写着焦虑与希冀，手里拿着——或干脆摊在地上——孩子的履历简介：年龄、身高、学历、工作、薪资、户口所在地、“无不良嗜好”、希望对象的条件大约如何……好几块未婚青年的履历纸牌上还用粗黑体大字特地写明一项光荣的身份：

“中共党员”。

2006 年 11 月 3 日

绘画与讯息

您怎么看《韩熙载夜宴图》的艺术价值和它在中国古代写实人物画中的地位？

陈：当我隔着玻璃亲眼看见《韩熙载夜宴图》那一刻，我不会想到它的“艺术价值”、它在“写实人物画”中是什么“地位”。这些词语不会出现在脑子里。

看画是眼睛在看，假如那是一幅像《韩熙载夜宴图》这样的绝品，你的心脏、呼吸、意识，似乎相随发生一些症状，说得夸张点，某一瞬甚至有轻微的虚脱之感。一幅画怎会弄得人心跳气虚呢？这时，“艺术”、“价值”、“地位”等等词语说不圆。

“人生识字糊涂始。”说出这句话的家伙倒是清醒得很，一点不糊涂。

其表现手法与西方的写实人物画作品有什么异同和优劣？

陈：此刻《韩熙载夜宴图》不在你我面前，可以随便说说了。

我愿意说，中国这类描绘贵族的绘画，论隽雅，远胜于西洋人

注　2007年发表于故宫杂志《紫禁城》。

的油画。西洋同类题旨的油画，则另是一种魅力。

但词语还是不管用。“隽雅”、“魅力”只是两个词。你得站在画面前，我来告诉你。可是真到了好画面前，我通常不会说话：您也长着眼睛，也会心跳呀。

中国人可怜，没有真的博物馆。就算有，好东西不拿出来，拿出来，也只有中国画，没有“西方写实人物画”。在欧美，你可以从法国馆转到中国馆，看来看去，比来比去，心得满满，不必讲。看过好画，一开口，都不对，都对不起那幅画。

这幅作品在人物刻画方面有什么特殊之处？

陈：这又不好办了。我得这幅画搁在眼前，才能细说。

画中主要人物的比例大于次要人物，这种处理方法您如何评价？

陈：妙不可言。我不懂历史，画史知识也可怜，会说错。以我猜想，这不是艺术“处理方法”，而是规矩：古代取人入画，依据人的尊卑分大小，不能乱来的。今人解作“艺术处理”，可能误会了。旧时建楼宇殿堂，可据皇家样式，尺寸不可同等，否则论罪。此外还有许多细规则，我不懂，因此不详。

具有可比性或相似性的西方作品是哪幅？譬如这幅古代连环画利用屏风分隔场景的方式，在西方作品中有类似的处理方法吗？

陈：“可比性”难说。我以为东西方艺术并不相通，不可随意横向比较，不然两头误解。在狭长尺幅中交代故事，延展“时间”，从这一端慢慢看到那一端，是中国绘画的传统。正宗观看手卷的方式不是全部摊开看，而是以双手握着画卷两端，徐徐展开，缓缓卷拢，一段一段看的。

要论“相似性”的例，譬如以器物分隔场景，则西方宗教艺术中很不少，但欧洲没有“长卷”那样的画类。

你到欧洲各国随便哪个大教堂，会看见至少一件《圣经》故事的组雕，详细叙述从耶稣降生直到上十字架然后复活的全过程，故事每一转折都有物件巧妙隔开，进入下一节叙述。巴黎圣母院就有一件这样的组雕，似乎是十六世纪前后的工匠作品，环绕整个圣坛，约二十米长。文艺复兴时期盛行屏风画，通常三扇，每一扇酌情描绘《圣经》故事，教士靠这样的屏风画到处宣教，因为便于携带，便于展开。

中国“长卷画”不能简单看作连环画，但与连环画功能一样，是为了叙述。“长卷画”是中国人独一的创造，西方没有。西方绘画是截取一景，将众多人物的行动纳入其间。中国绘画时间空间的概念是展开的，流动的，山水长卷、人物长卷，像是电影的长镜头、摇镜头，景别变动中，同一人物一再出现，如韩熙载就在画中出现几次，宋人李唐的《晋文公复国图》，主人公重耳在每一场景中奔波。到了《清明上河图》和清代的《乾隆皇帝下江南图》，真是大型纪录片了。

这幅作品对现代学习创作人物画有什么值得学习和借鉴的地方？

陈：一时代的艺术，过了就过了，可资有效传递的技艺和时段很有限。今日意大利人或荷兰人休想从达·芬奇或伦勃朗那里学习借鉴任何东西。一切产生达·芬奇与伦勃朗的条件，包括作画工具，在现时代已经消失，也不再需要了。

五代（传）顾闳中《韩熙载夜宴图》卷（细部）。

当今欧洲人距文艺复兴盛期约五百年左右，顾闳中的时代距今一千一百多年，你想想看。

现存中国人物画手卷，从晋的顾恺之，到唐的张萱周昉阎立本，再到五代顾闳中，画风变了几变，但大约还能找到线索脉络。后来宋的绘画，一路是伟大的山水画成熟了，一路是譬如张择端《清明上河图》，分别影响元明清绘画，有迹可寻。但即便宋人，也早明白唐风不可能了，过去了。五代正在唐宋之间，顾闳中落笔，有唐的富贵荣华，又预告了宋画的丰饶而翔实。到了元，线描人物画精品也多，但宫廷人物画式微了，宋张择端的了不起，已不在宫廷人物的描绘，而是开启了展现世俗百态的活泼画风。

这都是太远的事情。今日国画人物画完全是另一路，和唐宋不可能有任何映照关系了——没什么遗憾，你无可借鉴，也学不了。我们有过《韩熙载夜宴图》就好，好好保存，好好看看吧。

这幅作品最吸引您的地方在哪里？

陈：哪里都吸引我。譬如涂满屏风的那块石绿色，何等饱满熨帖——“熨帖”本身，即是无与伦比的美。用翻译过来的术语，即“纯绘画”的质地美。

以前看印刷品根本看不出屏风部分那种石绿色质地的贵气。古画有岁月年代的“包浆”（意指长期凝结在绘画表面的那种物质感兼美感，但不知这两字写得对不对），年代愈久，愈发好看。

那位舞女的背影也妙极了，异常准确——不是西方写实那种“形准”，而是把握舞姿瞬间那种形神俱绝的“准确”——韩熙载本人的形神最动人：俨然官相，骨子里的颓废，身居高位，看透官场，才会有那副深沉的颓废相。你看他胖身团坐，双手垂落，目光是在

明人唐寅《临韩熙载夜宴图》轴（局部）。在这件摹本中，唐寅倾心于笔致和画趣，而非原作的“讯息”，因此不再有原作的贵气与忠实感。

宴乐，同时心事重重。伟大的细节！顾闳中一定亲眼见过这姿势。画出姿势不难，难得是他对这姿势的精准解读。

周围的陪伴者也画得个个传神。我没学问，不知那是什么角色：副官？弄臣？亲信？门人？还是贵宾？我相信确有其人，有名有姓。这类作品的价值如今通常被强调其“艺术性”，固然没错，但这幅画的精妙是在格外丰富的信息量，同类经典中十分罕见，而这些信息与所谓“绘画性”可能无关。

我愿相信关于这件作品的传说是真实的。在今天，这就是高级间谍提供的录像存证：监视、偷拍，以便审阅。必须详确可信，必须有讯息量——正是这高度机密的政治任务，使这幅画有别于其他宫廷宴饮作品。也就是说，画这幅画，“艺术”是次要的，重要的是“真实可信”。一种作者自己也不会料到的“美学”因此被带进中国美术史：“真实”的美学，接近西方“真实电影”的那么一种美学，也接近库尔贝关于现实主义的著名教条：“画你眼睛所看见的”，意思是说：不要美化、修饰，如你所见地去画。当代中国人的审美之眼已经西化了，不自觉会以西画一套“造型准确观”回看中国古画。要知道，一千多年前，任何见到这幅画的人绝对相信画中的真实性，就像今天我们看档案照片一样。

看古画要有“历史的同情”。在当时这不是一件艺术品，而是政治情报。然而就像所有绘画一样，当它的功能性、它的第一效果——宗教的、宣传的，或“政治情报”的性质——被岁月和历史洗净、遗忘，它的第二效果，即今人所谓观赏的、审美的、文物性质的种种功能，逐渐显示。

西方艺术也是一样。委拉斯开兹画的一幅幅公主肖像，精美绝伦，今日的观众谁会在乎那是陪嫁品？年幼的皇家女当年远嫁奥地利王室是因为西班牙国力衰弱，公主被国家刻意安排了一桩政治婚姻，以便挽救朝廷。她不到二十岁就死了，四幅无与伦比的肖像至今挂在维也纳“艺术史博物馆”，而不是她的祖国。

我年轻时相信“艺术至上”，只看绘画的用笔、色彩、韵致、气息，现在我明白使一幅画好看的原因远不止所谓“绘画性”、“艺术性”。《韩熙载夜宴图》是中国绘画的瑰宝，异常动人，但它背后的故事，同样动人。

可惜顾闳中没有其他作品传世，不然我们就能从他自己的不同作品中探寻绘画与讯息的神秘关系。

2006 年 11 月 30 日

艺术与国籍

中国美术馆“美国艺术三百年”发言

大家好！

今天在北京看到这项展览，我想起许多往事。

二十九年前，1978年底，我正在美院上课，画素描，忽然听到中央人民广播电台宣告中美两国正式建立外交关系。当天晚上，几十位学生围着全校唯一一位美国留学生方家模，先后邀请她跳舞，还演唱了《音乐之声》主题曲。

二十八年前，1979年初，来自波士顿美术馆学院的约翰·蕾伯德·柯恩女士，在中央美院旧礼堂为全校师生开讲“美国美术史”，并播放十八世纪至二十世纪的美国艺术。据我所知，那是1949年以后第一位美国人在北京公然展示美国艺术。

假如我没有记错，二十七年前，1980年，一位高大的女士，据称是纽约古根海姆美术馆领导，又出现在中央美院旧礼堂。她没有讲演，没有展示幻灯片，只是惊异而好奇地打量挤在她面前上百位“文革”后第一批红色中国的艺术学生，就像我们也惊异而好奇地看着她。

二十六年前，1981年，波士顿美术馆有一小批藏品在北京中国美术馆展出，我记得其中有一幅杰克逊·波洛克的油画。那时的中国人从未见过一件来自美国或西方的抽象画或行动绘画。

二十五年前，1982年，我到纽约去了，从此被美国和美国的艺

注　2007年4月，中国美术馆展出“美国艺术三百年”大展，这篇发言为该展中美研讨会所写。

术淹没——直到今天，我仍然无法对我自己说：什么是美国艺术。

在五千年文明与两百多年历史之间，我无法找到合适的方法来比较中美两国的艺术，也难以在中美两国之间分享相似的文化经验——在中国，我很少有机会看到华夏古典艺术的完整收藏，在美国，我却看到了世界各国的艺术。这些艺术在时间上从古希腊到后现代，在地域上包括埃及、中东、南美、非洲、日本、南亚和俄罗斯。是纽约，带着我开始了世界艺术史的漫游——我愿意告诉在座的美国朋友，我的中国美术史启蒙课堂，就是纽约大都会美术馆，在那里，我开始领教什么是中华文明五千年。

此外，在纽约，我大约连续参观了九届惠特尼美术馆双年展，据说，只有入了美国国籍的艺术家才能参选这项双年展。但我发现其中一半左右艺术家的祖籍属于世界各地：阿根廷人、越南人、罗马尼亚人、阿富汗人、埃塞俄比亚人、韩国人、波兰人、柬埔寨人、西伯利亚人……当然，还有祖籍西欧、南欧与北欧的美国人。

我最感兴趣的两位美国艺术家也不是美国人：马塞尔·杜尚是法国人，安迪·沃霍尔是捷克人。

奇怪！所有这些不同族裔的艺术家，共同创造了“美国艺术”。他们各自的作品毫不相像——譬如爱德华·霍珀被称为“波普艺术的祖父”，却与波普健将安迪·沃霍尔的作品毫不相像；波洛克的行动绘画、德·库宁的抽象表现主义和库艾·通布利的极简主义，也毫不相像——但美国艺术家的作品如果出现在别的国家，我想我能立即辨认：那是“美国艺术”，一如纽约一点也不代表美国，可是只有美国才会诞生并成全纽约这样一座大都会。

过去二十多年，我见证了许多来自世界各国，包括来自中国的艺术家如何被美国接纳的过程，并通过他们，有效影响各国的现代艺术，尤其是散播艺术自由的价值观——但是“艺术自由”在美国并非从天而降、理所当然。过去一个世纪，美国艺术家和美国的美术馆，曾经为了艺术自由而不断斗争。五十年代，纽约现代美术馆曾经致电毕加索，请他声援美国的艺术自由，被毕加索拒绝；在七十年代，落选的艺术家曾经聚集现代美术馆门口的第53街街面，躺在地上，昼夜抗议示威；九十年代，当英国萨奇收藏展在布鲁克林美术馆展出时，纽约市市长和公众由于宗教原因反对某些作品，在美术馆门口和媒体上持续发出两组尖锐的对抗的声音……

因此，美国艺术对我最可贵的教育，不是艺术，而是怎样做一个艺术家。各种各样的美国艺术告诉我：民族、国家、历史、文化、美学、观念，都很重要，但最最重要，也许是唯一重要的，是你必须听从内心的自由——我知道安迪·沃霍尔说过：每人成名十五分钟；我也知道利昂·戈卢布说过：我试着让自己的作品无人问津；我记得菲里普·加斯东放弃抽象表现主义作风后，曾长达十多年没有画廊愿意经营他的作品，而当理查·谢尔的大钢板极简雕刻被纽约市政府撤除后，他撕毁了他的美国护照……

这些家伙都是我的英雄，他们以自己的独立和叛逆，证明什么是美国。我在纽约从来没有成功，从来不曾进入主流，但没有一个城市像纽约那样鼓励我，给我勇气，教会我忠实自己，和自己相处，做一个快乐的艺术家。我的作品完全无法辨认纽约或美国的影响，但我知道，我成为今天的我自己，是因为美国和纽约。

当“9·11”事件发生那天，欧洲人这样说：“今天，我们都是美国人。”我知道这是什么意思。但在纽约居住的十八年期间，我从来没有忘记我是一位中国艺术家；现在，我回到中国，发现自己是一位美国艺术家——我这样说，不是指护照与国籍。以我对美国文化的全部了解，美国艺术真的不在乎你属于什么国家。

2007年2月10日

上图：从威廉斯桥南望曼哈顿，可见世贸中心双子塔。"9·11"以后，再也看不见了。中图：我的纽约寓所就在这座楼中。下图：西望曼哈顿第五十七街，我到纽约所属的第一家画廊就在这条街上。

失败与言论

"国家图书馆文津图书奖"获奖感言

诸位读者、诸位评审长官：

我在这里要说的第一句话，当然是——谢谢大家！

直到此刻，我仍然不清楚《退步集》获奖的理由。我不认识诸位，没有请诸位吃过饭，但仅仅凭这本书，诸位就决定购买、阅读、投票，给它获奖。我因此发现：目前我生活的空间并不像我在书中抨击的那样，充满关系与权力，而国家的若干事物也不像我所恶毒影射的那样，是在虚伪的进步中可悲地倒退。

我不知道大家能否同意：一本书，一本书的获奖，对于当今现实的影响，远远不及一纸行政批文、一个匿名的告发电话、一场内部会议中某位副级长官的口头指示；犹如上一册获奖书《城记》的现实影响，完全不及西城区某一个奉命拆迁的民工团伙。我相信，全中国浩浩荡荡的拆迁大军，远远超过阅读书籍的总人口。

我因此有理由相信，这本书的读者与评审者很可能和我一样，对当今种种状况并不怀抱天真的乐观。我看见，诸位正在以这种体面的方式、国家的名义，为《城记》或《退步集》之类失败之书，赋予有尊严的失败感。我为意外获得这一确认尊严的机会，谢谢大家！

注　2007年4月，《退步集》获"国家图书馆文津图书奖"。这是在颁奖仪式中的发言。

请原谅我以这种讨厌的方式说话。让话题回到书与读书，但我还是说不出格外明亮的意思。我生长在禁书与无书的年代，从未想过自己会写书；当我有幸出书并目击当今出版的相对繁荣，我发现，青少年除了考试，没有时间，也没有心思读书，尤其是所谓人文书。同时，虽然我不愿意说目前大部分书不值一读，但是，年青一代，包括我自己，经常在书店里茫然失落，不知道应该选择哪些书。我因此目击：知识的封锁与匮乏，使人失落，书籍的杂乱与无序，同样使人失落。古人说："尽信书不如无书。"这话说在有书可读的年代。今天是怎样的年代？既非有书可读，也非无书可读，既非繁荣，也非荒凉。总之，这可能是一个书籍不断增多，而书籍的影响日渐萎缩的年代。

不过谢天谢地，我仍然每年都能读到中国自己出版的好书，也遭遇很好的读者，很好的编辑。至于什么书才是"好书"，是容易引发歧义的问题。譬如以《退步集》的获奖作为例子，就使我惭愧：这本书谈不上学术，更不是文学，我甚至说不出它算是何种类型的书。仅在最低限度，这本书中夹杂着一些可怜的"真话"，那是目前言论空间的边角正好被准许的暧昧的言论。因此，我愿将这本书的获奖理解为对于言论的最低限度的守护，这种守护姿态来自中国国家图书馆，我三分惊讶、七分感动，我再次谢谢诸位！

最后，我要向广西师范大学出版社，以及，所有试图推出好书的编辑们致敬：我深知这些年他们如何持续挣扎。相比图书馆与读者，他们亲身见证许多书籍的命运，尤其是，那些被迫无法面世的书。

2007年4月23日

谈约翰·伯格

与本雅明、巴尔特、桑塔格关于摄影的经典性论述相比，约翰·伯格同样视野宽广，极富洞见，以可敬的滔滔不绝使读者信服。伯格热衷于绘画、摄影，兼事媒体，并以卓越的写作照亮他的全部工作。他的文笔质朴而活泼，处处透露着无比善良的好奇心，或者说，正是活跃的好奇心，这位英国人的写作才会如此体贴而善良。摄影只是他议论的一部分，他的出其不意的智慧或许来自写作与绘画间了无滞碍的长期实践，因此，他不倦的窥探并非仅仅指向摄影与绘画，而是“观看”的诡谲。在我们可能涉及的有关观看的文献中，很难找到如此引人入胜的文字，这些文字有效化解了古典绘画被专业史论设置的高贵藩篱，也使照片摆脱过多的影像理论，还原为亲切的视觉读物。阅读伯格，会随时触动读者内心极为相似的诧异与经验，并使我们的同情心提升为良知。

注　2007 年，广西师范大学出版社出版约翰·伯格作品，作此评语。

异端的命运

谢谢陈丹青老师来我们歌德学院活动的观众讨论会，可以看到很多都是年轻的电影爱好者。我们今天请陈老师来，可能很多人有疑问，为什么做法斯宾德的活动会请陈丹青老师来。因为我们觉得他们两个其实在很多方面是很不同的，但有的地方又是很相同的，他们的艺术才华和那种能量，比如对社会的影响，比如对现实主题的持续关注，都有一些异曲同工的地方。包括今天放映的这部电影，它不仅讲了电影艺术，也涉及一些社会现实，涉及一些革命性的问题。所以希望观众和我们一起参与这个很好玩的讨论，不用太正式，大家有什么问题都可以提。先请陈老师讲讲法斯宾德，或者讲讲法斯宾德其他的也好。

陈：大家好。

这是很扫兴的事情：大家刚看完电影，应该是一位导演或演员坐在这里，结果是我。这是个误会，我没有资格谈论法斯宾德。我跟大家一样，就是爱看电影。《莉莉·玛莲》我看过，其他法斯宾德的电影也看过三四部，非常惭愧，我差不多忘了。下午我在开别的

注　2007年5月，歌德学院北京分院举办法斯宾德电影回顾展，我被邀请即席与观众对话，此为发言记录。

会，等会儿还得回去，当中给歌德学院强拉来，只得勉强说些什么。

通常我谈论一个作者——不论是导演、画家或者文学家——我喜欢了解他的“前后周围”，这样子，作者的位置才可能略微清晰一点。我早年看欧洲电影，会把它想成一个整体，结果在美国看了很多西方电影，发现我错了：欧洲每个国家的艺术和电影非常不一样。我比较熟悉拉丁人的艺术，法国电影、意大利电影……德国电影不太熟悉。我敢说我熟悉德国的绘画。

德意志和中国有相似的历史经验，就是战败、屈辱、落后、自卑。今天回顾中国的现代化过程，有很多来自德国的经验，什么经验呢？譬如“文明”和“文化”这两个词，最早是德国人提出来的，五四提出“整理国故”的概念，也是德国人提出来的。怎么会提出来呢，就是十四、十五世纪意大利发生文艺复兴，十七、十八世纪法国发生启蒙运动，那时日耳曼人还很土，很落后，分成许多小公国。当他们被率先成立“共和国”的法兰西打败，日耳曼人迫在眉睫的问题就是“富国强兵”，不然亡国灭种——这和清末民初中华民族的危机感非常相似：落后、挨打、急起直追。

在日耳曼地区启动的文化革命，带来很多后果，最后蔓延到斯拉夫地区、蔓延到亚洲，包括印度、日本、中国，启动了这些区域的现代化进程。斯拉夫地区，就是俄罗斯、波兰、捷克、斯洛伐克、保加利亚、罗马尼亚……这一辐射过程大致从十八世纪开始。

德国文化就在十八、十九世纪形成自己的大传统。大家知道歌德和席勒发起了“狂飙运动”，之后出现我们很熟悉的名词：“浪漫主义”。2004年闹“中法文化年”，有个专家在电视上居然用一个词形容法国，就是“浪漫”，那是胡说。“浪漫”这个词是德国人提出来的，不是法国人。我们常用“浪漫”去形容西方性格，很不确切的。至少要知道这个词的来源。同时，德国人提出“整理国故”，搜索日耳曼民族的神话、寓言和种种古老民族文艺，找回民族自信，这也和中国很相似，五四运动有全盘反传统的一派，也有“整理国故”的一派，出现所谓“国学”一说。今天的“国学热”，渊源是五四，真正的渊源，正是德国。

此外，德国在过去两百年出现强大的哲学流派，其中三个人非常重要，一是康德，一是叔本华，还有一个是尼采。同时，世界公认的伟大传统，就是德国音乐，它受文艺复兴时期的意大利影响，但后来居上。“浪漫主义”音乐与绘画，后来反过来影响到法国、俄罗斯和其他欧洲国家。

德国二十世纪的传统，简单说，就是纳粹传统。纳粹现在在世界上，照中国的说法，早已批臭了，原因是德国既是两次大战的战败国，又是两次大战的挑起国。这种状况，中国人又熟悉、又陌生：我们也挨打，但从未对别国发起战争。所以中国人与日耳曼人虽然都有过自卑感、战败感，但“自强”的概念——注意：“自强”是带引号的——特别是民族崛起的过程，几代中国人经历的心理过程跟德国人不一样。为什么呢，因为毕竟德国接受现代启蒙、富国强兵、发展资本主义的过程，比中国早太多了，后来它向外扩张的模式和其他老牌欧洲帝国是一样的，只是我们向来知道德国是当年入侵的“列强”之一，不清楚德国强盛之前，也有过和中国人一样的民族情绪。

还有一个更具体的传统，就是德国和美国的关系。我想这个关系影响到战后德国的艺术家。德国战败后，像日本一样，一度被美国接管，美国的文化战略同时渗透欧洲各国。很多七十年代的德国艺术家都提到美国艺术的震撼，美国艺术在德国人那里既被接受，也成为一种对抗，持续提供灵感和情绪。法斯宾德会使我想起另一个特立独行的德国人，就是博伊斯（虽然博伊斯辈分比他高），博伊斯参加过二战，受过伤，战争经历影响到他的思路和作品。他是个“行为艺术家”，他的著名概念就是“社会雕塑”，比方说，诸位现在坐在这里，就是一个“雕塑”，他和法国的杜尚成功地将现代艺术完全从绘画那里带出来，被认为是二十世纪最伟大的实验艺术家。

德国还有一点与中国相似：中国被分裂成大陆和台湾，德国被分裂成东德和西德，这是二战的遗产。八十年代有很多重要的德国艺术家来自东德，他们有一种分裂的影响来源，一是苏维埃“社会主义现实主义”——这和中国又很相似，我就是“社会主义现实主义”那一代艺术家——另一方面，东德艺术家受到战后美国文化的影响。其中的代表人物，一个是巴塞利茨，一个是基弗，一个是最近刚去世的伊门多夫，还有一个是过去十年被高度评价的里希特。这几个人的成长背景都是东德，他们的历史记忆和西德人有同有异，两德统一后，这几位形成强有力的集团，影响到八十年代在美国登台的后现代艺术。

当代艺术在欧洲过去二十多年最强劲的表现，主要是德国。法国远远不能和德国比，意大利曾经有过“超前卫”运动，后劲弱下去了，英国后来居上，九十年代出现了以萨奇收藏集团为代表的一批实验艺术家，但二战以来半个多世纪，德国艺术始终具有旺盛的内在的创造力。法斯宾德在六七十年代出现，那么活跃，那么有强度，不是没有理由的。

我感兴趣的是：中国艺术家有哪些经验可以和德国人分享，哪些不能分享？

我想，第一，我们和东德都是社会主义国家，但从1949年到1979年，我们完全自外于世界，西方的讯息不是多和少，而是有和无的问题，不像东德艺术家。东德虽然也是社会主义国家，但此前接受过启蒙洗礼和资本主义过程，它的知识分子品质和中国不一样。其次，毕竟是在欧洲，信息没有完全中断，这很关键。第二，东德和西德共同享有两次大战的记忆，还有十八、十九世纪德国文化的辉煌记忆，这种集体记忆虽然在东德遭遇压抑，但从未被中断。而中国的历史记忆被彻底中断，1949年后，我们和台湾就无法分享五四记忆，无法分享整个历史大传统——有没有历史记忆，直接影响到艺术，直接影响创作的精神内涵。同样经历自卑、反省、激进，但中国这么大，历史这么悠久，近五十年一百年，出不了像德国这么多有分量的艺术家。

刚才和主办人谈到，在我们这里，“特立独行”的人肯定遭遇两种困境，而且是没有出口的困境：一是反体制，你休想；一是反社会，你也休想。从儒家的传统，到当代历史，我们都没有反体制反社会的空间。所谓“反”，不是造反，不是革命，而是不从众，保持独立人格，坚守自己的价值观，这在中国非常难。

像法斯宾德或者博伊斯这样的人，是典型的异端，内心异常丰富、冲突，永远活在痛苦和挣扎中，同时竭尽全力表达自己的挣扎。德国二百年来的辉煌、屈辱、战败、自卑，这个民族在战后的种种社会状况、人的状况，会格外加剧他们的敏感，他们有许多话要说——这样的人，在我们这里很容易被灭了，别说体制，社会就先灭了你，大多数人就灭了你。可是德国有这样的空间——大家不要误会，德国社会和大众会欢迎他们，不是的，法斯宾德，或者博伊斯，一辈子遭遇公众的误解，遭遇争议，用他们的话说，就是遭遇压迫。他们的作品走得越远，压力越大，这类压力来自社会层面，也来自部分体制。

同样的例子在欧洲其他国家也有，俄国的塔尔科夫斯基，那是不用说了，还有法国的戈达尔，尤其是意大利的帕索里尼，都是忧郁的、矛盾的、激进的、反社会的。法斯宾德和帕索里尼又是同性恋，更有一层挣扎，帕索里尼同时还是共产党员。他晚年拍了一部有点失控的电影《索多玛100天》，有一个评价我以为说得很对，说是他的老朋友忽然发现帕索里尼在这部电影里“不喜欢自己了”，这是毁灭性的意识，这也是西方艺术家和我们根本不同的气质：他们勇敢面对自己的内心，在作品中把自己整个交出来，无所顾忌，无所畏惧。但法斯宾德不是左翼，他更极端，是个无政府主义者，反对任何压制人性的结构。你去看法斯宾德或者帕索里尼的电影，苦恼、阴沉、热烈、极端，骨子里其实异常善良，而且纯真。

我们不要误会他们代表了欧洲文化的常态，不是的，西方的常态就是做生意，但是你反社会，好的，给你小小的空间，让你展示挣扎，在这个空间，有千万知识分子，还有不甘随俗的年轻人，热爱这些痛苦的家伙，哪天他们死了，他们的民族会忽然明白社会伤害了一个纯净的人，于是纪念他，他们忽然变成民族的骄傲，人们一天到晚谈论这些唱反调的、有点神经病似的人——这在中国可能么？

我觉得德国艺术还有个所谓“民族性”问题，就是，你和法国、英国、意大利、西班牙一比较，那种“德国性”就出来了，“法斯宾德”就出来了——很抱歉，我对法斯宾德不很了解，大致只能勉强说到这个样子。

我今天是第一次来这里，对于我来说没有把它看成一个历史题材的电影，更多的是一个爱情题材的电影，我的问题是过去我们对爱情那么勇敢，今天我们有这么多自由，却对爱情这么懦弱，我们今天的爱情怎么了？

陈：最好的方法，你也去拍电影。“爱情”可以和很多事物合作，并不只是去爱一个人。譬如我非常清醒画画是个骗局，但画画一直骗我，骗到现在，我还是爱画画，没办法想象不画画生命会变成什么样子。你看，法斯宾德那么多产。我想起凡·高的一次个展，是他在阿尔养病，几乎隔一天画一张，后来全是世界名画，太可怕了。我想法斯宾德也是创作狂，像吸毒一样。凡是有大爱的人，特别不现实。中国也应该有这样的“个人”，只要给他一点点空间，他就拼命弄作品。但中国鼓励你不要特别，中国的一切是鼓励你跟大家一样。

陈老师好，我比较感兴趣的是，像我们周围也有很多可能会反社会的人，觉得生活在中国很不自由，对于这样的人您有什么建议，是逃到国外去还是在中国激流勇进？我看了这个电影就想起我的导师说，要好好研究法斯宾德要表达的思想，但另一方面又说，千万不要做法斯宾德，你做不起。我想知道陈老师怎么看待这个问题。

陈：你现在能拿着话筒说：“我不自由”——这就算是自由了。我们那代人是想做奴隶，做不成，现在你坐稳了奴隶了，可以哼几声，很不错了。像法斯宾德和瑞典的伯格曼，我很佩服他们，但有点害怕这样真实的性格。在中国，你太真实，你做异端，没有好下场，你要面对两个强权，就是政府和人民，非常难。你根本不可能做法斯宾德。你问我，我的回答是，我尽可能不虚伪，但我狡猾，用软办法，不要用硬办法。法斯宾德之流，都来硬办法。西方都是来真的，这里不行。

今天我们说的法斯宾德是德国电影四杰之一，他们都是深受

1968年学生运动影响的一代人，我们知道在1968年知识分子起到了很重要的作用，比如法兰克福学派对此也是持肯定态度的，我的问题是：在当今中国，知识分子应该起到一个什么样的作用呢？第二个问题是，在这部电影中，我们看到玛莲作为一个理性感性交织的人在处理政治事件时的态度，她不是从一个种族的利益，而是从一个自身爱情的角度去看待这个问题，我们看到她总是在笑，有时是苦笑，有时是强颜欢笑，她甚至背弃雅利安人应该投身的纳粹运动去解救她的爱人。我觉得这也是法斯宾德想表达的一个看法，我不知道陈老师对这个问题有什么看法。

陈：不要上街，要学法斯宾德，用自己的方式表达。闹艺术，不要闹运动。“68学运”已经过去了。法国学生运动有轻佻的一面，他们砸了人家的店铺，抢了很多乳酪，烧了很多轮胎，以我五十多岁的成熟，我不认为这样的学生运动是可取的。包括法兰克福学派、新马克思主义，有它虚伪的一面。

您觉得标准的好孩子是什么样的？

陈：我希望遇见好孩子，好管嘛，我也希望遇到有才华的“坏孩子”，因为好玩。最理想是又好又坏的孩子——不过我告诉你，好孩子、坏孩子，很难遇到，绝大多数孩子既不好也不坏，就是一个孩子。

我看了这部电影，就觉得两个人很有意思，玛莲是一个没有什么思想的人，门德尔松是个很有思想的人，但是玛莲坚持下来了，门德尔松却没有，爱情还是搞不过现实。还有我今天的问题是关于幽默的，我们谈到德国人很少提到幽默，您刚才提到的浪漫的意思，是因为德国人在二战之后变得严肃了么？

陈：幽默？这是一个民族性问题。相对英国人的机智幽默，德国人可能不那么幽默，拉丁人、盎格鲁－撒克逊人、条顿人、高卢人，性格不同，中国各省的“省性格”也不同。拉丁民族整天唱啊跳啊恋爱啊，德国人就坐在那儿“想”，喝醉了，也做些惊世骇俗的事，他们啤酒节时放浪形骸，平时很害羞，很沉默，有点古板，极端认真、严格、诚恳。但德国也有德国人的幽默。你在贝多芬勃拉姆斯那里都能听到幽默。

我的问题是中国人的国民性是什么？

陈：好死不如赖活，装丫挺，不老实。中国人最大的问题是不老实，但中国文明居然能够一直存活，也因为狡猾，不老实。

您觉得中国当代艺术怎么样？您觉得当代艺术总是在一种“自由万岁、自由死了”的疯狂状态中，还是像利奥·施特劳斯说的会回到古希腊罗马的状态？

陈：你大概读书不少。我没读到过“自由万岁、自由死了”的“当代艺术”，也没听说过施特劳斯的话。从和平演变的角度说，我欢迎所有中国当代艺术。我没法具体批评整个当代艺术，你得告诉我哪位作者，哪件作品。中国当代艺术的整个状况就是正在发生，发生就好。

2007年5月

这批雕刻原先位于公元前三百多年的土耳其境内，是一座希腊小城邦广场上的大型群雕，全部真人尺寸，这一局部只是群雕的千分之一；当年希腊百姓天天在广场上走动，天天理所当然看到这些雕刻。

希腊是人类的永久教师

答《外滩画报》问

古希腊艺术为什么会吸引我们去看，它有哪些和后来的时期不同的艺术特点呢？

陈：我不可能在《外滩画报》谈论美术史和文化史。我只能说大家今天看古希腊艺术，跟中东、亚洲、南美的艺术比，可能没有哪个源头的文化像古希腊那样，让今天的观众立即看到“人”的尊容，面对“自己”的模样。所有其他文明的早古艺术，巫气都很重。中国的青铜器，是礼器，代表权力；玛雅文化不用说了，巫气太重了！希腊在两千五百多年前的艺术就直接表达、直接赞美男人的身体、女人的身体，对人身充满惊讶和肯定，那么饱满，那么自然！

我只能这么感性地说一说。

但为什么会这样？为什么是希腊？我总是说：这是大神秘，只有上帝知道。美术史会告诉你许多道理，但美术史在最终极的意义上，无法回答为什么会这样。

这次展览本来预期来看的观众会特别少，结果其实来了很多人，观摩雕像，听讲座。您怎么看古希腊艺术对中国一般民众的吸引？

陈：相关专家应该跟踪、研究：为什么会有这么多观众？你知道，近几年中国零零碎碎来过一些西方各阶段的艺术展，印象派啊、文艺复兴啊……国家开始比较有规模地投入这些事，绝对值得肯定！但主办者会抱怨参与的人数太少，热情不够。目前我不知道这次观展的人数跟另外几次展览比较，结果如何，人气旺总令人高兴。

感性地讲，希腊艺术非常容易懂：它几乎不牵涉"懂"的问题，你看到一个裸体的男子、女子站在那儿，很"像"，很好看，很美，你可以完全不了解希腊文化，但是看着就喜欢，就感动。

也就是说，古希腊的艺术比较容易打通人的情感，沟通性很强？

陈：是呀。古代艺术没有懂不懂的问题。帕台农神庙，还有当时希腊的所有庙堂，人们一天到晚走进走出，天天看见，它没有被看作什么"高雅艺术"，它就是生活。

那它不算一种高雅艺术？

陈：区别高雅艺术和民间艺术，这都是很后来的事情。

那么您觉得古希腊艺术对一般民众的吸引，是从内容上，还是从审美本身？

陈：我不知道。我不会用这样的词："内容"啊，"审美"啊。老百姓走进去，哪里是去"审美"啊！

因为我想到在我们小的时候也会看到一些美术作品，在完全不懂的情况下，也是能感觉到美的——我想问的是，美是不是在没有概念的情况下，也是能被感知的？

陈：我小时候最早看到图片上的希腊雕刻，立刻喜欢；可是父母带我去城隍庙看菩萨，看凶神恶煞的罗汉，我就不亲近，害怕。长大后了解中国美术史，开始欣赏中国的雕像，可是小时候绝对喜欢希腊，不知道为什么，反正很亲近。当你看到古希腊雕塑、文艺复兴的画、印象派风景画，没人教你，根本就是孩子，一看就喜欢。当然这也可能跟我生活在上海有关系，上海的景观是西化的。如果我生长在西北西南农村，可能就不一样了。

古希腊较早开始有身体意识，他们觉得一个健美的身体是很美的。为什么那么早，希腊比其他民族更加有意识地赞美身体？

陈：这个问题还是请上帝回答吧。现成的答案也可以有，比如人种上、地理上的原因，但都是可争议的回答。我只能说你最好自己到希腊去。你看到地中海，看到那里的阳光，真的和我们这儿太不一样了。海水无比清澈，衣服变得多余，你会觉得袒露是理所当然的，你会渴望赤条条面对海天。我不知道这是不是确切的原因，但去了之后，非常明白为什么人在艺术中获得非凡的位置。地中海的水完全像翡翠，你站在礁石上看海水，看到很深很深。那么清澈，同时翡翠色，很厚重。你想，那里的大海天天这样清澈，阳光天天是金色的、耀眼的，不像中国那么浑浊。地理真的可能影响人种，影响民族，影响这个民族的种种天然的倾向。

我们在看古希腊艺术展的一些图片时，看到一座“伽尼墨德胸像”的照片，很英俊，神态也很婉约。这个人在当时被称作“人间最美的男童”。据说他还被宙斯看中，选到天宫中做了酒童，并引起了赫拉的妒忌。在古希腊，男风是不是一种很普遍的风气？在柏拉图的很多著作中也很容易看到对美少年暧昧的称赞。您怎么评述这种文化？

陈：还是去希腊看看吧。去摩洛哥、南意大利，北非南欧盛产美少年。

这种同性之爱是始于单纯的对身体之美的感受而发展出来的情感之爱么？

陈：“美”可能是原因之一。那时（古希腊），每个男孩都会被交付给一个年长的男子带着，当时的教育风气就如此，男孩离开父母，成天跟一个健壮的成年男子……

有点像监护人的感觉？

陈：嗯，有点那意思，兼具教师、兄长、叔父这样一个角色。你知道小男孩都崇拜比自己大的男人，崇拜力量、肌肉、健美、勇敢，地中海沿岸国家在早期特别确认这种崇拜的关系。但说到男色传统，中国一样啊！先秦、两汉，男风炽烈，不过比较起来，中国男性关系比较阴性，他们阳刚。论性倾向，那个时代人类的不少习俗（古希腊平行时代）不约而同。我没知识，不知道为什么会这样。

您觉得这种同性之爱是一种自然健康的情感么？

陈：“自然健康”这句话，是个价值判断，是意识形态。各民族有各自的“自然健康观”。我在《退步集续编》谈过同性恋，中国的（同性恋）源头在两汉，部分在先秦；西方的源头是在希腊。西方后来有过很痛苦的时期，就是基督教起来后绝对禁止男同性恋，变成一宗罪；中国从来没有过。中国古典文化，尤其在宋以前，朝廷和民间对性问题一向宽容，无论是对男女关系还是男男关系，很少出现恶劣的纪录。

您觉得，在艺术界，这些问题，比如人性的、同性取向之爱的东西，有没有一个回归自然的态度或趋势？我觉得艺术还是一个蛮开放的领域。

陈：我不觉得中国艺术界有多开放。中国现在有当代艺术了，各种内容或主题开始出现，但这不是“开放”，只是文化品种趋向齐全，慢慢在补齐，西方有的，我们也要有，如此而已，但这并不意味着就是“开放”，开放是指内心深处的自由，对各种事物真正的理解、好奇、容纳。我看不出我们——不管做不做艺术，前卫还是不前卫——哪个群体特别自由，暂时看不出来。比过去是好多了。但要看跟什么群体比，要跟西方比，跟古代比，目前所谓“开放”还在过程中，差远了。

希腊展览来，真的好。开眼界嘛。这是真正的“移风易俗”。我们以前的移风易俗，是扫荡历史上珍贵的事物，结果弄成现在这样子。应该出现真正的移风易俗，良性的移风易俗。让大家开眼，现在那么多观众去看，太好了，他们会受到内在的影响。

如果让您给想了解希腊艺术文化的朋友推荐一下古希腊的艺术

品，您推荐什么？

陈：交流应该是双向的。一方面这些展览进来，另一方面，有钱的阶层最好自己去。旅游欧洲不贵的，但多数人是去购物，买名牌。真正说是去希腊看看文明，带着人文的愿望，太少了。政府和专家正在日益促进这种交流，但如果你真的想了解西方文化，了解源头，最好的办法是走出去，到希腊，到意大利，到欧洲各国去看，这是不可取代的途径。外国人爬上长城，四处瞭望，才知道什么是中国啊！

是不是那时候的艺术才具有一种真正的创造性？

陈：是啊，黑格尔说过："希腊是人类的永久教师。"单是讲艺术，你看了希腊，你会觉得人类未必是在进步。人类最好的时候早就过去了。

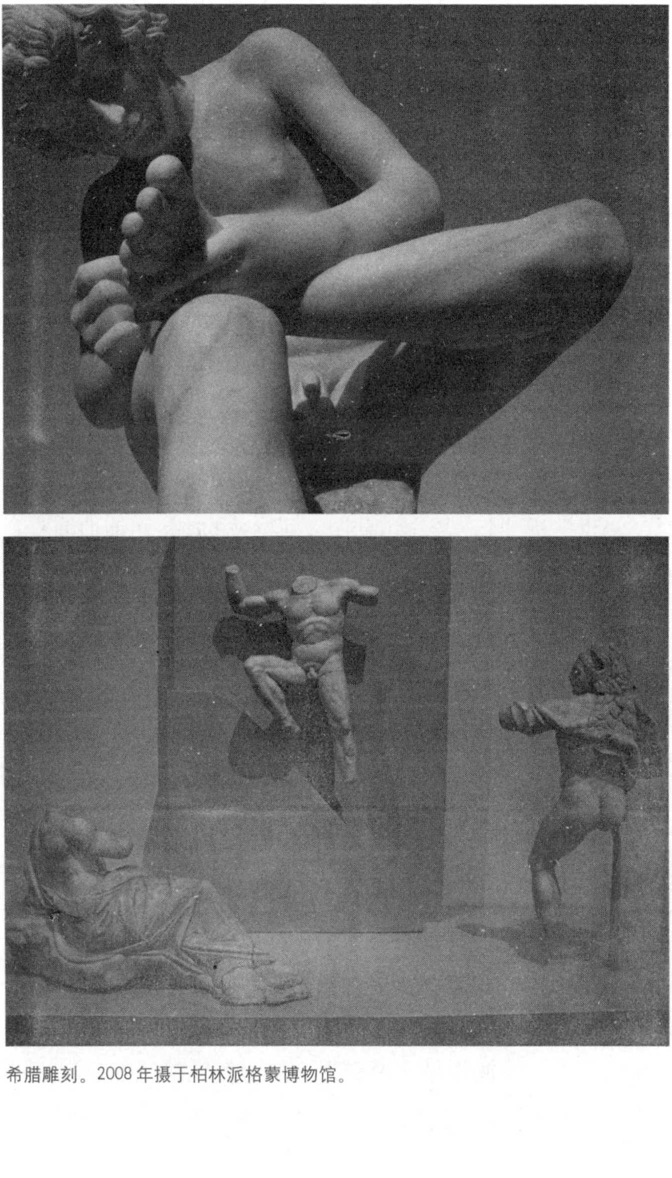

希腊雕刻。2008 年摄于柏林派格蒙博物馆。

无言的劝告

国中当代摄影家，吕楠是一位自始即抱持“大师意识”的实践者。这不是说，他刻意想要成为、或自视为“大师”，而是指目击“猎物”的一瞬，他从不稍或忘却摄影史经典的伟大训诫。这样猜测，我的意思是，吕楠对于“学习”怀抱敬意。当他决意走上这条自我折磨的道路时，恕我妄断：卡蒂埃－布勒松、柯特兹的幽灵可能悄悄跟着他，时时被他不自觉地植入自己的目光，作为中介，挑选作品。

这是一道又一道严酷的课题，濒临精神病院般的无望：我不知道吕楠废弃的照片数量是多少，出于何种理由。目前所见，他大部分作品的“图像”均被赋予近乎完美的“不可更动性”。诚然，但凡严肃的中国摄影家都已学会将自己交付给以下折磨：空间的安排，视线与向度，光与光源的把握，人物的动静、主次、避让、张弛、单数与复数……但在吕楠那里，这些不容闪失、不予商量的“原则”——我甚至愿意说是“伦理”——格外呈现为一种紧张感，并不曾透露丝毫紧张。

这可能便是我所谓的“大师意识”。

在我看来，吕楠作品的说服力不是震撼性的“内容”，而是构图的审慎与均衡。关于他的评论注意到这一层么？譬如这组“精神

注　2008年初，今日美术馆创办《影像》杂志，这是为创刊号吕楠专题写的评论。

病院系列”中有两件作品出现裸体女子。前者是被铁栅囚禁的青年患者，但玉成构图的是那位监门外枯坐的老妇；后者的主角则是右侧那位仰面发呆的疯孩，公然坐在廊下的赤裸者虽令人感动而羞耻，但严格说来，她犹如莎士比亚剧中的配角（景深中次要的女子也必须在，否则，如此难得的一景虽已捕获，“大师意识”仍会主张删除，而吕楠是会听从的）……在院墙内转圈环步的人群不能没有居中的那位仰躺者；六位玩牌的病人，顶在头上的白枕正好是三枚；乒乓球桌的围观者有三位举臂欢呼，在三副双拳的高低错落间，我又见到“大师意识”。此外，人物的坐站、正斜、居中、靠边、二比二、一比三，以及在其他类似构成中，吕楠的苦刑——也即他的狂喜——如同卡蒂埃－布勒松给出的谜：我们永远不能解答这些局面的判断、捕捉是属人为抑或天意？出于耐心还是决断？这谜底，若以理论词语推断，乃因作者善于将“必然”强行制服于“偶然”，且本领深藏，置身事外，或如卡蒂埃－布勒松所言：屏神静息。

摄影必须无情。卡蒂埃－布勒松惯常顾左右而言他，但仍然声称：“我不关心其他，除了形式。”在上世纪他那一代人，“形式”乃神圣不可亵渎之词。卡蒂埃－布勒松的天纵其才，则无不透射法兰西人的雅隽而机警；柯特兹的妙不可言则有斯拉夫人的诙谐达观，而后闪露他胜于卡蒂埃－布勒松的朴素与自然——吕楠的品性显然内敛而执拗，默默之状，几乎触及他周旋其间的精神病人，这位中国人与欧洲同行相较，另是一种禀赋。所有苛求于构图的摄影家均难摆脱卡蒂埃－布勒松式的影响，吕楠的功力却并非超人的机敏，反倒出于三分笨拙，以及，超常的忍耐——同样是抢救瞬间，他不属于卡帕一路，卡帕以“事件”为性命，无暇分神于校正景物边框线——吕楠则将视像通常置于均衡端正的水准，尽可能以日常而平等的视线观看对象（一如小津安二郎架设机位的谦逊意识）。极微

上图：精神病院，天津，1989 年。下图：精神病院，北京，1989 年。

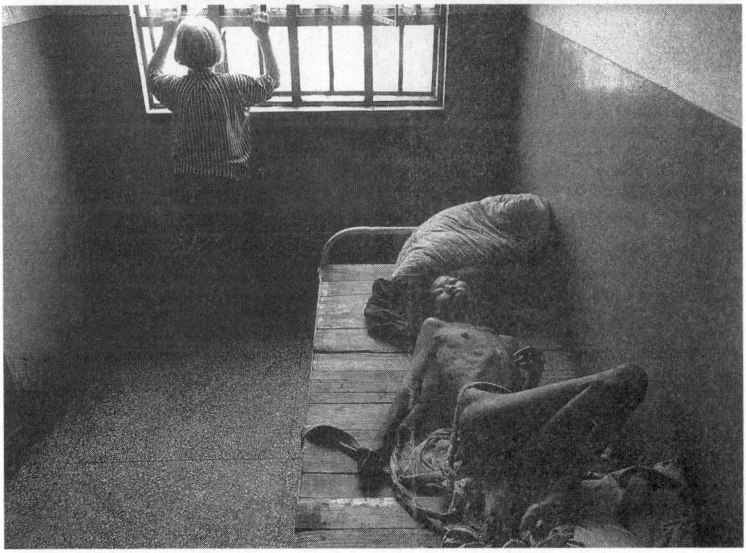

上图：精神病院，四川，1990 年。下图：精神病院，天津，1989 年。

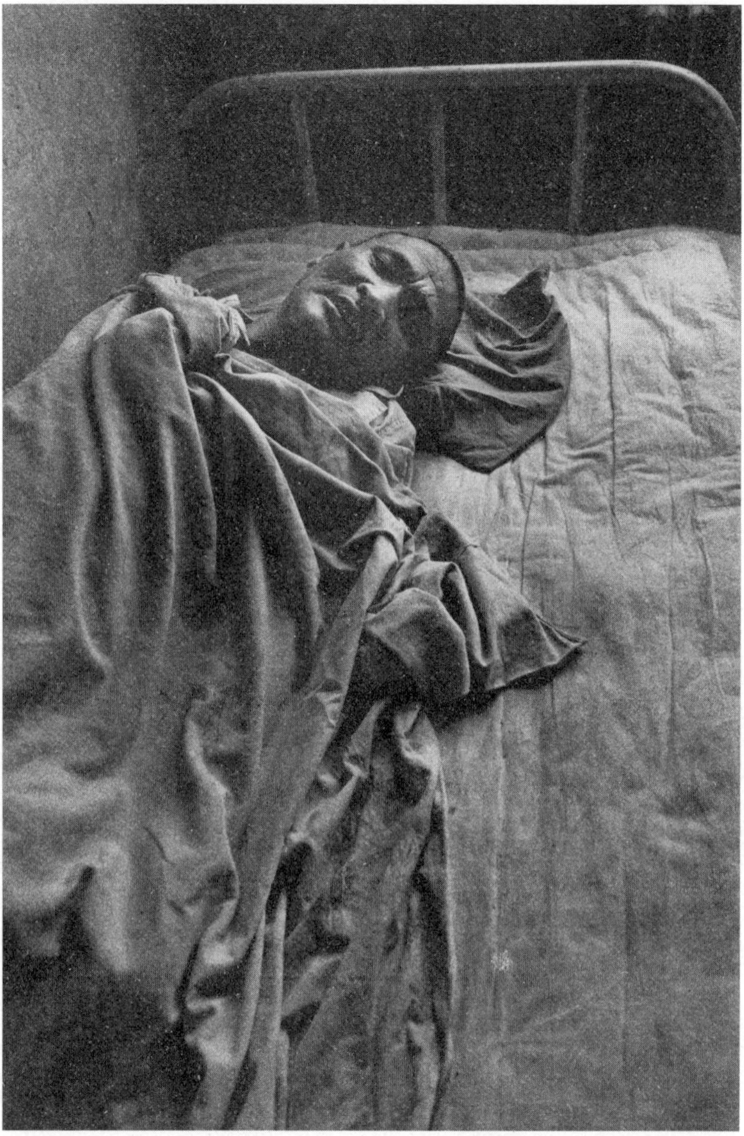

精神病院，天津，1989年。

精神病院，云南，1990 年。

妙地，我从中窥见柯特兹般的体贴，这体贴的可读性来自人性还是艺术性？

我无意时时将吕楠与大师相并列，虽然他可能是最为自觉秉承欧洲美学大传统的中国摄影家，但他从来与浅薄的“洋味”与“现代性”划清界限：他懂得“形式”不是表象，而是对创作的忠诚，尤其是对主题的全部了解，唯其如此，本土题旨才能见骨肉、有血性。柯特兹没来过中国，卡蒂埃－布勒松早年的中国系列毕竟出于“他者”的锐眼。中国不缺乏摄影家，然而摄影的严肃美学直到八十年代这才苏醒。有鉴于摄影无可疆界的题材，观看与选择于是非关艺术，而诉诸人性与人文——这时，我们或许可以偏离形式，略微谈论吕楠的慈悲心。

瞩目于卑微的人群，探寻社会真相，吕楠是这类摄影众多介入者之一。但我们都会同意，仅只可数几位中国摄影家具有经典性的概念，吕楠无疑是其中翘楚。他从“宗教系列”、“精神病院系列”到“西藏系列”，呈现漫长而清晰的自我陈述，丰实厚重，气质深沉，早已被公认。最高意义上的现实主义创作通常具有如下品格：沉潜、耐苦、同情心、宗教感、自我放逐……那是可能试炼的，但并不必定换取作品的经典性。据说吕楠常年在藏区游荡，伴随歌德的读本与巴赫的音乐，我看他“西藏系列”，他于绘画图式的认知涵括过去数百年的欧洲经典，并深知绘画画面的完满性与摄影瞬间的凝固，意味着什么。要之，他并非在摄影时才是一位摄影家。精神病人与藏民在他镜头前不只是人性的对象，而是中介，与他自己一起迎向他追念的境界。那境界与他所见无关，除非进入影像，成为切片、构图，也即所谓“形式”，否则难以安顿所谓悲悯与良知——我指的是：摄影的良知。

这良知构成经典的稀有时刻，其中包括影像主体的“伴奏”与

“复调”。吕楠专擅人物摄影，尤其是二三人一组的群像，但他在空无与物件中也能处处看见“人”：在几幅孤单病患的动人作品中，使他心惊的不只是面目神态，更兼无情的“周围”——空床破败、甬道浊暗、被抛弃的工地、绝望的墙（那位不知何故进入病院的美术教师身后，贴着他描绘的“雷锋”），在纠缠于后园荒草的两位疯子头上，吕楠摄入晴空和云，我们的目光于是想起墙外的“人间”……这是一组不忍卒睹的影像，重重封闭的空间令人窒息，所有病患苟活着，生不如死。这悲惨景象被如此“艺术地”拍成照片而竟免于罪过，实在因为作者无比善良。奇异的是，笼罩其间的非人氛围被赋予一种介于死活之间的存在的庄严，如此庄严，唯无可辩驳的真相才能显示。

我忽然明白这些照片难以阻止我们的遗忘，它们成为照片，其实不是为了丧失理智的精神病人，而是一份再恳切不过的劝告——请好好活着吧，戒除种种不安与罪孽，因为你们健康，正常，没有疯。我愿提醒诸位不该遗忘的是：这无言的劝告来自吕楠的作品，而不是病院中那一个个不幸的人。

2007年8月27日

上图：提香：《沉醉在爱与音乐中的维纳斯》。下图：《天上的爱与人间的爱》。

喜看提香来上海

四十年前的一天下午，隔壁弄堂最要好的小朋友黄月明，绰号“和尚”，飞奔而来，从衣襟深处掏出一本不知哪里弄来的提香小画册，满面狂喜压低声音对我说：“丹青丹青！里厢女人全部赤膊！”

我立刻缩在外婆临窗的眠床上一页页翻——《天上的爱与人间的爱》、《乌皮诺的维纳斯》、《海上的维纳斯》……果然“赤膊”，胖胖的，圆圆的，神态安详，简直仙女，又好似母亲。我屏息凝视，倏然失神……上一年“文革”爆发，学校关门，我在同学唐民生舅舅的小阁楼初见米开朗琪罗画册，也是“全部赤膊”，也是一看之下丧魂落魄：哦，原来世界上有这样的画！

那年我十四岁，岂敢梦想有一天光着身子而配着镜框的维纳斯远道而来，横躺在上海美术馆墙面上。美术馆离我石门路老家，快步走到，一刻钟。我真想告诉维纳斯阿姨：四十年前我就在上海见过你！

欧美各大博物馆藏品，不必说了。要看文艺复兴晚期、巴罗克盛期及浪漫主义初期的经典油画，马德里普拉多美术馆收藏绝对雄视欧罗巴：意大利人提香、佛兰德斯人鲁本斯的好几件重头作品都

注　2008 年马德里普拉多美术馆珍藏展来华，北京展事结束后移去上海美术馆展出，这篇文章为上海《文汇报》稿约。

在那里，西班牙人委拉斯开兹的扛鼎之作《酒神》、《火神》、《宫娥》、《织女》、《伊索肖像》、四幅《侏儒》，全部皇家成员的大型骑马肖像，还有辉煌的《布列达城受降》，均为镇馆之宝，而戈雅晚岁风格大变的黑色系列巨作，全在普拉多。

欧洲画展来华，美术圈舆论总会抱怨人家不肯出借经典。这话说对一半。要论文化、国力与时机的种种差异，欧美画展彼此交流的奢华阵容，目前中国同类活动自不可比；而各国馆藏重镇的出借，向来严格控制。七十年代卢浮宫将《蒙娜丽莎》空运东京展，给法国舆论骂得一塌糊涂；1998年台北故宫珍品展赴纽约，文人艺

左右二图：这两件提香的重要作品均为普拉多美术馆藏。

术家在故宫门口漏夜静坐抗议，成功“扣留”十数件北宋经典。但以我观察，欧洲当事人选择来华展品均煞费苦心，并未敷衍，如印象派展马奈的《吹笛男孩》即无可争议的经典。本次普拉多馆展则是经典作品密度最高的一例：提香《沉浸在恋爱中的维纳斯》、委拉斯开兹《侏儒》、艾尔·格列柯《背负十字架的耶稣》、苏巴朗《四枚陶罐》，就都是，哪天诸位亲临普拉多，这几件也是必须止步细赏的名篇。

目下中国正以空前规模朝向现代化国际化大转弯。我们引进西洋的科技、金融、管理之类，是为实用，而西洋画来华，包括西洋电影、音乐、戏剧、舞蹈种种演示，要点不是经典多寡，影响更不在艺术家，而是感染国民，认知什么是现代化的整体性——我们抬头观赏，将这些名画认作古董，其实西洋人几百年现代化弄到今天这步田地，并非仅仅科技。譬如提香发迹的威尼斯，当时诞生了全世界最早的现代金融制度，那美丽的水城就被称为资本主义的摇篮；委拉斯开兹躲在宫中画画时，西班牙早已铺开海上殖民，国库储满黄金……所谓现代化，是一边造枪炮、制宪法，一边有人美孜孜画着梦中的裸妇、宫廷的弄臣、宁静的陶罐……缺了这些，现代化的驱动进程就像跛子、独轮，只剩了科技。先进科技，咱们如今都有了，别的不说，京沪满街洋车，千万人使用电子网络，还有钢条纠缠的奥运会鸟巢、倾斜高耸的央视巨厦，眼瞧着造起来，但那造型与美感是谁家的思路？谁人设计？话说到这里，便要追溯西洋的绘画史设计史艺术史美学史。现而今西洋人的种种摩登艺术超前观念，不是到二十世纪这才天上忽然掉下来，而是一路从文艺复兴的提香到戈雅开绘画浪漫主义先河，浪漫主义的翘楚德拉克罗瓦又启示了印象派，印象派的塞尚与凡·高纵容了后来的毕加索马蒂斯，于是逐代演成花样百出的现代艺术，以至后现代……

自然，历史哪里这么简单，但西方文化便是以自己的逻辑和因果，在各个领域生成现代化。此刻墙上那些老古董，几百年前可都是顶顶摩登的画。别小看提香画个美妇人“赤膊”躺着，懒洋洋听男士给她奏琴，文艺复兴画中的丰盛肉体，就此送走欧洲中世纪上千年只顾祈祷念经的蒙昧时代；委拉斯开兹以人性的凝视将宫中侏儒画得入骨三分，成全了两百年后的绘画现实主义，以至预告了二十世纪电影镜头中逼人的真实；苏巴朗笔下坚实而温润的陶罐，给物质赋予人的尊严和实在，那雍雍穆穆的光，出于哲学的，也是现世的虔敬——中国古典绘画的辉煌早于西洋，论画意的斯文与纯粹，犹甚于欧洲人。晋顾恺之的《洛神赋》和《女史箴图》，那高贵、仙气，提香未曾梦见；我们在北宋（公元十世纪）即多有委拉斯开兹（公元十七世纪）那般雅隽的宫廷画师，观物落笔，质朴而体贴；苏巴朗要是亲见北宋院画中的花卉或器物，必当钦羡而引为同道；戈雅晚岁在画布上周旋于神鬼的想象力，在我们魏晋唐宋的壁画与明清僧人的画卷中，亦曾放诞而奇诡。本次展览有一件戈雅的小小珍品，画着人群在明媚阳光下团团起舞，类似的欢愉画面在中国古典画长卷中那是不胜枚举……中国与西洋的绘画可资彼此环顾，但不宜比附而有所贬褒，在以希腊雕刻为滥觞的西洋绘画与“书画同源”的中国水墨画之间，在儒佛黄老与基督教之间，即便从理论词语中寻找连接通融的中介，也属勉强而徒劳。我的意思是说，何以中国的绘画乃至整体文化，不曾演出所谓“现代性”？这是学者们争论不休的老话题，而四百多年前，提香已画出上百位维纳斯，堂而皇之给人看，四十年前，则我的上海小朋友如犯罪般轻声惊叫：“全部赤膊！”此中消息，是否和“现代性”的迟早或生熟，有一小点关系？

今天，大上海请来维纳斯，意思是中国正在堂而皇之现代化，并非上海人没见过女裸体。外国来了绘画展，我不愿，也不宜在报纸上排列美术史，那是学术圈的雅谈，不是面向公众的美术馆所应凸显的价值。所谓“无用之用，是为大用”，这些画展对老百姓和年轻人的真价值，乃是蔡元培先生在国事蜩螗的年代难以实施的大理念，即“美育代宗教”——四十年前当我在石门路楼阁中初识维纳斯，不过是一个乱世失学的小孩子，虽那画册很快还回去，却就此暗中发誓画油画，日后好歹长成个粗识文明的人，一如八九十年前的热血青年偷读一两册马列小书，居然投身革命，以至缔造新中国。这是夸张的比喻么？法国人纪德说过：“艺术广大，足以占有一个人。”这“广大”与“占有”的过程，往往起于一本书、一幅画，哪怕是简陋的印刷品，也仿佛有光朝心里照进来。

今日的青年何其幸运而幸福。看一圈出来，美术馆隔壁买块冰淇淋，会片刻忘记么？广义而言，从前年文艺复兴展到大前年印象派展之间的西方文脉五百年，目下正浓缩为中国现代化的漫漫旅程，上海的开埠，便是这旅程的起点，日后成为我辈接受西洋画启蒙的原乡。我猜，提香先生要是知道自己的画来到这座东方大都会，也会感到无上荣耀的。

2007 年 9 月 14 日写在北京

提香：《伊莎贝拉皇后肖像》。

漫谈普拉多美术馆珍藏展来华

有人说，此次展览是一流大师的二三级代表作。您第一次观看这些作品是在什么地方？这些作品是否对您的艺术创作产生过影响？

陈："一流大师的二三级代表作"，这句话是不通的——既是"代表作"，哪来"二三级"？本次展览中提香的《沉醉在爱与音乐中的维纳斯》与委拉斯开兹的《侏儒》，是伟大的名作，不能说是"二三级"作品。

我第一次造访马德里普拉多美术馆是2004年。馆中作品的印刷品则三十多年前就看过。不过委拉斯开兹的大型回顾展曾于1989年秋去过纽约，一半以上的作品借自普拉多美术馆。

委拉斯开兹对我的影响就是要画得朴素，要看得体贴。但我绝对做不到他的高贵。那是没法子学的。

当时有什么样的感受？今天对这些作品及那个时代的认识有没有发生变化？

注　原载于2007年7月的《中国文化报》，标题为《陈丹青说"西"道"东"》。

陈：第一次看委拉斯开兹的大型回顾展，我完全昏掉了。现在看比较冷静了，看进去了，仍然在心里默默震撼，丧魂落魄。所有大师都值得花一辈子去认识他，你再让我活一次，我还是会傻看。经典是读不完的书，你有诚意，你就慢慢读吧。

此次展览展出提香作品比较多，《沉醉在爱与音乐中的维纳斯》一件作品的保价就是五亿人民币，请谈谈您眼中的提香（或者您熟悉、感兴趣的其他参展艺术家）。

陈：提香是文艺复兴盛期最后一位大师，这大家知道。未必清楚的是，我们今天直接用颜料在画布上涂抹、描绘的方式，大致起于提香，或者说，他可能是最初这样作画的典范。

此前的文艺复兴三杰，还有更早的安吉利科、弗兰契斯卡以及被认为油画祖宗的乔托，大部分是湿壁画。达·芬奇、拉斐尔的油画，则用的是蛋青调制的颜料，要知道，不同的材料直接导致不同的方法，如今西方极少制作那种颜料，更鲜有画家使用那种画法了。

提香的高贵与朴素，影响了委拉斯开兹。提香的生活奢华而享乐，他的画富丽堂皇。

戈雅是欧洲浪漫主义先驱，但是在这个展览中，戈雅的作品却不是很突出，很难能让人感受到他的伟大成就。人们的感受同美术史中所说的会有落差，您是怎么认为？

陈：不要希望在一个展览中印证“美术史”。即便你走遍欧洲所有美术馆，你也不能完全了解了美术史。

戈雅这次选送的画确实不很代表他。不能奢望更多，能来就

上图：提香，王公贵族肖像局部。下图：委拉斯开兹，宫廷侏儒肖像局部。在晚期文艺复兴大师与盛期巴罗克大师之间，二者的差异微妙而显著，勉强比附，略近于中国的唐画与宋画。

戈雅:《捉迷藏》(局部)。此画印成黑白，原作晶莹闪烁的色彩感便丧失了。

好。我在纽约看展览无数，也没机会看到戈雅真正的好东西，直到拜访普拉多，这才得窥全豹。他晚年画出了伟大的作品，和前期判若两人。但这次来的那幅小画，即人们在野外携手捉迷藏，是一件很美的画。

从文化的角度看，西班牙出现这么多有个性、艺术面貌各异的伟大艺术家，西班牙的民族文化与别国有何不同？您是怎么认识或看待西班牙文化和西班牙艺术家的？

陈：欧洲最了不起的画家是在意大利，但西班牙出了委拉斯开兹、戈雅、毕加索，足够雄视全欧。

您认为今天这个展览对于国内美术学生来说是否也会有产生相似影响？您希望他们能在这个展览中得到什么？

陈：国内美术学生可能不会像我这一代人那样渴望看见欧洲的

油画。我不会指望“他们”从中得到“什么”。喜欢的自会喜欢，得到的自会得到，反之亦然。进美术馆看画不要想那么多。

您认为今天年轻人对艺术的热情与你们那一代人的热情又有哪些不同和相同？

陈：要说不同，我们那时太匮乏，渴望开眼界，现在年轻艺术家的眼界——至少印刷品的眼界——比我们好太多，他们不会像我们那么渴望、好奇、激动。但就我在美院教学的经验，年轻人仍然所见极有限，又迷失在太多讯息中。讯息不等于眼界。

这些古典绘画来得太迟了，如果没有战争，国家平稳，从徐悲鸿他们那代人开始就陆续请来这些展览，我们对西方美术文化的认知就会自然得多。如今我们对一切经典的认知都是不自然的。譬如“国学热”，譬如“读经”……我只能说，来总比不来好，历史记忆慢慢恢复。这不是热情的问题，而是常识与记忆的问题。

很多年轻人在蜂拥至美术馆看展之后，有种异常反应，就是很多人并没有第一次见到原作时的冲动，只有激动心情却并没有实际感受，为什么？

陈：不知道“为什么”。你去看了么？要是有“异常反应”，可能是我们看国内的土油画太多太久了吧。

“要是有‘异常反应’，可能是我们看国内的土油画太多太久了吧。”为什么？“国内油画”是指哪些？

陈：几代中国人的土油画，无形中塑造了我们的胃口和消化系统。许多初到国外看博物馆的画家对我说：没什么了不起么！好在哪儿呢？对此我无话可说。

中国画也一样。看饱了二十世纪的所谓新国画，我发现许多中国画画家对古代经典既没兴趣，也看不懂。如果你痴迷黄胄画的驴子，并伴随这种观赏经验成长，你可能觉得宋人画的动物远不如黄胄。可是当我看多了宋元的原典，我就觉得当代国画几乎都是卡通或漫画。

但我不打算说服谁。

说起伪经验，您在十三岁时有了对米开朗琪罗的“伪经验”，现在的孩子们可以在家门口看到原作。如果您十三岁时也有这样的条件直接面对原作，会对你有什么样的不同影响？为什么？

陈：在“家门口看到原作”，你是指北京人，或者那些有钱来到北京的外省观众吧？这得感谢改革开放，中国不再孤立。不过你要知道，许许多多外地热爱绘画的人无缘看见这些画。

同样的一张画，为什么在普拉多和在中国美术馆观看的效果是不同的？怎样的不同？

陈：在普拉多——或任何欧美的美术馆里——观众不会像中国这样人声嘈杂。最近一位法国钢琴家在南京演奏，场子里手机响、小孩闹，她不得不中断演奏，退回后台，抹眼泪。

“中国观众” 和“美国观众”有何不同？为什么？

陈：任何美国孩子，只要他愿意，或者他父母愿意，他（她）可能在襁褓中就被带进美术馆看世界美术经典，虽然孩子可能睡着了，但他是在美术馆里睡着。我可以确定，一个纽约小学生能看见的中国古代经典绘画，比中国画院的资深画家还要多，还要早。

你或许不在乎这些差别，但这差别的深刻，远远超过我们的想象。

有了文艺复兴、巴罗克等大师之后，写实绘画是难以超越前人，绘画究竟还有什么意义？

陈：我不知道绘画“究竟还有什么意义”。这场展览开幕那天，我正在大画布上开手临摹委拉斯开兹的《宫娥》。我这样做一点没有意义，只是喜欢。

您曾经抱怨过“交流年”中与各国文化交流的落差，中国没有像法、意等国对中国文化的接纳程度？但这不正是一种“文化输出”的策略吗？

陈：我们有什么“文化”足够输出给人家？

我们今天可以和欧洲列强“交流”，美院的学院奖、各种名头的双年展、博览会中，都有来自世界各国的学校、画廊等前来参加，我们真的就是“国际化”了吗？或者“被国际化”了？

陈：中国正在“国际化”，也在“被国际化”。门打开了，你来我往。

欧洲有从提香到戈雅，我们也有从董其昌到黄宾虹，为什么后者在国内展出却没有同样的轰动效应？为什么今天大多数年轻人容易、愿意接受或喜欢西方绘画（西方文化），对中国书画（自身文化）却无动于衷？

陈：我们曾经办过“从董其昌到黄宾虹”的专题展吗？据我所知，董其昌的个人展览从未在内地办过。前年有过一项巨大的老董个展，展品来自故宫与上海博物馆，可是地点放在澳门。我得远去澳门才能观赏。至于没有轰动效应，不奇怪。中国的京剧之类，票也卖不出去呀。

整个国家在西化。从五四到现在，中国人花了将近九十年试图忘却我们的“自身文化”。不过我相信美术馆要是将传统中国艺术展览办得好，中国人将会有动于衷。上海博物馆四年前办“晋唐宋元国宝展”，老百姓为了看一眼《清明上河图》，每天几千人排队啊。

我们的“自身文化”是无处不在的，我们只是忽略了它的存在，您怎么认为？就像日本人在延续着东方文化精神，“自身文化”也是需要刻意地学习和传承的，对么？

陈：中国目前是在“刻意地”闹“国学热”，因为过去一百多年，我们制造了巨大的文化断层。日本没有断层，他们并不刻意延续“自身文化”。一个日本女孩穿套和服在街上走，没人奇怪，中国男子要是穿件汉服上街，路人会以为那是个古装连续剧演员，或干脆是个疯子。

今年是“西班牙文化交流年”，如果您是策划人，会带给国内观众什么样的西班牙文化景观?

陈: 西班牙只是欧洲一国。我期待世界各国的文化来中国交流。走出去，请进来，中国的现代化与新文化就会慢慢实现，慢慢成熟。

如果我是策划人，我不会比现任策划做得好多少。文化艺术交流要一步一步来，一件事一件事做，好几代人的辛勤努力，才能有效构成文化交流的景观和品质。现在有个开始，就很不容易了。我感谢为这些展览出力的人。

2007年9月

委拉斯开兹的这幅画被纽约大都会美术馆收藏，我每次回去都会看望它——包括它的镜框。

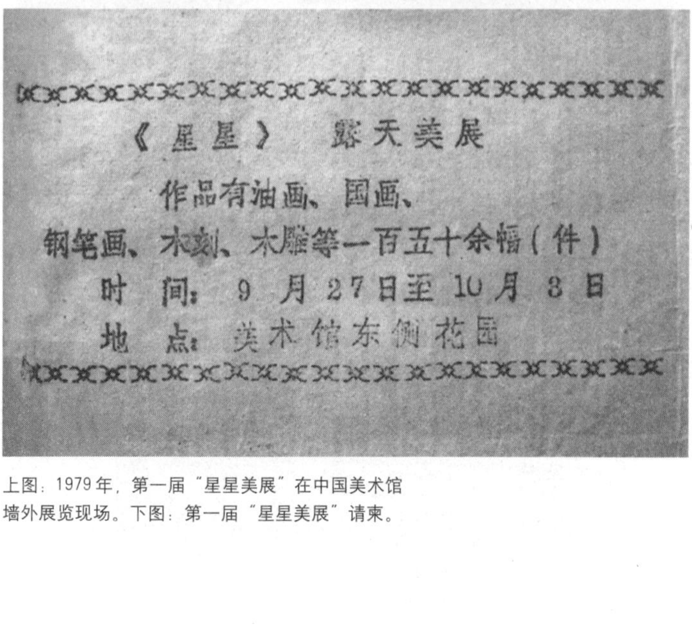

《星星》 露天美展

作品有油画、国画、

钢笔画、木刻、木雕等一百五十余幅(件)

时 间：9 月 27日至 10月 3 日

地 点：美术馆东侧花园

上图：1979年，第一届“星星美展”在中国美术馆墙外展览现场。下图：第一届“星星美展”请柬。

仍然在野

纪念星星画展三十周年

现在写稿子，提及“七十年代”，编辑非要添加“上世纪”字样，弄得像在写古代。有时回想“文革”过后的种种人事，包括空气中那么一股子莫名的亢奋，跟今天比，也真仿佛是古代。

“古代”的朋友们还活着，譬如星星画会那几位。九十年代初——又得写明“上世纪”！——我在纽约林肯中心音乐厅人堆里一眼瞧见马德升，彼此握手拍打，好高兴，他身后站一位脸蛋红红的法国姑娘，那么淳朴地笑着，听马德升说“这是我媳妇！”她就用力点点头。几天后，两口子在佛罗里达出车祸，马德升原先的双腿残废，成了全身残废。

星星画会的好几位成员都去了国外：王克平、马德升在法国，曲磊磊在英国，黄锐似乎去了日本，阿城、严力、艾未未分别久居洛杉矶和纽约。现在王克平、马德升仍然留居法国，其余几位又都陆续回来了。

我们这些苍蝇啊！

上个月和阿城聚会，说起再老下去会不会色盲，抹了颜料都偏红，却是看不出来，阿城沉吟道：恐怕难免。“星星”起事那年我二

注　今年是“星星”群体起事三十周年。今日美术馆举办由南京诗人朱朱策划的专题纪念展。这篇稿子为该展画册《原点》所写。

十六岁，他三十岁，刚回北京，没工作，闲着，正宗“知青”转为正宗“社青”。“社青”，也古代词，今语即盲流、无业者、闲散人员。

1979年冬末的一夜，中央美院学生会忽然请到以上几位“星星”英雄，台上一排坐开，我底下瞧着就兴奋起来：这不一伙老社青么？其时我结束八年农村生涯，进了美院，算是身属官家的幸运儿。那夜送诸位英雄到门口，校园浓黑，曲磊磊转头对我说：还是你们好啊，你们考上了。

如今大学请来的全是学者教授之流，“上世纪”学院讲台却坐着这样的乌合之众，当场叫嚣。只听马德升扯着嗓子咆哮道：“官方画家彻底完蛋！搞什么艺术！就知道他妈挣稿费！”——那时哪来画廊和拍卖行呢，除了工资，穷画家确是接点连环画挣稿费……黄锐也句句不买账，可惜远在“古代”，此刻记不确。王克平穿着才刚时兴的喇叭裤，坦然四顾，神色介于流氓和公子之间。阿城说话，镇定、清晰，南方不易见到这样无畏而老成的青年。不知为什么，初起我认定他是四五运动天安门广场的讲演者，听他说下去，才知道他是远赴云南的老知青，泡了整整十二年。

他们一律是北京人。“他妈”之类，轻快带过，“稿儿费”，卷舌，字字重音。全中国，也就北京盛产这类出言不逊的逆种，且多有文艺干部子弟：曲磊磊的父亲即革命小说《林海雪原》作者，王克平的父亲据说是驻印尼大使，阿城出现，美院上岁数的老师说，哦，原来是钟惦棐的孩子。钟惦棐？前辈于是打比方：就是当年电影界首席大右派，等于美术界江丰。

明白了，原来是老左派。1949年，他们成了解放区派来的军事委员会官员：艾青接管中央美院，江丰接管杭州艺专，钟惦棐接管电影界。1957年三人全都成右派，而今右派的儿子长大了。

我记得黄锐与马德升是工人。不久，在哪条胡同撞上黄锐支着架子画雪景，有天夜里，还瞧见马德升正在美术馆后街柱着双拐一挺一挺奋勇走。他永远穿着绿军装，消瘦见骨，眼睛亮，咆哮时双颊泛起红潮，我无端觉得正像俄国小说里患着肺痨，同时激烈辩论的民粹党人。

那天我台底下就给这五位草寇画速写。

1979年秋“星星”起事，我在上海，不曾见，那时媒体不报，更没网络，回来听得众人眉飞色舞讲：怎样先给美术馆撵出来，怎样立刻在大街上布展，北京市民又怎样围得里三层来外三层……赶紧打听，结果是江丰做主，亲自写了序，展览给挪到北海公园画舫斋。赶紧去，果然里三层外三层，好不容易挤到画跟前，又给别人的左膀右肩弹出来，那年头，男人们个个穿着中山装。

“文革”后首次在野画展不是“星星”。1979年春节前后，上海黄浦区文化馆举办的“十二人画展”才是头一回。上海人里自有民国油画的隔代知音，气候变了，他们就把“文革”期间偷画的风景静物画亮出来；北京的野种则挑明了玩儿政治，作品不细说了，国庆节后“星星”团体争取“艺术自由”的大游行，上海人是既不敢，也不作兴，北京地面却似真有五四的遗传在。后来有张照片不知谁拍的，黑压压游行队伍，为首站着马德升，远离众人，撑着双拐堵在市政府大门前。

1980年，各种在野团体闹起来：无名画会，油画研究会，同代人画展……后两个团体多是中央美院或老附中师生，无名画会则十九是野种，主将之一冯国栋，供职清洁公司，扫大街，去年我接到他葬礼的通知，因在外地，没去成，想起他那幅愤怒的画——纯色，粗线，画一把开裂的扫帚，一张倔强的苦脸。

我记得他们最激烈的作品。王克平的木雕在当时绝对挑衅，可比正面吐来的唾沫，没商量。马德升的小木刻粗粝而纯真，画自己

上图：在"星星"成员来美院讲演后，我曾拟将他们五人的形象画成毕业创作，遂一一请来画素描，这是描绘阿城的一幅（局部）。下图：讲演当夜我在台下画速写。自左至右：阿城、马德升、黄锐、王克平、马德升、曲磊磊、黄锐。

上图：江丰，时任中国美协主席、中央美院院长。年轻时代是左翼木刻家，后去延安，1957年成为右派，1978年复出。下图：1980年8月，第二届"星星美展"部分成员，前排左起：曲磊磊、李爽、钟阿城、马德升。后排左起：王克平、严力、黄锐、陈延生。

在斗室画画，与民国左翼木刻神似。我记得凝视这张画时怎样感动，想起我正在美院磨素描，心里觉得可耻。

为什么我没参加？1980年美院老附中的孙景波、王怀庆拉我加入“同代人画展”，我从拉萨寄了速写去，但并不觉得入伙，后来聚会仍习惯说：“你们同代人。”我会交朋友，但于团体，向来漠然，习惯一个人。国中文艺圈可尊敬的团体或许不少吧，但我从未在内心轻微嘲笑过的，唯“星星”与“无名”。

设在798厂区的“尤伦斯当代艺术中心”，11月就要开张了。头一场派对是“八五运动”盛大纪念。很好，终于熬到这一天，不但国际承认，而且是在咱中国地面上以“国际”的规格，隆重承认。但是“运动”过去有，将来兴许还会有：不管什么运动，不管为了什么。“星星”剧情很难再上演，除非全社会回到1979年。

而1979年的种种骚动与可能性，也没有了：普天之下莫非学院，野生动物濒临绝种了，除非归顺体制，哪来别的出口。这是进步与自由么？在下不敢说不是。不过诸位明鉴：这是被恩准、被控制的伪自由。1979年的野种们血脉贲张，竭力证明自由是站出来抗争，不看人脸色，不靠权谋，不投机，甚至，不是为了艺术。

“在野”一词早已不再被使用，或为煞有介事的暧昧词语——主流、非主流，体制内、体制外——所替代。唯1979年，“在野”二字确曾闪烁一时，获得真实的价值。那不是词语，而是活生生的人。眼下除了农民工，文艺圈哪来真的草寇？谁敢大庭广众朗声叫骂：“你们完了！就知道他妈挣钱！”

是在进步。无须叫骂的时代确实进步了。八五运动不是草寇运动，初也混杂、幼稚，继之彼此不服，事后争功，但参与者大致是学院师生和部分开明的美术党官；论起事的条件、规模、理论和目标，则八五运动远远超越在野群体，后者只管叫嚣，没理论，豁出

上图：1977年天安门广场南侧的大字报栏。罗小韵摄。下图：短命的西单民主墙，"文革"后，神州大地的唯一民间"媒体"，正是这堵破墙。刘香成摄于1979年，不久，西单墙封闭。

去再说。终于八五运动开花结果,“走向世界”,在野群体闹了两三年便即息鼓四散,其中几位主角出国,是为涉外的婚姻。

不论“星星”还是八五运动,近三十年来各路闯祸胚子的暧昧空间与真正后援,来自“境外”,区别只在声援的方式与规模。1982年,著名星星女画家李爽刑满出狱随法国夫婿飞临巴黎,法国人在机场盛大欢迎:那场婚姻惊动了良乡监狱,也惊动了当时的法国总统和邓小平谈判。2007年,则“尤伦斯当代艺术中心”在中国的公开设立,是为西洋人就近拨弄中国艺术的大手笔,而八五运动的几位“元老”,早已在西方体制名单中各占一席。

总之,他们得到了二十多年前想要的一切,在野群体呢,没事。栗宪庭有言:“重要的不是艺术。”对于“星星”成员,重要的不是成功。1979年他们在深宵的胡同里图谋举事,煮点汤面充充饥,天亮了出去闯祸,一如印象派小子当初借个场子挂挂画,是为叫板,哪晓得有一天给请进博物馆——1979年曾有人将星星团体比作人家印象派,是的,可有一比:印象派起事,重要的不是印象派,而是有沙龙。同理,“星星”起事,因为有“文革”沿袭的全国美展系统,有“文革”后恢复的学院系统,有庞大的官方美术界。然而对应到此为止,此下、此外,中国在野群体与欧洲人无可对应。

从库尔贝、马奈到凡·高这三代逆种,生前始终是沙龙的强敌,身后被证明内在于历史的肌理与逻辑。“文革”十年所有少年逆种(包括诗人与作家)即便于七十年代末冒出地面,也不曾获得起码的水土,休想发育。当年是连全国的民意表达,也只京城里半截破烂的西单墙,而西单墙观者如堵,仅在1978年深秋到1979年春,属于历史一时语塞而疏忽,出点小事故,今之媒体后生,谁知道西单墙?

那时国家初度浩劫,百事待兴。文化废墟走出两群人,以两种方式向两种方向凝聚，并日渐分殊：一是学院再度成为学院，由“文革”的恶性混乱重归秩序；一是学院门墙外渴望表达的人，趁“文革”后的良性混乱，迅即寻求表达。所谓“朝野”在1979年前后没有俨然分际：朝臣与逆种，如前述，有时是饭桌上的父子；星星画展终于过关，得助于两位官复原职的老右派：中央美院院长江丰，北京美协主席刘迅；而“星星”成员啸聚游行的前科，虽据称公安局迄今犹未销案，但那年中央美院学生会高高兴兴请来“星星”成员讲演，完全自主，不必申报，党员老师和部门领导也在座，与年轻人同样兴奋，我记得现场灯光昏暗挤满人，简直狂欢。

没有人预知将来。当年种种官方默认与草根自发的骚动，只为挣脱“文革”噩梦——三十年后，学院群体哪料到繁衍成空前庞大的官僚行政系统，即所谓“体制”；在野群体也不知道自己拱开的缺口，催生了日后新文化形态之一，即广义的所谓“当代艺术”……八十年代的故事说来太繁，反正直到九十年代初，圆明园的日常剧情尚且是逃避警察的驱赶，而体制要到新世纪这才恍然明白当代艺术可资利用——七十年代末仍是使用粮票的年代，党官与野种穿着同样破旧的中山装在食堂里攀谈，就国事与文化，想入非非：谁都“摸着石头过河”，彼岸在哪里？何时并怎样抵达？

如今我们经已停靠岸边，快乐地喘息：新世纪以来，本土体制、境外机构，以各自的“政治正确”与文化阳谋，合纵连贯，成功覆盖了所有可能的空间。年轻人的选择与回报无疑远远多于三十年前，前提是抵押自己的天性。标准模式，任君挑选：考试，入党，或者交钱。游戏规则，则是体制内外的关系学与经济学，交相奏效，统称利益学。1979年的可怜讯息无不点燃艺术家的气血与妄想，今日全方位的讯息是教你趁早学乖——“上世纪”一度肆无忌惮的激情，一度边际模糊的文化版图，悉数成为古代的传奇。在新世纪，圆熟而明智的艺术家根本不需要马德升式的叫嚣。

1946年，人在巴黎的毕加索断然拒绝纽约前卫艺术家请他声援“艺术自由”的恳求，理由是：“眼下根本没有值得对抗的学院艺术，这对现代艺术很不利。原则即便糟糕之至，也该制定原则，艺术有没有力量的佐证，在于它能否冲破重重障碍。”且慢！他所谓的“原则”与“障碍”在我们这里指的是什么？今日中国的一切，平心而论，对现代艺术很有利，但他继续说：“艺术家一旦被认可，就意味着他所做的一切可以理解，可以通过，因而只是一顶破帽子，根本不值钱。一切新事物，一切值得一做的事情，都没法得到承认！”

残忍的真话。假如毕加索了解真实的中国，这话尤其残忍。

此刻星星群体在今日美术馆被纪念，我以为是在纪念他们从未获得八五群体得到的承认——印象派乌合之众并未被当时的历史承认，他们以终结历史的方式，成全历史；中国的乌合之众得以乌合，则受惠于历史的终结（毛去世、“四人帮”就捕、“文革”结束）。什么是印象派“值得一做”的事情？扭转历史，告别过去；中国历史的正式扭转——即便仅止于文艺——则谁肯算上在野群体的份？很快，被扭转的历史告别野种，从“星星”突破的缺口中，现代艺术运动蜂拥而出，迅速抛弃、贬低“星星”往事，并蓄意忘却。

“业已过去”和“曾经发生”乃是不同的概念。1979年过去了。虽有后来的八五运动，而星星群体才是中国当代艺术的真先驱。怎能想象八五运动之前没有任何异常的动静、放胆的发作？而先驱的命运好比微焰，划破浊空，无可成全，除非“成全”的意思是说，他们旋即消失在异国的茫茫人海，再度成为单独的人。

九十年代初在纽约见到王克平，沉静质朴，正如我熟悉的西方单干户，据说，木雕在他院子里堆积如山。阿城的录像拍摄了坐在轮椅上的马德升，他被缓缓推出走道，只剩脑袋能够转动了，更其目光炯炯。曲磊磊在哪里？我再没见过他。黄锐依然战士之身，谈话间残余七十年代的辩论激情，留了胡子，忽然笑起来，那种在野的笑。

艾未未在那场美院讲演中并未到场，他可能是“星星”最年少的成员。我猜他从不在乎“星星”，他在乎安迪·沃霍尔。这些年他就是北京版的沃霍尔，并神奇地注入他来自上代的本土左翼性格——那是美国人沃霍尔备感陌生的性格，恐怕那也是“星星”的部分性格：照未未的动作，就是向所有庞然大物握拢拳头，伸出中指。

文学圈不很有人知道阿城早先是“星星”成员，也未必留心在他文学才华的背后，另有宽阔深沉的立场。我们所知道的阿城很难与团体发生联想，人的成长伴随种种邂逅，而团体的魅力，是因其中有人。1989年香港一家画廊举办“星星十年展”，出了册子，阿城写了动人的回忆，还有他们挤在中国美术馆第二届星星画展招牌前的集体照：那时阿城多瘦啊！ 1979年。

在今天的芸芸青年中，在越来越安全而有序的当代艺术中，倔强的、难以制伏的种性非但不合时宜，且招人讨厌。一个机构林立利益均沾的文艺界，一个逐渐丧失“在野”空间的权力市场。不必铲除野草，土壤经已流失，一切正在被制定、被划分、被培植。历史为此付出多少代价，这可能真是来之不易的好时光，充满希望，然而糟糕透顶。

二十八年前，星星野种在北京大街高举“艺术自由”的横幅，公然前行。二十八年后，中国当代艺术——八五运动的代名词——欢然证明“自由”的降临：至少如可恶的毕加索所言，大家总算被认可，被理解，被集体“通过”，“星星”则早已退出历史。问题不再是争取所谓“艺术自由”，这句口号在1979年既危险、又高尚，意指艺术之外的立场，但已难言说今日的现实——什么是自由，以及，怎样把握自由，才是真的问题，一个远比1979年更形复杂，同时被我们长期绕开、回避，从未解答的问题。

听说那次“星星十年”纪念展毕，他们毁坏了部分作品，作势自我了断，此后从未群相聚合。确有此事么？除了阿城，我与“星星”成员并不熟腻，原初他们好像是十六七位吧，我仅识得以上这伙弟兄。就我所见，他们，还有无名画会几位资深硬汉，从未试图获取被招安的身价，个个如二十八年前一样，自履其道，仍然在野。

2007年10月22日写在北京

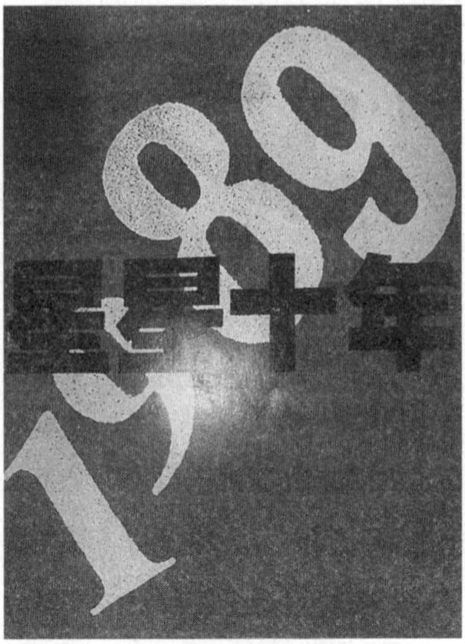

1989年，香港汉雅轩画廊举办“星星十年展”，图为画册封面。

上图：1979年，当众呼喊艺术自由的马德升。下图："星星画展"与《今天》文学杂志的成员在北京街头向市委行进。二图均为刘香成摄影。

现状不是美术史

纪念星星画会及八五运动的盛大展事，最近分别在今日美术馆和798厂区尤伦斯当代艺术中心开幕。你与这些艺术家既是同代人，又在局外，在你看来，衔接七八十年代的这两场艺术运动的性质有哪些差异？

陈：星星画会发生在“文革”结束与改革开放前夜，信息环境完全封闭，众人的聚合是自发的、可贵的盲动状态；八五运动则与改革开放同步，参与者萌生了世界意识，有纲领、有目标。概括回顾，星星事件是本土少数异端的一时骚动，八五运动则终于被证明是西方全球文化策略的中国部分——我想提醒批评者慎用“西方霸权”这个词，这样看待“西方”，你已在心理上将自己置于对立的、弱者的、被霸占的位置。

二者之间有什么关系？

陈：既有关系，也没关系。“星星”活动仅只两三年，1979年前后

注　“星星”纪念展开展同时，北京798尤伦斯当代艺术中心隆重推出“八五现代艺术运动”纪念展。《南方周末》文化版为这两项展览作了这篇专题采访。

的良性混乱很快平复，当1983年“反自由化”时，“星星”主要成员已经出国或将要出国。这种选择并非如“八五”精英后来的“走向世界”，而是真的出走。“八五”成员，则以当时的浙江美院和中央美院为主，各省应合，高潮是1989年的“现代艺术大展”，距在野群体闹事已经过了十年，名单中没有一位“星星”成员。这两拨人虽在八十年代初同样贫贱，但背景地位完全不同，几乎不来往。“星星”成员从不属于所谓“美术界”，“八五”成员，用现在的话说，就是体制内的激进派。

要说有关系，即当年二者的对立面都是庞大的官方阵营及其意识形态，是对陈腐单一文艺教条的持续挑衅。历史地看，星星画会更关键，是他们率先撞开了1949年到1979年文艺专制的缺口，从此再也无法愈合。没有这一缺口，后来发生的一系列事件是不可想象的。我不太关心这两个群体究竟做了什么，重要的是他们做了，而“星星”成员做得最早，他们是破题者，更勇敢，更具有决定性。

“八五”成员未必这么看。但他们很清楚此前谁在搅局，谁在大声叫喊：不要怕！时代不同了！放大胆子做你们想做的事！真的，是“星星”成员给日后所有不安分的艺术青年壮了胆。

在今天看来，这两拨中国当代艺术先行者曾经构成何种影响？

陈：星星之火，已经燎原。二十世纪所有现代绘画的先驱是印象派，所有实验艺术的先驱是达达分子。就此而言，“星星”与“八五”成员绝对影响了今天目所能及的中国当代艺术。虽然真正的多元文艺远未成形，但是单元局面从此告终，中国不再有一统天下的美术界。

将近三十年后，这两场展览属于历史文献，还是在美术史意义上的评价？

陈：恐怕是文献性质吧。年轻人，还有洋人，并不清楚哪些人、哪些事、在什么时候、什么状况下，使大家今天的行为变得可能。我看了尤伦斯中心大展，严谨、精炼，富于深度，完全达到西方同类回顾展最高水准。几间小房间复原了这些哥们儿当年清苦而疯狂的工作环境，我被感动，八十年代才有的气息，尽在其间。所有“八五”使徒怀抱贫穷的妄想，肠胃里是八十年代的粗陋饭菜，无限渴望他们当时并不了解的“世界”，每件作品的物质感和混杂的观念，渗透着可敬的营养不良，那是我这一代熟悉的匮乏与不甘。今天哪位年轻艺术家假如足够诚实、感性，应该会在展览中获得教育——不知为什么，这项展览居然让我想起延安。

至于所谓“美术史评价”，则须审慎。“星星”不可能进入“世界美术史”，连中国本土美术史账面也没他们。八五运动同样未被官老爷确认，没有一家国家美术馆收藏他们的作品，但若干作者早已进入西方当代美术史名单，规格与任何西方当代名家一样——问题来了：这是谁的美术史？中国的？西方的？还是“世界”的？下一个问题是：作此划分的理由是什么？非要划分，那么你倾向所谓“世界主义”还是民族主义？认同开放还是封闭？是前者，别计较“中国”两个字，是后者，踏踏实实中国呆着，别理会外面的响动，或者，赶紧学学西方，好好清理中国人自己干的勾当。可是现在这两场回顾展的主办者，一是比利时人，一是民间诗人，不见任何官方面孔。如今官方美术界忙着树碑立传圈地自欺，谁顾得上“星星”这帮老土匪、“八五”这伙白眼狼！

哪些作品与作者在历经时间的淘洗后，真正具有文化的权威性？

陈：唐宋元明清的绘画，那叫作“美术史”，民国迄今各路绘画，顶多算作流水账，而且账面太乱。时间淘洗要靠足够的时间，眼下水还浑着呢。我常被问及如何从“学术”上“客观”评价这些作品，那是另一话题。别说艺术，今天中国发生的一切，即便真有“学术”，也还插不进脚，连公开的批评争论都很难，何谈“客观”。不过就我从局外看去，目前耳熟能详的当代艺术名家，个个竭尽全力：黄永砯、谷文达、徐冰，并未介入八五运动的蔡国强，包括后来政治波普诸位健将，方力钧、岳敏君，影像作者如吕楠、刘铮……我曾将西方现代“美术史”形容为一份集体照，如今你在这张集体照上——譬如后排左起第几位——终于能够找到中国人的脸。

“星星”另说。阿城后来是作家，在欧美广有译作，艾未未，则德国人最近鼎力促成他的千人计划……我看不出他们曾经追逐“八五”同志辛苦追逐的功业，他们置身事外，甚至不会出席今次星星纪念展。

你问到权威性，我认为以上人物（很抱歉我不能背诵所有名字）至少在本土足够“权威”。很简单，你不可能再提供一份名单，说是比这些人物更强。当然，别忘了官方美术界另有一份长长的名单，论行政级别，个个有权有威；麻烦的是近年拍卖行又弄出一份“权威”名单，朝野两头，活人死人，都有，害得藏家或炒家使劲打听，不踏实。

洋人很清楚，未来我们要接管这笔世纪糊涂账，得出差到国外讨资料，尤伦斯开张，就是方便你就近查账的意思。当然，麻烦又来了：这是人家开的账单，人家砸了大钱，代表世界确认我们，或者说，代表我们辨认世界，怎么办，咱们到底是认还是不认？

这就是现状。“现状”暂时不能算“美术史”。眼下，假如中国真有一个边界清晰的美术界，端看你认哪份名单、跟哪一路人玩。

2007 年 11 月

请媒体人善待公器

《新京报》文学版编辑先生大鉴：

贵报特刊张先生致我的公开信，上周读见了。赐报的记者电话中说："陈老师有胸襟，不会见怪的。"待我读罢，发现自己并没"胸襟"，颇"见怪"——我猜这是贵报预期的效果吧——但也就放一边。今天记者催复信，说是另好几位收信的名流已经复了。看来此番不回应，本人更显得没"胸襟"：贵报这一招真高明。

念及张先生自称此信是"命题作文"，则命题与签发者，应是诸位，索性直接写给你们吧。

《您这架老炮还能挺多久》，看标题，来意就不善：是的，本人见老了，但这顶帽子不领受。三年前于大学教育发点脾气，被呼之曰"愤青"，今改称"老炮"，莫非还没调戏够么？且听寻衅的口气多么昂然："还能挺多久"——转脸朝权势那边照样撩一句，敢不敢呢？

我批评，我书写，是在表达。表达，无所谓"挺"，要说"挺"，是承媒体抬举，我一人在家写写，何"挺"之有。现在张先生描一幅"老炮"犹"挺"的姿态，仿佛夸我好汉似的，其实是在"陈老

注　2008年年初，《新京报》组织十二位写家给国内十二位所谓"文化名人"写公开信。致信本人的是《新京报》前记者张映光先生，事后十二位收信人似乎均有回复。附张先生公开信全文。

师”面前充好汉——自我回国，嘲讽笑骂不曾断，前几天也还收到网络一篇长文，就我在《南方周末》谈美术现状的文章，痛骂我是拿了美国护照的“帝国主义走狗”……难道不能嘲讽？不能骂？非也，谁有兴致，尽管骂，但诸位明鉴：暗夜留言的博客生人，为文痛斥的各路写家，与张先生身份不一样：他是职业记者，记者发文，占据公器，与圈外的言路不是一回事，而记者下笔理应有根据、敢负责、懂约束。此信一不负责，二没根据，三不知约束，通篇语气卑怯而谵妄，不坦荡，所以我回信的这点小面子，不想送给张先生。

信的前半绕来绕去，夸两句，摸几把，这套把戏见多了。若就我哪些观点要来辩，再好不过，可张先生只嫌我近年絮叨、新书没劲，这类碎话，多有年轻学子爽爽气气当面对我说——读下去，张先生这才露了牙：提及本人画作拍高价，引我一句“这些都是有钱人玩的把戏”，然后写道：“我若是那有钱人，一定会对好事的媒体说，这些都是陈丹青的把戏，因为四年前，他尚且不像现在一样聒噪的时候，他的这幅画，只拍了187万元。”

我的什么把戏？根据在哪里？此话意指我近年借媒体扩张知名度，意在赚大钱，与外界的揣测议论同一逻辑，只换了说法，即本人“尚且不像现在一样聒噪的时候”，画价其实很低——口气好大呀：当年“只拍了”187万元，这数目，若是贪赃的款，不够枪毙，也判个几十年吧！

外界揣测，由他揣测，私下的议论，私下而已，媒体上的“公开信”则俨然代表媒体的立场，可不，张先生接着就亮出道德牌：“常于媒体上叫喊着痛并快乐着的文化名流们，给公众一些什么？自己又得到了一些什么？他们又改变了什么？”意思更明白：瞧啊，这帮欺世盗名惑众渔利的文化名流“们”。

是的，本人什么也不曾改变，但别拉了茫茫“公众”吓唬我——

出名与画价是这样一种“成功学”关系吗？市面上画价攀高的艺术家都曾靠一路“聒噪”么？张先生识得几位买家卖家艺术家？了解多少行市的规矩与内情？倘若出头“聒噪”而竟赢暴利，美术界正不知早有多少人索性辞职，相率上媒体了。

而张先生出语好轻妄：文化名流“们”并不人人在发财。单说贵报十二公开信的收信人：张鸣拿的是中国人民大学工资，谢泳从来是清贫之士，林大导演的实验话剧能不赔钱，便已万幸——他们如今都是“文化名流”，要骂我，指名道姓，一个“们”字，不可乱用的，而一句“媒体上叫喊着痛并快乐着”，又何其轻浮！媒体不是歌舞厅，谁想去得便能去。这位张先生以个人名义在媒体上叫喊过吗？倘若叫过，再来说说怎么痛法、何等快乐吧。

心术不正，嘴是管不住的，信的末尾，张先生终于熬不住，破了自己的相——他先带一笔小聪明，引我惯说粗口的辩词，然后开骂：“装逼的老炮们……”这时，他忘了记者的身份，忘了代表媒体公器，总算将他的嘴脸心态一并端出来。什么心态呢，这倒一时难觅准确的词，觅到了，也给留一点最后的面子，不来点破吧，而这类心态，岂止他一人。

或曰：你“陈老师”就这点气量么？是的。给媒体多次修理，这回我不想玩儿雅量。或曰：这等小事一笑了之，与彼计较，正好入了套啊。此刻在下郑重禀告：今次破例，余下的话愿意说给媒体听——

我自辞职事起，始有感于中国的媒体有点公器的意思了，此后周旋日久，乃领教不少媒体人德性差而下手糙——大事不必说，我是看重小事的，譬如公开信左侧引我一组语录，除了本人关博的话，每一段每一行都不准确，尽是有心无意的小错处。这是了不起的错么？我以为了不起。我写稿，虽常为情绪所染，多偏激，然而遣词造句力求知进退，留余地，照顾到种种事实与事理，人情与国情……怎么做呢，就是字句审慎而有度，稍一轻忽，意思就会不对、不妥、不良，以至不堪。譬如张先生骂我“装逼”一段，从上下文看，明明指我，他却写成老炮“们”，再以第三人称的“他们”，向“傻逼文青”说出他的“寄语”和“希望”。

这姑且算是“语文错误”吧，而今日媒体多多少少类似的文章与字词，便是这样不负责任的词语泥沙，细细侵蚀着媒体的品质与公信，兼以耍弄为媒体填版面的“文化名流们”——近年媒体轮番抬举我，仿佛很有话语权，其实落草北京当居民，无权无职，不设防；人会说，你有一本护照呀，装什么逼呢？是的，有本护照也是罪，轮到挨骂，便是“帝国主义走狗”了。总之，“名人”的气量与宽容，是人皆可欺，骂不还嘴，各种手势撩过来，稍一怔怒，巴不得，正可划拨版面炒新闻……我曾说：所谓公众人物就是给公众耍着玩的人物，现知失敬于公众，没说对——盘据公器而能耍弄私意的，不是公众，而是有欠自重的媒体啊。

国家的未来是在教育，我却逃离教职；国家的进步要看媒体，然而我将闪避。贵报的公开信特刊经已过期，恐怕没人在意，但我因此而确认了对媒体的疑虑和防范：承张先生一语点醒，从此我要对媒体认真“装逼”了——除非十二分信赖的报纸与记者。

临了，学张先生信末两句话，前一句照搬，后一句添俩字：

有不敬处——不求见谅。

陈丹青 2008 年元月 10 日

附件：您这架老炮还能挺多久

(张映光　2008年1月4日《新京报》)

陈丹青老师：您好。

这是一篇无聊的自作多情的书信体命题作文，不巴望，您回应。

今年2月（应是2007年2月），看到您在博客上"收摊的话"，告诫那些因崇拜您，对您拉拉扯扯的年轻人，不要夸张您一个人的作用，使像您一样的社会"名流"给弄得不成人样子。告诫我们，要学好，顶管用的办法，一是老老实实读好书，再就是受得了委屈，吃得起苦。

您说，这些话本不愿说，弄得像爹妈训孩子，我觉得，您的口气，更像鲁迅先生的那篇著名的临终遗言。别搞得那么伤感，大家都知道，博客收摊了，您依旧会跃然于讲座、报端、电视上，半推半就地继续担当着有志艺青们的精神导师。

三年前，我为这份报纸辟个人史"追寻八十年代"特稿，曾与您有过一番长谈，虽旨在忆旧，少发议论，但见您对早已被捧为一幅神仙画卷的《西藏组画》，尚保持难得平常、淡定、清醒之态，深为佩服。

后见鲍昆老师偶发过一番感慨，经他点拨——凡今朝步上神坛，成为一个文化符号的人物，多如您一般，大抵具备三项条件：

一是于上世纪八十年代，便曾振臂一呼，应者云集。二是走向世界，或墙里开花，墙外香，颇受洋鬼子的器重。三是适时回归，受到传媒追捧。

想宋永红老师，曾在接受同一系列的采访中，追忆上世纪八十年代初，您在浙江美院黄金一代眼中，恍若一个神话。您寄回国内的一小盘综论西方当代艺术的录音带，便令一群中国当代艺术的明日之星深感震撼。据说，那一年，您站在纽约繁华的街头，看着橱窗里自己的倒影，找不到该去的方向，感到一阵前所未有的慌张。

五年前，您回到北京，在清华美院任教，再一次感到，不适应了。2004年底，在我对你的采访结束后，您有意无意地透露了想要辞职的事情。

大约一年后，您在一篇访谈中说，辞职风波令您感到中国的媒体确实有一些像媒体的样子了。

听您说，被某个媒体评为这个精英人物，那个时尚先生的，很痛苦，拒绝吧，太做作，接受吧，又很傻。听您说，媒体把您变成了一个凶巴巴的人，一天到晚地开骂，媒体就像蟋蟀草，引诱您出来斗。这令我感到，您对媒体的了解，远远超过了媒体对您的了解。在您面前，媒体才是一群傻子。

这一年，您又出了两本书，《与陈丹青交谈》和《退步集续编》，收集了一些，这些年来，我们都读过的文章和访谈，像口味很丰富的口香糖一样，很好嚼，很耐嚼，但嚼来嚼去的，又很没劲。想您在《退步集》一书序言中，提到一张匿名青年的小字条，说“陈老师，你这样说来说去有什么意思呢？你会退步的！”也想越俎代庖地劝您一句，这样说来说去真的没有什么意思的，在这个与时俱进的时代，您的那些退步的声音，刚一喊出喉咙，就被改写了。您的一些说话的腔调，和时不时地抖出来的机灵，的确很鲁迅，但在不同语境下，他手中的尖刀和您手中的胡萝卜，只是在外观上，有点像。

我周围的艺青们，谈到您，仍像宋永红老师们当年一样，崇敬之情，有如滔滔江水。但是，在那个年代，浙美的艺青临摹着您的《西藏组画》，如今的艺青们临摹着您身上的那些像“卡耐基成功哲学”一类的玩意。

这令我感到疑惑，所谓的传承，在我们这一代人身上，到底是什么？

上个月，您的《牧羊人》拍出了3584万元的“天价”。您一向不喜欢对沾染了太多铜臭的艺术市场，发表太多言论，对好事媒体只说了一句话，“这些都是有钱人玩的把戏”。不过，我若是那有钱人，一定会对好事媒体说，这些都是陈丹青的把戏，因为四年前，他尚且不像现在一样聒噪的时候，他的这幅画，只拍了187万元。

我不是在此质疑您的用心。我只想衡量这样一个结果，常于媒体上叫喊着痛并快乐着的文化名流们，给公众一些什么？自己又得到了一些什么？他们又改变了什么？

搜索网络，见一位有些愚钝的父亲，和我一样，在博客上给您写信，希望您不要再替艺青们考英语，打抱不平了，因为，他的儿子，不学英语，是考不上美院的。您的那些牢骚，对教育部的老爷们，影响不大，对和您一样，一肚子牢骚的青年们，影响很大，但那些东西，只是牢骚，不是思想。

也许，我对一些本不该当真的事情，太当真了。我不太喜欢，近年来，那个话痨一样的陈丹青，更喜欢《纽约琐记》里，那个沉静、睿智的艺术家。

2007年，在我看来，是沉闷乏味的一年，它被那个巨大的2008黑洞，吞没了。这一年的艺术圈，在发轫于尤伦斯当代艺术中心的一次对二十世纪八十年代的集体意淫中，高潮了。

这一年，您终于辞职了，回到了画室。

您常说，您厌恶所有类型的一本正经，粗话，可能是解药之一。那就让我用一句带把儿的糙话，寄语——希望，装逼的老炮们，不再是飘着的，他们能落下来，做一些牛逼的事，希望，傻逼文青们，不再迷茫，能一步一个脚印的，落在老炮们的肩膀上。

有不敬处，见谅。

“中国世纪”来了吗?

你现在的画价那么高，是不是很高兴?

陈：我不知道脸上应该什么表情。高兴的是卖出买进的人。拍卖是商界的事啊，媒体应该采访买家卖家才对。

艺术家清贫时没人过问，得了点钱，就会被关注。市场上的画大致是以前流出去的。张晓刚、岳敏君的画，十年前可能几千几万块，今天它变成几百万上千万。你从网络上统计画家挣了多少钱，其实这跟艺术家自己的收入不是一回事。

但艺术家的经济状况确实好多了。我不会摆阔，也不想装穷，十多年前人家问我有钱了怎么花，我想了半天，说是想买欧洲古董镜框，如今我总算有了几个，还有几件十七八世纪的欧洲木雕。瞧这些玩意儿在灯光下发闪，我当然高兴，哪天凑多了很愿意弄个小展览给大家看看，几百年前无名工匠的手艺多好啊，我下辈子也弄不了这么好……你看，近几年我不送拍，可是市场没断过我的画，有流拍的，有卖掉的，有别人转手的，也有早先随手送人现在拿出来拍的。这很正常，这就是市场，市场的事情应该问市场家，不是

注　2008年2月发表于《南方周末》，其中谈及中国当代艺术市场种种过热现象，因年底世界范围经济萧条，即刻降温而改观。

问艺术家。

市场对你个人创作有负面作用吗？

陈：负面作用？大概就是我不太画画了吧，但我不画画全是你们媒体给闹的。我该赶紧放弃写作，多画画，多挣钱，可近年画价高上去，我却一天到晚在写作。我老是在干些没用的事情。

市场是有规定性的。你看张晓刚、方力钧他们近年都在画新路子，不肯受制于市场，但市面上都是他们过去的“标志性”作品。我当时不肯再画西藏也是同样道理，宁可到马路上去画像，我把所有西藏资料锁起来，再也不画了。然后我整整八九年不找画廊。这种事要下决心的。我总是逃开某种状况，说得好听点，就是人得自由。

目前艺术品市场是不是过热了？

陈：不是热不热的问题，是中国真有那么多资金，你怎么办？总得让钱流动。至于许多商业花招，始作俑者是美国人。八十年代，在世的艺术家，也就是说，活人的作品开始进入拍卖场，世家出身的收藏家成分同时出现变化，大企业、金融界、各种新型富商进入拍卖，发生炒作现象。中国一上来就学到这些新的游戏规则，而且立刻跟国情交融。所有生意场上的猫腻，拍卖中自然也会有，只是拍卖这一行比较耸动，有新闻效应，外界老拿拍卖说事儿，好像别的生意都干净极了。其实国内拍卖行大致是规矩的，你玩钱，钱不能乱玩的，改革开放那么多弊端，经济这一块比较不能失控，就因为失控不起。有钱人在学着怎样花钱，学习是要付代价的。

如今的艺术市场泥沙俱下，究竟什么是好东西，什么是不好的，还是需要个判断吧？

陈：情况是空前混乱，但从前有泥有沙不给下，现在“俱下”，总比淤在那里好吧。不然怎样沙里淘金？我不操心这些事。这么大国家，这么庞大的现代化转型，重要的是让一切转动起来，让事情发生。再说一遍：拍卖是生意，不是艺术，目前艺术界的价值判断尚且莫衷一是，怎可能要求生意场给出艺术标准。

还得乱很长时间，难的是泥沙如何退场，非常非常难。

回到你的问题：这些拍卖中的作品到底好不好？是不是第一流？我关心的不是这些。价位高低，是在种种标准中又添了一项，大家急了，怕价钱说了算。文化艺术的事，按理说应该时间说了算，时间还早，中国发生拍卖才不到二十年，西方拍卖史两百多年。我在乎中国艺术是否出现真正自由的“个人”：完全自由地表达，完全独立。有吗，比过去好多了，但彻底的自由，我暂时没看到。所以我一再借用毕加索的话：“一旦艺术得到认可，它就不值一钱。任何值得一做的事物，都不会得到承认的。”这是高度自由的立场。毕加索那么自由，仍然坚持这个立场，什么意思呢？意思是：自由没有止境，自由是不停的追求。

“中国世纪”是不是真的来了？像蔡国强、方力钧、徐冰、岳敏君、杨少斌在中西方通吃。

陈：“中国世纪”是极度夸张的词，意味着一百年！这种说法部分是幻觉，部分是真实，不论如何，中国艺术终于摆脱隔绝状态。这几位艺术家的国际声誉是真的，假如他们不是中国人，而是，譬如泰国人、玻利维亚人、埃塞俄比亚人……情况会两样。这不是艺术家的命运，而是国家的命运。国家暴发了，幸运忽然降临，所有人拼命摆脱屈辱落后的记忆，赶紧抓住幸运，并在词语上夸张它。

还有个现象，很简单，为什么中国当代艺术起来这么快、这么活泼？因为我们大大省略了创造过程。

西方艺术一路到今天，好苦啊。我跟你说，从印象派苦斗到现代主义，多少艰难，然后达达啊、抽象啊、极简啊、波普啊，一仗接一仗，像破茧那样，一代一代人好不容易弄出新观念、新技术系统、新理论……我们不必，我们分享现成观念，就像人家飞机呀、电脑呀，都发明了，你只管学会怎么使就行。你会说，科学不是艺术，是的，可是道理一样。你想想，塞尚、凡·高，到死都没人理，杜尚在1910年左右的念头，西方精英差不多要到他晚年才理解，今天还在追认那些理解。我们这里你闹个装置、实验，远远的背景是：世界上有人弄过这个，早已写进书里去了，进博物馆了，你土鳖，你不理，国外会有人理。他不会体验塞尚杜尚那代人绝对的超前和孤立，他只要胆子够大，当然，得念过几本相关的书，大约熟悉现代主义文化背景。那种漫长的、递进的原创过程、挣扎过程、从无到有的过程，都不必体验，用鲁迅的话，就是“拿来”。

亚洲的整体文化被定义为“盗版文化”。中国后来居上，超规模盗版，在所有你想得到的事物上，统统盗版。这时，科学和艺术的真区别出来了：是的，你们先做了装置，可是我做这件装置的动机、我的全部感受和心理活动，你西方人没有，所以这件装置在表达我，不是表达西方。中国前卫艺术家的种种聪明智慧、种种后发制人的优势，就是盗版，但我用我的方式盗。这不是创造，而是出人意料的“新意”。这“新意”西方作品没有，他看不懂，他好奇——这是我们的文化资源，怎么到你那里变成这样呢？什么意思呢？

你要知道，西方文化对一切未知的事物感兴趣。我们误会西方，以为解释优势在他们那里，其实相反，就因为不可解释，“老革命遇到新问题”，他们这才兴奋。文化出现“新问题”才会引起他们关注。

外国人是不是看不起这种拿来主义？

陈：“盗版”是个贬义词，用在文化上却很真实：这一套原来是他们的，我们不吱声拿来用了，他一愣！但西方人输出的世界观是“人类”，他假定这玩意儿是为所有人。你的传统断了，你还有新招么？没有，你就用我的，没什么看不起看得起，西方要做生意。鸦片战争就是要跟你做生意，朝廷动了自尊心，会错意，于是打，打完了，划几个港口，还是做生意。一百多年闹下来，中国总算过了这一关：来吧来吧！欢迎投资，欢迎合作。这么大领土，这么多人口，谁敢看不起？除非自己看不起自己。

这是个心理问题。事实是，你要谈原创，免谈，没有！这一百年，什么东西是我们原创的？没有，任何领域都没有。可是你换个方式、换个概念谈，那是大有可谈。

欧美目前是另一种情形。这些年回纽约，它的文化逻辑、文化资源都还在，仍然焕发创造力，但你跟二战后六七十年代欧美文艺比，跟早期现代主义比，甚至跟后现代文艺比，他们现在的“勃起状态”不如那时候了。为什么呢？文章有点做尽了，能发掘的领域都发掘了，尽管还在掘……中国崛起，无论如何是件大事，西方一流的头脑不会放过这个历史机遇。他一定会来关注你。当然，最关注的是生意人，是文化投资，人家的主旋律是做生意，财团、金融家，几年前就有计划有步骤，眼光聚焦中国的财富和当代艺术了。时机对了，他真能炒得起来。政府的思路近年也调整得快，给当代艺术一定的空间。总之，中国这台大戏，说穿了，如果没有西方介入，完全关在国门内，休想折腾，所以要改革开放嘛。

为什么中国艺术品那么受西方市场的青睐，价格越来越高？

陈：中国艺术家的幸运取决于更大的幸运，就是国运太好了，挡不住。这两年我收到索斯比拍卖行图册，张晓刚、岳敏君的作品跟安迪·沃霍尔，跟西方二战后一流的大艺术家，页面排在一起。一般西方艺术家没这殊荣。这在五年十年前绝对不可想象。今年纽约古根海姆现代美术馆为蔡国强举办盛大个人回顾展，不可能比这规格更高了，他的创作状态非常旺盛，手段多，当得起这个分量。

在西方的世界性文艺版图中，中国长期缺席。八十年代后，中国人出现了。电影比较早，张艺谋他们得奖。然后是文学，比方高行健、哈金……美术界晚一点，终于和西方初步合流，西方人开Party，中国是新来的贵客，说说笑笑，慢慢儿成了世界艺术大家庭一份子，西方哪怕在宴会上给你专门设计一张椅子，你得有人往上坐呀，坐上去了，大家有面子——时代真是变了。

这个运气会持续多久？

陈：取决于国家大势，国家能幸运多久。历史上没有对应的经验足够解读中国今天的现实，史无前例。

美协、画院、学院这些官办机构的艺术价值判断失灵后，市场就成了唯一的判断标准。圈内人都关心自己卖了多少画，价位怎么样。

陈：价值混乱，钱就会变成尺度。体制外群体没别的比，谁服谁啊，于是比价位，当然，各种类型出现了，绘画和装置怎么比？但一卖钱，全部变成数字；至于美协、画院的官位为什么仍然抢手？还是钱，还是数字。主席和副主席，底下价格大不一样，买家是各路企业人，难判断，看你名片头衔，然后砸钱。

这事好歹得分两面看。一面，拍卖是市场经济一部分，改革开放必然会走到这步棋。事情一旦往市场走，规律会跟着走。你掏了钱，钱会说话：钱会停止，钱会流动。这些作用什么时候起，以什么方式起，没人知道。任何已有的市场理论、历史经验——欧洲的、日本的、港台的——都无法解释大陆市场，因为这不是真的市场，太多体制因素，可是你又不能说完全是假的，有买卖，就是市场。

另一面，尽管市场混乱暧昧，但它释放活力。当代艺术即便泥沙俱下，其中凡有名头的，市场好的，的确是优秀的。我很愿意承认别人。你横向地去跟欧美比，不好比，咱们没出安迪·沃霍尔，没出杜尚，但是平心而论，国内的政治波普啊、观念艺术啊，还有像刘小东，包括影像艺术几位哥儿们：吕楠、刘铮、洪磊……我佩服他们，我很庆幸在这么短的时间，中国艺术圈出了这么一批人。

美术市场今天这样火爆的状态是正常的吗？是不是市场和意识形态同时起作用的缘故？

陈：市场火爆，因为经济增长火爆，因为各种买卖，包括艺术品买卖中断将近半世纪，一旦解禁，能正常吗？就像纵欲是因为长期禁欲。你说纵欲不正常，可是禁欲正常吗？艺术市场也是一样道理。

今天的市场格局，比方说拍卖行僭越传统画廊市场功能等，刚才说了，始作俑是美国人，我见证了这个过程。我去美国不久，八十年代中期，沙里、施纳贝尔二十几岁画廊出名，三十几岁就上拍，价位翻倍。德·库宁那一辈做梦想不到活着时会进入拍卖，他寿命高，亲眼看见自己的作品上拍，可是波洛克、罗思科这些抽象表现主义老将早就去世了……收藏群体的成分也变了，包括画廊业巨子也开始插手。还有日本财团的介入，八十年代他们花逾千万美元拍走凡·高的画，当时震惊欧美。

中国这些年进拍卖行的人十之有九没有收藏“前科”，入道前对美术界一无所知，而重要拍卖行的背景高度官方，这些情况，西方都没有，典型中国特产。一幅画高价出去了，媒体只报道画家的名字，拍卖圈内人才知道真正获利的是买方卖方。西方舆论很成熟，详细跟踪分析谁在买，为什么买，与过去的收藏史有什么差异，等等。中国媒体几乎没有这类研究性质的资讯，只是成天惊呼价位，误导舆论，美术界有头脑的人不会认同价位就是标准，可是社会上却信以为真。

真正特殊的国情是私下卖画。其中大项是走官家的礼，外界很少谈到。山东，十年前每年买画的资金就有两三个亿。商人年关将近手里一张信用卡，几百万，赶紧得在春节前各路官员那里礼物送到，求爷爷告奶奶，画拿到了，转手递上去。地县级官员比的不是车，是家里的字画。我有一朋友开小拍卖行，国家委托拍卖双规官员资产，其中许多字画都没打开过……正常吗？只要是国情，别问正常不正常。

在中国以外，美国、欧洲的情况和我们相同吗？除了市场，还有什么在起作用?

陈：太不一样了。除了市场，美国有庞大的基金会系统，俗称第三政府，专门资助未被发现、未被承认的艺术家，上百年传统，行之有效。我在九十年代初画自己的玩意儿，不肯找画廊，给各州基金会写信，全部回信，有一家决定给钱，毫无回报条件，一声不响给你开支票，我马上租画室。

欧美学术系统完备，历史文脉没断过，谁第一流第二流，账面很清楚，然后才是新面孔，逐渐淘洗。日本也是这样，有良性的秩序，层次很丰富，很分明，在理、到位。欧洲基金会比美国少，欧洲的厉害是官方扶持文艺：法国德国的文化部附属外交部，高瞻远瞩，你看歌德学院在各国分部做的都是高端文化活动，荷兰、英国，都做得好。欧洲政府的教育投入、文化投入，都是重项，二十多年来中国多少学者艺术家去欧美交流，都是美国基金会和欧洲政府热心折腾。

中国呢，民间基金会谈不上，纯粹民间的文艺机构根本没有。政府弄文化是为了政绩，资金和资源不外乎官商两家合伙运行，早已成了模式。艺术学院谈不上教育，但权力运作空前奏效。没有哪个国家有像我们这么庞大的官方教育或者文化机构，你去文化部食堂看看。这些机构确实起作用——人家是人做事情，我们是事情养人——他们是很忙，国家的仓库将堆满艺术品，然后列入行政报告：啊！听着！百分之多少多少……有根有据。这是在提升文化吗？社会因此更有文化吗？但它必须运转，千万人靠它吃饭。别问品质，要看数字，论数字，中国文艺界人口世界第一。

在这种情况下，如何建立中国人的艺术判断标准呢?

陈：“判断”和“标准”不同。“标准”常被假定是静态的、永恒的，但美术史其实是更换标准的历史。“判断”是动态的，跟着活的情况走。三十年来的美术，包括各种文艺，重要的不是寻找标准，而是释放活力，跟经济和社会领域一样。你在乎标准，你就动不了。但如何判断目前发生的状况？

譬如当代艺术两年前因纽约拍卖带动，骤然成为市场重头戏，价位跳级蹿升。相对写实的体制内作品迅速显出落差，甚至边缘化，而长期边缘的当代艺术处境被大幅度改变，改变的影响力来自境外。这一天迟早会来，但大家还是苦于如何反应，如何判断。其实当代艺术十多年来一直被境外“认领”。香港、新加坡，是一组收藏群体，欧美另有收藏散户，其中瑞士的西克、比利时的尤伦斯是两大藏家，收藏品数千件，可以开小型美术馆。问题是他们并非仅仅关注前卫艺术，还包括“文革”前后作品。陈衍宁的《毛主席视察广东农村》，西克花上千万元拍走——联想到诺贝尔奖，威尼斯、柏林、戛纳电影节，还有各种双年展等来自西方的光束，说明什么呢？我不认为这是所谓“文化殖民”，我也从未指责任何在境外获奖的作品是取悦洋人——虽然我在纽约长期自甘边缘，从来没有试图招引西方人的目光——艺术是小意思，被更大的事情决定。不要忘记，自孙中山到共产党的一系列革命，真实的“主宰”来自境外，苏联，日本，或者美国……再问一次：说明什么呢？

回到艺术圈，拍卖、收藏，都是新事物，与其指望标准，不如搜集平实的资料：境内砸钱买画的是哪些人？哪类人买哪类作品？为什么买？多少人转手炒？多少人诚心诚意攒收藏？境内和境外买家差异是什么？为什么有这些差异？至少，拍卖行应有统计分析，不然你怎么判断？谈什么标准？企业标准归结为利润，看数字。艺术呢？艺术变成数字，既难服人，又好像大家面对终审裁决，怎么办？

真的文艺标准，不吱声的。过去只有一个标准，目前标准错乱。标准错乱的坏处是泥沙俱下，好处是新格局破茧而出。体制内过去以意识形态作标准，现在失灵了，只能以官衔定标准，其实既为利，也是脆弱，因为它不再自信。市场标准则从来是价位，它会上下波动，自我调节，改革开放就是将一切交给规律。从人治到法治，从垄断到市场，即便伪法治、伪市场，也比赤裸裸的人治和垄断强……路还长，比我们想象的要长得多，眼下的骚动，只是价位忽然被称为仲裁者之一。我们认同哪一种仲裁？权力，还是价位？

另一种仲裁据说是“时间”，目前暂时看不到这句话的说服力。我痛心的是有些老前辈至今未被市场确认。大家忘了董希文，多么了不起的艺术家，完全不在市场，他，还有不少前辈被不公正地遗忘、忽略。这在西方不可思议：市场名单有二十世纪的毕加索，可是没有十九世纪的马奈？当年马奈被沙龙长期拒绝，最后是印象派同志们花两万法郎从他遗孀手里买下《奥林匹亚》，抬进卢浮宫。

我们没有毕加索，也没有马奈……我们有董希文，但市场闹这么高，家属愿意将遗作无偿捐给“国家”吗？眼前的艾未未、蔡国强，“国家”也不会给名分，因为“国家”就意味着那几个行政干部。现在未未和蔡国强有名是因为你们媒体的关注，他们在艺术上的“注册”来历，大家知道，其实在西方。

你问标准，这是谁说了算的问题。如今媒体扮演一部分话语的权威，此外，更强大的事物在支配我们——不完全是权力，也不是钱。

2008 年元月 11 日

谈朱正《鲁迅传》

鲁迅谈及自己，总在自嘲；他平生写过一两回小传，各数百字，事事一笔带过；他知道自己伟大，但无所谓，不自恋。朱正先生的这本《鲁迅传》，应该不是鲁迅传记的头一本，我不曾读过其他，无从比较起，而也似乎不必读，因鲁迅身后即被意识形态的涂料弄得不像一个人。朱正先生作传，平正宽厚，不知怎的使我想起鲁迅老友许寿裳。许先生与鲁迅太近，不及朱先生的有距离：这距离，是国家与时代付了多少代价才能有，其中连同鲁迅先生被扭曲的身后名。书中史料的选择与铺陈，竭尽全力，以目下能够公布与评说的程度，可谓用心良苦，尤以鲁迅晚年与周围诸人诸事的是非与纠葛，眼下暂且只能说到这一步。此后新的鲁迅传记，恐怕还会有吧，但愿晚来的作传者在比今天更为纵深宽阔的历史维度中，能够参看这一本。

被糟蹋的词语

《新周刊》关于“保守还是创新”的专题访谈

今天，我们该如何定义保守？

陈：在我们这里，定义“保守”，很麻烦。我们会说怀念计划经济的人群是保守派，可是大家知道，为那个年代曲意辩护的新左派，截取的是西方偏于激进的新说，而在本土被目为激进的“自由主义”，则属西方的传统右翼价值观……文艺圈，沿袭七十年代创作教条也会被讥为保守，可是今天那些认同古典传统，譬如试图从宋元明清汲取资源的国画家不但不“保守”，而且很可能反映一种新机。

中国大致有两种“保守观”：一是指五四运动对整个中国文化大统的指控，并被组入新政权的意识形态；一是改革开放后，谁要是认同此前三十年，通常也会被目为“保守”——真是此“保守”非彼“保守”，百年是非，许多人错了又对了，对了又错，总之，在中国，“保守”是个被说坏掉的词。“文革”时期说你保守，轻则批判，重则交付政治裁决，多少干部学者被打倒、整死，罪名之一就是保守派。八十年代以来，“保守”一词仍不光彩，在政治领域意谓抵制改革开放，在文艺领域，新一轮文化激进主义持续升温，唯“新”是从，你曾听哪位艺术家坦然自称“保守”吗？

您自己是否是一个保守的人?

陈:论绘画实践,我是个“保守”的人。“文革”结束后,文艺创作大趋势都是摆脱过去,迎向现代,可我回头追寻十九世纪现实主义,直到今天,我仍然迷恋广义的传统艺术和古典美学。如今有评论认为《西藏组画》是当时的“当代艺术”,很另类,甚至“前卫”。假如“前卫”、“另类”是指在那个年代试图摆脱教条,是的,我做了那样的事,但绝无“创新”之念。“文革”教条就是被“创新”一说给逼出来的,所以我厌恶,并从不相信“创新”这个词。

在中国,“创新”也是个被说坏掉的词,一如“革命”与“反动”、“先进”与“落后”、“左派”与“右派”……都是被糟蹋的词语,曾经绝对意味着政治后果。改革开放以来,这些词语的威胁感逐渐消退,但有时仍被挂在嘴上,变成欺世之辈或迂腐之人的大话、空话、废话,或转成实用的谎言——早先,革命文艺家们对“创新”多少有点天真憨傻之意,今日文艺界学术圈,则“创新”一词是个心照不宣的圈套,成为利益垄断的交换筹码之一。当我在学院表格看见“有何创新成果”一栏,我立即明白:又一个词被糟蹋,同时被利用了。

所以你看,我写稿子不用这类词语。即便用,我会加上引号或“所谓”二字,留出怀疑讽刺的余地。

您如何看待保守与创新之间的关系?

陈:“保守与创新之间的关系”?你要是参加过五十年代直到“文革”的各种会议,听过领导或艺术家的发言,你会非常熟悉这句话。可我看不出中国文艺曾经清醒地面对——更别说解决——所谓“保守与创新的关系”。

有些艺术家只认传统作品，拒绝新艺术，有些则一味崇尚新玩意儿，对二十世纪之前的艺术毫无感觉。不幸，这类偏见与偏执，太多了，绝不仅止艺术。这种对立的意识，割裂历史，其实保守也好、创新也罢，都来自一种整体感、历史感。昨天与今天是什么关系呢……如前所述，当“保守”与“新创”等词语被政治化、绝对化、功利化，后果是什么——就是我们丧失了历史感。

您反对什么类型的创新？您赞赏什么类型的保守？

陈：“反对什么”、“赞成什么”，这也是我辈听得太熟的句式，属于官话。事实是，货真价实的创新，自在而稳健的保守，非常罕见、非常难。

各国都有保守主义、保守分子、保守势力，如何看待保守派带来的价值？

陈：在现代国家，保守派与革新派是一组真实的张力，有效换取平衡，至少，民众在具体而微的事物——预算、税赋、福利、堕胎等等新老问题上——有所选择。最近我回纽约探亲，赶上大选，希拉里和奥巴马不都是同党么？那份死缠烂打呀！可是民众那么当真，分成两半，人山人海，所到之处，摇旗呐喊，闹半天，还没跟共和党候选人，那个七十多岁的老家伙——也就是所谓保守势力——交手呢！

保守的价值无所不在，它催生真的创新。还是说纽约。在我回去的一周，纽约最重要的现代画廊老板玛丽·布恩刚刚以她在上城与中城的画廊，分别为两位中国人——艾未未、刘小东——开办个展；在上城，位于第 89 街的古根海姆现代美术馆隆重举办蔡国强巨型回顾展，邀请三位中国人占据他们最显要的画廊和美术馆，本身就是大胆创新啊，而位于第 82 街的大都会美术馆正举办中国十四世纪书法专题展、法国十七世纪宗师普桑和十九世纪大师库尔贝特展……以上节目只是本年度纽约展事的一小部分，不必分辨哪边有所“创新”，哪边趋于“保守”，这一切构成活的历史。

对《退步集》而言，如何理解它与保守之间的联系？退无可退，就是进步，保守是否亦代表着一种进步的价值观？

陈：《退步集》书名常被误解和引申。我画得少，退步了，出了本书，也谈不上进步，仅此而已。“保守是否也代表着一种进步的价值观？”要知道，“进步”一词也给我们说坏掉了。一个挺好的词被说坏了，多可惜，多尴尬呀。我们当然渴望进步，但进步不是过河拆桥，一如“新”并不就是“好”，“旧”并不就是“坏”。当一个或一对词语被赋予太过分明的价值判断，话就被说死，失去余地、没有退路了。

围绕保守，我们还有哪些事情可做、要做、亟需做？

陈：整体而言，我们有何可做？这一百多年中国人做得太多了，如今还剩下多少值得我们保护而坚守的信念或事物么？

一些零零碎碎的旧风俗、老习惯、好教养，倒是正在这里那里被些许个人勉力恢复着、维护着，哪怕是茶道、莳花、礼貌的语言、有教养的沉默、耐心倾听、委婉拒绝……我可能离题了。我们是否应该先开个单子，看看曾被视为“保守”的事物是些什么。

您是否期待文化保守主义之风盛行的出现?

陈：文化激进主义列车百年来不断提速，目前一时刹不住。假若我们终于意识到“保守主义”的真意，可能迟了。譬如城市建设，那么多珍贵的城镇街区，拆都拆了，还能怎样?再譬如种种伦理道德，你讲孔子，开国学班，收取高额学费招揽企业主管高等白领来听讲，你真的相信他们听过之后，做起生意就开始讲点仁义道德吗?

所谓保守，反过来说，即尽可能阻止太多太快的毁坏。不止中国，世纪以来世界范围的种种败笔、灾祸、大不安，都因为太激进、太聪明、走得太远了。先进国家近年大致都选择了保守派领袖，但愿为时不晚。

谈鲁迅，他的保守作派何为?

陈：鲁迅是点燃文化激进主义的那一代人。在他之前、之后，陈独秀、胡适、瞿秋白、王明……比他更激进。不论主张，老牌保皇派辜鸿铭的姿态言行也比鲁迅更激进。这代人的种种激进尚有苦衷、有必要，也有资格，他们确曾活在历史关头。他们没看到文化激进主义在1949年后的伟大景观——换在今天，我相信，鲁迅会反省自己的言行。他那时就不断反省，譬如对进化论失望，对左翼齿冷，对任何新主义的尖锐的怀疑，等等等等。

“他的保守作派何为”，我不很懂这句话。我只知道鲁迅赞成中小学生用钢笔而不用毛笔，但他毕生使用毛笔、竖着行文、用旧式信笺，从书写的意态看，字字恭谨而享受。他和郑振铎苦心孤诣搜集出版《北平笺谱》，不厌其烦；他不喝咖啡，但建议少读中国书；他不穿西装，但喜欢好莱坞电影，有一回看了《复仇艳遇》，晚上写信告诉两位年轻朋友，一说是“以为甚佳，不可不看也”，一说是“觉得很好，快去看一看吧”；他攻击礼教，讽刺《二十四孝图》，但至死奉养老母，以旧式规矩给母亲写信，每信开头毕恭毕敬：

母亲大人膝下，敬禀者……我于是看见五十多岁的鲁迅穿着长衫跪在妈妈跟前，低于膝，变回他与闰土玩耍时那么幼小——中国古文造作得多么好啊：“母亲”而且“大人”，还不够，还要“膝下”，如此恭敬到优美的文字不值得守护么——再看落款：

专此布达，恭请

金安

男　树（取原名“周树人”）**叩上　　广平及海婴随叩**

我并不是说，这便证明鲁迅“保守”。以我私心揣度，他其实这样地写着，可能有点为了好玩。

再说木心，他在人文上的保守有何表现？

陈：说来话长，仅举一例：二十多年来，木心先生迟迟不在大陆印行他的著作，理由之一，是不习惯简体字。然而国家不愿守护繁体字，明文规定不准许，有什么办法呢？

中国的当代艺术，需要保守吗？

陈：心静下来就好——静得下来吗？

2008年3月22日写在北京

如今大学的窃窃私语，是某人的官位；美术圈的奔走相告，是某人的价位。上、下图：拍卖场上的印象派作品和中国当代艺术作品。

价格眩晕

当绘画内容被抽象为一种个人化的符号，艺术家容易被辨识了，但是否同时产生了符号的焦虑：没有的，苦苦寻找，找到了，甩都甩不掉？

陈：谁找到了“个人化符号”，我举杯祝贺；谁产生“符号焦虑”，“甩都甩不掉”，我也举杯祝贺：更高的考验到来了——假如他是个勇敢的艺术家。

纽约某杂志最近在一篇介绍中国五位当代艺术家的文章里说，张晓刚是早期毕加索、雷尼·马格利特（比利时超现实主义画家）和 Pixar（美国一家继迪斯尼之后对动画电影史影响最深远的公司）的混合体；艾未未是杜尚、杰夫·昆斯（美国前卫艺术家）和摇滚乐队“性感小子”的混合体；岳敏君是弗朗西斯·培根（英国画家）、卢卡斯·萨马兰斯（跨美术与摄影两界的美国艺术家）以及蝙蝠侠里那个开心果的糅杂，等等。虽然有搞笑的成分，但似能启发我们思考中国当代艺术的血统问题：它是怎么来的？

注　2008年5月发表于《南方人物周刊》。

陈：这番评论蛮有意思。问题是，譬如，中国目前至少有三十种以上比较像样的艺术杂志，每期上市，少说也得三百篇文章，多有谈及美国艺术的，然后有位美国人引述其中一篇的一小段话，对美国人说：看哪，中国人这样评价美国艺术！——你会觉得准确么？

张晓刚确有玛格利特的被稀释的影响，但和毕加索可不沾边。艾未未得自安迪·沃霍尔远多于杜尚，而他比杰夫·昆斯高明多了。以上也只是我的个人偏见，不足道。

几代中国油画家的“血统”，或者说“输血管道”，当然全部来自西方，部分来自日本——日本也来自西方——我要随即纠正：输管内并不是真的“血”，而是西方各种艺术的复制品。

我大略看了四位国际收藏家介入中国当代艺术的经历，发现除了有钱，最初他们都有一本快速入门手册：《麻将——西克中国当代艺术藏品图册》。有人说，如果没有乌里·西克，就没有中国当代艺术。

陈：西克从1980年左右就在中国做生意，1989年短暂离开，又回来出任瑞士驻华大使。他和中南海历任领导交谈过，和大批有名无名的中国艺术家长期来往。他的观点如何，在其次，但他目击中国当代艺术全过程的资格，可能比中国本土专业评家还要老。而且中国再重要的评家史家，也没一位拥有数量可观类型丰富的私人收藏。西方不然，收藏、经商、学术的身份合一很自然。我在巴黎遇见过拥有文艺复兴艺术的高级古董铺老板，同时著作等身，兼做艺术考古学教授。

大部分藏家谈及他们挑选的标准时，都提到“惊艳”、“让人眼前一亮”，西克还加了一条：让人思考点什么（不满足于对现实的呈现，推崇分析和批判）。想请您谈谈这种美学，与中世纪贵族客厅里挂的一幅风景或人物肖像的美学相比，发生了怎样的变化。

陈：中国当代艺术确实引发思考，其中一大原因，是直到九十年代前，大部分西方人脑袋里没有“中国”这根筋，一旦目光转过来，当然“惊艳”。很抱歉，中世纪的欧洲还没出现风景或人物肖像画，最早的油画，似乎到中世纪大致结束的十四五世纪才出现。

纽约国际摄影中心策展人克里斯托弗·菲利普斯曾是纽约*Art in America*杂志的高级主编，1999年他在北京初见中国当代艺术家和他们的作品，感受到“一种野性，并且充满力量；被作品的想象力和独创性所震撼”，他意识到这种级别的艺术在艺术史上属于一个世纪里只会出现一次或两次的“井喷”。您觉得这个判断言过其实，还是恰如其分？

陈：菲利普斯说得对。“野心”、“力量”、“想象力”的确是优秀的中国当代艺术给予外人的印象。不过有个前提：西方前卫艺术早已凝固为历史，二战后直到七十年代欧美当代艺术持续爆发的震撼，也早过去了。八九十年代迄今，他们的当代艺术越来越干净、好看、聪明、多元，但真的缺乏“野性”，后起而迟到的中国当代艺术因此显得生猛夺目，令人兴奋，就像中国的经济奇迹一样。

在《退步集》第67页，您写道：“此后八九十年代入学的，多有豪杰，譬如留校的刘小东，下海的方力钧等，都是我佩服的才子。”平心而论，今天出现在西方收藏家名单上的那些人，是被这个时代“选中”的偶然，还是一种个人特质的必然结果？

陈：单论写实人物油画，我不知道刘小东能否在当今世界同类画家中找到对手。他远远超越了弗洛伊德和艾瑞克·费雪。部分因为小东的强悍“特质”，部分是因为世界范围写实人物画早已没落了。

这次回纽约，您可看了一些有关中国当代艺术的展览？

陈：3月间，纽约古根海姆现代美术馆为蔡国强举办大型回顾展，参观人数为该馆举办德国博依斯个展以来所仅见。同时，纽约顶级画廊玛丽·布恩上城分廊为刘小东举办个展，中城分廊为艾未未举办个展——西方艺术家不可能得到比这规格更高的展事了。我以为这三位同志恰好是最精彩的中国当代艺术家。

再引菲利普斯先生的话：“世界发现了中国当代艺术，但它改变的速度之快让人难以置信。有些艺术家，我在1999年时见到他们时几近贫困，但现在他们极为富有，常常雇用大量的助手来帮助完成作品。然而，金钱的席卷仅仅拉动了作品的‘价’，却没有使中国当代艺术变得更好或更有意思。令人沮丧的是，我现在去访问艺术家们时已经很少听到关于艺术的谈话了，通常是最近一次拍卖的结果、或谁和谁的作品有没有被像萨奇那样的百万收藏家买去(2006年，萨奇花68万英镑买下了张晓刚的一幅《大家庭》)。但如果你不参与拍卖市场的话，那样的谈话实在很无聊。”您对此作何感想？

陈：不论生熟，我结识的美国艺术家大约二十多位吧，其中包括来自欧洲、日本和中东的移民，几乎都有画廊。只要刚认识，不论什么场合、氛围，各自介绍后，话题立即进入艺术，从不彼此打听或谈论价格，更不谈拍卖市场。媒体报道拍卖专讯有上百年历史，早已是公众熟悉的日常新闻，所以纯资本主义社会的艺术家非常清楚市面，但不热衷谈钱。他们大约三群人，三种话题：一类是广义的艺术家，不论穷、富、著名、无闻，只谈文艺，或者政治与性；一类是画廊业人士，议论市场，但口吻绝不耸动，只是平静的信息交流；再一类就是拍卖行中人，精明锋利，高度专业谈生意，我根本听不懂。

以我的寡陋，以上经验很可能片面。股票、拍卖，在美国是一小撮人的话题，中国市民街头巷尾谈股票，中国艺术家群相谈价格谈拍卖，人家会闹不明白。除了很年轻的艺术家，我已不太能遭遇只谈艺术的傻逼，为了不犯傻，我也学会东拉西扯，尽管除了多年师友，我和艺术圈久已不来往。

这世道真是疯了：两群色鬼，从早到晚谈女人，或完全不谈女人。

与您的判断相吻合：4月9日香港苏富比2008年春季拍卖会上，刘小东的十八联油画《战地写生：新十八罗汉像》以6192.75万港币的价格成交，成为中国当代艺术仅次于蔡国强《APEC景观焰火表演十四幅草图》的第二高价。但这些成交对艺术家只有潜在的好处吧？大家也都听说这些数字是富豪们的游戏。

陈：就我与小东和国强的接触，他们不谈钱，同时正在旺盛的状态中。我没办法钻进他们肚子里考察究竟，但市场好，无论如何会增添自信，但对真正的强者，没市场照样激发自信，自信是内在的禀赋，它会伴随焦虑，但不为外界左右。困难的是初出道的新人，艺术市面外表看来太像赌博与梦境，但很少有人愿意细忖一个所谓成功艺术家背后是怎样孤单而猛烈的工作。

我看了一下亚洲其他国家的情况，发现这股热钱是2006年春天同时转向亚洲当代艺术作品的：2006年3月，纽约某印度当代艺术品拍卖会，新德里出生的Rameshwar Broota一幅作品拍得80万美金，总成交1500万美金。越南后印象派画家Le Pho的一幅早期树胶水彩－墨水画，最初被人以几百美元买下，转手十次，最后在新加坡以25万美元被巴黎当代艺术博物馆拍下——这跟咱们圆明园画家村朋友的早期经历何其相似。2006年，光索斯比和克里斯蒂两大拍卖行，总共拍出1.9亿美元的亚洲当代艺术作品。所以，艺术不纯粹是艺术，还有热钱骚动吧。

陈：法国人对他们过去的殖民地仍然有种情结。我为那位越南画家庆贺。一幅被包围在画框中的画布当然是“纯粹的”，此外，这块布一半被各种钱的数目决定，一半被命运操纵。二战时不少流亡美国的欧洲犹太画商在行囊中只带着画，譬如德加的速写、粉画，被卷起的塞尚或雷诺阿的风景画，这等于携带未经填写的巨额支票。他们一贫如洗在美国上岸，一幅一幅出手，日后变成资深大画商。我认识这么一位画商的孙子，他爷爷在欧洲苦候美国签证时，长达四年一直带着画卷藏身朋友家顶层，躲避纳粹，不敢下楼。

但是德加与塞尚一点不知道这些故事。

据萨奇画廊统计，中国现有两万多位画家，每年至少有一万名学生从美术院校毕业。但北京和上海的当代艺术画廊加起来总数不到二百家；香港有一些，但也少。如果您现在刚毕业，会是什么心态？

陈：中国艺术学院的增长比画廊数增长快。如果把全国各省市非人文类大学的艺术生源算进去，再划去设计类实用美术学生，每年纯艺术毕业生不止一万名吧？我没有数据，不敢说，但我的学生求职时找的都是林业、政法、农学院等等大学属下的美术学院。我不知道当今世界哪个国家有这么多艺术学院。我要是现在毕业，心态大约就跟一条野狗一样。虽然我不确知野狗有没有“心态”，但我记得它们的眼神。

从成材率看，千分之一的画家能卖画，能自谋生路，便是谢天谢地。目前中国年轻艺术家的机会既不太多，也很不少，我刚回国时还在上学的青年，好几位已经一幅画能卖数万元，甚至更多，当然，这些个例画得很不坏。总之，一个暧昧的成功游戏忽然降临，但一个淘汰机制还没以正常方式出现。何止艺术，太多暧昧的行业和个人在中国受惠于近年梦境般的市场，如藻类……论人口比率，西方艺术家远高于中国，论艺术家的成功概率，则中国人似乎高于西方同行，别忘了，没一个国家有如此庞大的学院系统和官方机构长期承受千万艺术家的职业“流量”，而且还会承受很久。就税收看，美国政策对艺术家优惠，因为贫穷艺术家占绝大部分，年收入往往低于交税额。

巫鸿曾经提到过“作品化”的危险，他说现在的年轻人着急，没事儿就要做大作品，这很让人担忧。我的理解是：那些因为对艺术的热爱而用于浸淫、把玩的部分没有了，也就是“无用功”没有了。您怎么看这种情况？

陈：谁要画得大，请尽管大吧。绘画的驱动力部分是体能而不是智力。只是再大的画大不过广告，如今电脑喷绘广告可以大到覆盖整座摩天大楼。八九十年代欧美也作兴制作超尺寸大画，原因很简单，现代画廊和美术馆展览空间是过去的数倍甚至数十倍。近十多年大画不那么时兴了，我在纽约画廊见过邮票大小的油画，画得好极了。

我是画大画的一代，十四岁就在大型工厂制作的六七米甚至十来米的大铁板上画领袖像，毛主席的眉毛就有一米多长。中国艺术家眼下兴致正高，加上着急：瞧着同班或下届毕业的哥们发迹发财，你便是菩萨投胎也难装得若无其事。往大了画吧，要是卖不了，很快你会发现没地方存放这些又大又沉布满灰尘的废物。

在常跑学院的冯博一眼里，确实有一批八零后、九零后的当代艺术作品新鲜、有激情、富有创造力。就您视野所及，有没有发现可以燎原的种子？

陈：青春不等于才华，但才华靠青春壮胆。青苗一拨拨蹿上来，总有才华横溢的人。我所以痛恨艺术学院这一套，那是对青春的屠杀。拿什么鸟学位！二十岁左右就该放手创作，美术史多数经典是二十五岁前后的小青年弄出来的。

至于燎原不燎原，我可不知道。吃掉七十年代生人的是八零后，而今九零后眼瞧着蹿上来，一嘴汗毛，皮嫩肉紧。代际的紧张感是近年趋势，我在校园常遇见二十来岁的女孩说：啊呀，我老了。

整体看，每一代艺术学生的百分之九十九会成为鲁迅所谓“一盘子绿豆芽”。

也有一些藏家认为某些当代艺术家的作品价值被低估了。您认为五十年后，会追认出几位中国的杜尚或者安迪·沃霍尔么？

陈：假如真有谁被埋没，那是浪漫的故事。眼下的剧情足够跌破眼镜，但并不浪漫。大欠公正的是对老前辈。民国画家、共和国第一代老画家，许多名角至今不在市场名单内。西方则除了凡·高、塞尚那一辈，此后几乎没有委屈过哪位真正的天才。

中国当代艺术的致命问题是什么？它和现实是怎样的关系？

陈：中国当代艺术就是中国的现实。真的“当代艺术”有内在逻辑，自为自律，“中国当代艺术”则整体上是国情的肌理之一。它长期被压抑、被扭曲，因为它既来自国情又受制于国情；它骚动、富活力，竭力拱破国情；它跳跃猛进，但看不清从成长走向成熟的轨迹；它几乎无所不为，但并不自由；它对它所追赶的西方典范一厢情愿，一往而深，但始终以自己的方式滋生蔓延；它被忽然夸张放大，但总比不曾发生，或被严厉管制要好得多；它远未发作，但切忌乱来、翻船，不然很糟糕……这些症状不都是国情么？

改革开放是条活路。中国式当代艺术如今又酷又蛮，一脸青春痘，是不是有点像计划生育政策外非法降生的孩子？怎么办呢，看来还得在“科学发展观”指引下看看能否“可持续发展”，虽然种种必备条件其实很可疑，但“致命”一词怕是言重了。哪个领域都和国情绑在一起，当代艺术只是其中之一，目前它正被归结为经济指标，任何清醒的意识均难抵御数据的晕眩，晕眩总不是常态吧。

2008 年 4 月 12 日

绅士的没落

您觉得什么样的男士才能被称为绅士？

陈：交谈时看着对方的眼睛，注意倾听，不打断……

您觉得一位男士做了什么行为他就绝不可被称为一位绅士？

陈：只顾自己说话，动辄打断别人……抱歉，我的标准很低。

您见过的最绅士的一位男士是？他让您印象深刻的绅士举动是？（如果这位男士不是您的家族成员，那么在您的家族中，请您列举一位绅士和他展示绅士风度的具体作为。）

陈：不知道。不记得了。四十多年前倒是有一印象，是“文革”刚开始，弄堂对面一位老先生——不知是资本家还是别的什么反动分子——挨斗挨打后，每天被勒令拿把扫帚当众扫街。我从阳台看下去，只见他头发两边分梳，一丝不苟，优雅地欠身，一手持帚缓

注　2008 年发表于上海《名牌》杂志，全文被支解，穿插刊用在多位被采访人士的议论中。现为全文。

缓清扫，一划一划，很均匀，很仔细，另一手臂还像往常那样微微背在腰后。所谓“闲庭信步”，就是这样子。他年纪大概七十岁吧，小孩子走过，骂他，唾他，他就立定，很自然地微微笑着。孩子走了，又缓缓扫地。

我亲自认识的绅士，是刘索拉的丈夫，阿克巴·阿巴斯，印度裔香港人，香港大学比较文学系主任，衔烟斗，安静地笑，一米八几高。

您见过的最不绅士的一个举动是？何人何时何处？

陈：上街，进饭馆，开会，看电视……机会太多了。但也谈不上“最不绅士”。即便独自待在家里也能见到：就是我自己——出国后，我大约知道什么叫作绅士，要学，太晚了，而况绅士学不来的。

您觉得中国绅士相对于西方传统的绅士，有什么特殊之处？

陈：我见过西方传统绅士，虽然不多，但肯定没见过他们被迫当众扫地，所以不好“相对”而比较。在中国电影或电视连续剧中当然见过很多旧时的绅士，服装不像，神态更不像。索性不扮绅士也罢，一扮演，就不像了，虽然还要做出他以为（其实是导演以为）的绅士模样。老演员没问题。赵丹、刘琼、金焰、金山、孙道临……他们小时候见过真的绅士。

有位老演员，白羽，在《风暴》中演一位文人军阀，那副儒雅而狠毒的绅士相，谈吐徐缓，斯文入骨。

您觉得在现代社会做一位绅士有困难吗？哪些困难？

陈：我也不晓得我们如今这算不算"现代社会"。豪宅、美车、会所、雪茄、高尔夫球，并不就是"现代社会"。但如今"做一位绅士"一点不难，谁见过绅士呢？还以为很像。

您在公司的年会、朋友的婚礼和私人的酒会分别会如何着装？烦请详细描述一下服装搭配，比如样式、颜色或品牌。

陈：我只有一两套出客穿的衣服，全是黑的，谈不上搭配。除了两件阿玛尼上装——阿玛尼上装的伟大是正好适合中国瘦男人——我不在乎，也不清楚品牌。

您在高级西餐厅会如何表现，比如点菜、点酒等细节？

陈：很抱歉，我亲历过饥荒年代，至今不顾吃相。别问我这些雅问题。我不会因为自己是所谓艺术家就在"高级场合"装自己。假如在昂贵的自助餐厅，我会在没人瞧见的片刻多拿好几只牡蛎。团坐点菜的场合，众人客气——也许真的饱了，或过惯锦衣玉食的日子——不再动菜，我要是馋，还会伸筷子。

您觉得女性在您的生活中占有怎样的地位？您会如何对待一位火辣性感的女子？

陈：我刚从上海尽孝道回来，陪伴母亲，下个月还要去。"火辣"或"性感"的女子常会遇见吧，在街上一眼就能辨别——谢谢上帝赐我眼福。不过既火辣而又性感的女子，不容易见，我要想想看。如果有这样一位女子居然和我搭腔，我更要想想看：该怎么办？这是经验的问题，有些经验不是你要有就有的。

您觉得绅士必看的一本杂志或一本书是？

陈：真的绅士就是一本书，我愿好好看“他”。

您觉得您是一位绅士吗？为什么？

陈：我是一位老知青。

您觉得艺术家和绅士是互相抵触的概念吗？为什么？

陈：要看人。杜尚，准绅士，博依斯却不是。马奈是个可敬的绅士，德加是个可厌的绅士，凡·高和高更不是。幸亏他俩不是。塞尚和毕沙罗则有时是，有时不是。

您觉得谁是艺术家中的绅士？

陈：你指的是中国艺术家吗？

就您认识的男性当中，您觉得绅士和非绅士的比例是？

陈：我认识人有限。我不在乎他们是不是或像不像绅士。中央美院老教授詹建俊，绅士，形神俱佳。活在这五六十年而仍然不失为绅士，是稀有动物的景观。

老一代党干部我记得颇有绅士相，他们其实出身民国时代有身份有教养的家庭，一浪漫，去革命了，没丢性命，当了官，地位高，假如心态还好，便显得十分儒雅而宽松，言语得体，淹然有风姿。从前的外交部部长姬鹏飞、侨办主任廖承志，绅士相，至少在镜头前一点不做作。周恩来通常被认为有绅士风度，但绅士并不单指风度，我们的老总理其实是位无比坚强的共产党员。

现在的党干部都是解放后长大的，绝对不可能了，哪来比例啊。不是说他们不好，但你问的是绅士。

您觉得最有绅士精神的一个城市或地区是哪里？（如果您选择了一个国外的城市或地区，那么在中国，最有绅士精神的一个城市或地区又是哪里？）

陈：有。台湾，香港。我在这两处中国领土走走看看，犹如艳遇，心想还好，没绝种。

2008年4月

诸位请看这四位中国男子。左页图：南怀谦摄于民国初年，两位预备参加“公务员”考试的学生，手持中国扇子与西式雨伞。上图：选自《时尚芭莎》图片，标题是“孪生伯爵”，说明文字是“含蓄的细节，宁静的色彩，优雅举止中存留着英伦的腔调，他们是最后的孪生贵族”——如今的时尚与房地产广告充斥这类无耻而滑稽的梦话：“英伦腔调”、“最后贵族”，亏他们想得出来，说得出来啊。

写在知青运动四十周年

我现在见到年纪青青的农民工、保安、小姐、女招待，就觉得我曾和他（她）们是一路人。区别自然是有的：知青是城里人，民工是乡下人，我们“闹革命”，民工讨生活，但两拨人都在青少年时代开始了大规模而被指定的流放与流浪——蓬头垢面，胡乱吃饭，在任何可以躺倒的地方酣睡，然后做工、打架、偷窃、写日记、等信，以各自的方式耍弄小聪明，试图逃开同伙，指望有一天不再是知青或民工。不过我们远比民工优越，因为有历史的名份，被称作“知青”。此番出现在画展中的家伙们尤其幸运：只因为当年喜欢画画，结果老来居然能够算是一种资格，集体举办画展纪念所谓“知青运动”，同时纪念——甚至带几分炫耀——我们的青春。

其实发起“知青运动”哪里轮得到知青，我们只是被“运动”的分子；每一代人都有青春，我们的青春换得异样的说法，乃因撞上非常时代，于是仿佛有异于常人。“青春无悔”这句话早已是知青的同义词，我却听之茫然，无如改一字，叫作“青春无伤”：幸亏我们一路画了下来，不然倒是要“悔”之不迭：老来下岗、沦落、穷愁，是绝大部分老知青的宿命，而喜欢画画的青年何止千万，画

注　2008年是“上山下乡”运动四十周年，上海美术馆举办盛大知青绘画回顾展。这篇文字为该展画册所写。

画之外，他们哪来什么适足夸示的美称？

所以我们这一小撮人真是好福气。

这回的展览将会挂出一些什么画，此刻没见到，不好说。知青主题早已过时了，而当年知青画的画，与有关知青的主题，不是一回事。前者是身份，后者是作品。二者重合，也有的，譬如上海知青画家的先驱：徐纯中、刘柏荣，既是知青，又画知青。1974年全国美展有一幅很好的油画，画一群知青刚到乡下，欢笑着，排排坐，作者周树桥并不是知青。定义知青绘画是件麻烦事：论作品，知青主题是“文革”绘画一部分，难以另说；论身份，则曾是知青的画家与别种出身的同行没两样，改革开放三十年，各有追求，画路不一，而今聚拢玩一回，各人大抵有职有衔，有头有脸，不再是当初混在山沟草泽的小知青。

“知青”的意思，是非常时期集体失学的少年。“知青画家”证明了什么？很简单：没有学院，绘画并非不可能。虽然今次展览的作者几乎都在“文革”后考入美术学院，但从十六岁到二十五岁之间，也就是今日艺术学生从附中、大学到研究生这一年龄段，我们都在乡村或农场度过，学画的来路，其实取非正式的师徒制——在欧洲于十八世纪、中国于二十世纪出现现代制式的艺术学院之前，传授绘画技艺无非各种各样的师徒制。中国古昔的画院也是师徒制，并非今日学院分科列系那一套。我所谓“非正式”，是在“文革”乱世，嗜画的少年不可能正式拜师，但我敢说，每个知青画家少年时代都有一位，以至几位开蒙的恩师，追随左右，日后闯荡江湖，更有缘巴结各省市美术长辈，寻求点拨，获得提携，这些长辈或许无名，但都是每位知青画家终生感念的老师。

此外，一个没有学院、媒体和艺术批评的年代，知青画家充任彼此的学生和老师，私心倾慕、私相仿效。青春贵在友谊，习艺的良友尤其珍贵。那十年，绘画是唯一的快乐、希望，这希望的快乐乃是从知青同类而照见自己：于是拼命画画，求上进。知青画家的“业余性”另是一种珍贵的激励，失学不要紧，我们服膺领袖的训导：“干就是学习。”知青绘画的集体模式都一样：跳过漫长的训练，直接画创作，在创作中学会怎样描摩一张脸、一群人，以及，一道荒诞不经而被严格指定的革命主题。这样子学画，既困难，又容易，我是宁可被绘画折磨，也不愿领教如今学院的教条：考试、论文、从一年级到四年级……我们不敢说要比此前此后的专科艺术学生画得更好，怕也并不更差，倘若撞见可畏的后生，我会如阿Q般闪过一念：呜呼，老夫瞎画到今朝，亦算不易。

再此外，“文革”之于青年的利用与捉弄，另有一番纵容：权威的职业画家那时全部被打倒，论资排辈，暂告中止——舞台忽然空了出来，于是我们被怂恿。你是知青吗？毫无学历，会画几笔，便直接调到省市机构去画画，就我所知，黑龙江生产建设兵团甚至有脱产的创作组，或者，我们全都有幸被当时的所谓“美术学习班”召集，每人一块大画布，各自逞能。现在不可能有任何机构愿意组织类似的学习班，撮拢流窜的艺术毕业生痛画创作，管吃管住，所以非常时期的非常措施并不全是罪孽，这一层，每位知青都对“文革”心存怀念，不是怀念灾难，而是乱世侥幸，竟成全了我们的画笔。

而最初的觉醒者、怀疑者也是知青：新中国第一批婴儿的成长是见证时代灾祸的全过程，即便没有参考架构，我们仍然有理由被认为是思考的一代，至少，“文革”阅历是我们足以平摊的财富，善用者，收获可观：如今在社会学、历史学、政治与思想领域，有分量有担当的学者大抵当过知青，知青出身的小说家是八十年代新文学主角，知青画家的表现似乎稍逊，尽管今日官方美术界与学院主事者，多有知青背景——所谓知青运动，是社会的隐痛、时代的败笔；数十万知青以光荣始而被遗弃终。我们不是革命者，但亲历革命的后果；我们不曾参与建设，但个个目击背后的代价；过去三十年，社会经已草草安顿并打发了知青一代，此后人到中年晚年，一事无成，既不如上一代标榜革命而创建国家，也不及下一代，能以可度量的各种专业标准跻身国家栋梁。从祖国的花朵、红色青年，直到回归芸芸草民，其中千分之一，略有所为。每代人大约如此，多数隐没，个别彰显，我们，居然只因画画而安身立命。后起的青年才俊足以淹没我们，知青画家们早已从“文革”的美术舞台全数退出，现在则逼近退休了——好在绘画本无所谓退休，是的，我们真有福气。

1968年，全国街巷一日之内四处张贴“上山下乡”的领袖号令。其时我十五岁，不久，既与全校同学伫立街头欢送上届毕业生集体开赴边陲与乡村。又不久，我自己也挤在起动的列车上，耳听千百人声轰然嚎哭，从此开始知青生涯。这一幕如在昨日，昨日，我们都是大孩子——诸位见笑：本次展览开幕式我们想必都会开颜嘻笑佯装年轻，而墙上大部分作品果然画在三四十年前，向今天展示当年的种种热情、荒谬，还有百分之百的真挚。

2008年4月28日写在北京

《退步集》台湾版序

台湾“驻纽约办事处”，是在曼哈顿第42街东端。1989年初，我走去申请探望祖父的签证。官员一看我的大陆证件，说：“哎呀，陈先生，这里不接受你们中共护照的，你必须先来申请‘中华民国’的‘护照’。”

此前我已电话咨询赴台的资格，回说符合当时“国府”制定的条件：其一，我与被探望者关系乃是“血亲”；其二，又须在“自由世界”待满五年，那年，我已居停纽约七载有余了——转身下楼，我直奔十余条街外的42街西端，在中华人民共和国驻纽约领事馆签证处窗口说明事由，回答是：“行啊，你放弃吧，但你永远不能再申请中华人民共和国公民。”我于是交出大陆护照，看那官员剪去护照一角，表示作废，扔在桌边。待我走回42街东头台湾“办事处”，已近下班时分，填妥表格，递进去，两周后，领到一本簇新的“中华民国”“护照”，繁体字，深蓝封套，上端是青天白日旗圆形徽章，灌着浅淡的银色。不久，我在桃园中正机场“出关”，一眼看见了真的青天白日旗。

三年后，我拟回去大陆探亲，揣着这本“护照”又在大陆驻纽约领事馆签证处排队。谢天谢地，我被赏到一册准予进入神州的

注　今年夏初，台北立绪出版社选择《退步集》及《退步集续编》部分文字，合并后出繁体字版。这是为该书写的序言。

“台胞证”，单薄、简陋，没有硬皮封套，像是伪证书，我拿在手里，不禁一笑。多年来，我会记得给每位初识的台湾朋友说起这故事，而凡在海外待过的两岸华人，大约都已说惯听惯“你们大陆”、“你们台湾”——现在，我的拙劣的书居然将在海峡对岸出版了：我该说“你们”还是“我们”？

说起书，那次赴台正是蒋经国辞世翌年，岛内解严，台北重庆路一带累累书肆大抵在显眼处堆着毛泽东、鲁迅，还有李敖的书。我与台湾版书籍的缘分其实颇久长：“文革”乱世，流散到社会上的各种文学著作，十九是民国版，竖排，繁体字，从右念到左。去纽约后所能读到的中文书，自然更是台湾版：胡适、钱穆、林语堂、梁实秋，还有张爱玲、胡兰成与高阳……由书及人，我有幸认识了不少台湾文艺家：先是海外的夏阳、秦松、姚庆章、周龙章、杨炽宏、张北海，以及那时尚在纽约游学的杨泽兄；之后，是岛内的焦雄屏、侯孝贤、朱天文、蒋勋、林怀民、阮义忠、舒国治……他们大约与我同辈，各自担当一份事业，却不属于官办的美协作协舞协或影协；他们的知识与眼界大约比今日大陆文艺家提前至少二十年，所以当我与之结识，同在壮年，而他们都有了坚实的见解与成就。我不敢自认是他们的熟朋友，但我愿意说，这些台湾背景的文艺家都是我的良师。此后面见大陆的文艺人，不禁暗想：幸亏我们有对岸另一类同文同种的同行在。

我与台湾的缘分，尤其长。祖父，黄埔七期毕业，1950年赴台。我幼年的记忆是家中说及“台湾的爷爷”，总会关起门窗，而祖父的一枚小照片历年藏在抽屉内层的厚纸下。及至祖父终于见到了自己的孙，喃喃忆旧，说是在1950年登岸基隆列队听命，蒋中正猛力拍着祖父的肩，念出他的姓名，吼道：光复大陆，全在诸位！而当我临别苦劝祖父回大陆，祖父也竟厉声吼道：“一过海关，我就给枪毙啊！”

初抵纽约那年我还是百分之百的大陆知青，在纽约唐人街过春节，第一次瞧见华侨舞狮击鼓，绕街游行，举着青天白日旗，我想起从未见过的祖父，想起在书中得知的那个“中华民国”，忽然热泪难抑，始得领悟什么叫作流亡。那时的海外版《中国时报》、《世界日报》15美分一份。自八十年代起，我读到美丽岛案、陈文成案、江南案、陈启礼案，忽然又是雷震、孙立人、张学良，相继复出，晚年照片见诸报端……1989年4月赴台，游阿里山，山顶晨雾中借一户农家要碗水喝，电视机开着，赫然看见天安门祭悼胡耀邦，人山人海，稍后回纽约，便在美国电视目击事件始末。下一次来台，1995年，我在台北庞大的街头助选会望见陈水扁推着轮椅上的妻和独臂彭明敏登台，场面壮烈，民气旺，在震耳欲聋的高音喇叭下，我无端想起“文化大革命”最初几年……如今我在北京电视中便能与台湾照面：“全民大闷锅”，“康熙来了”，只见标致的小S纵身坐上马英九的腿，蔡康永则肩上停一只乌鸦，立在旁边。

如今台湾有谁记得1982年俄罗斯流亡者索尔仁尼琴访问宝岛的大消息？报纸头版刊发他的感言，他说：你们还有香港和台湾，而俄罗斯全境赤化了。“赤化”原是民国的词语，久违了，今之台湾，这词语早已过了时。而我这些年文稿中因人因事的感想与针对，自不免出入于当今大陆的语境，给台湾的读者读见，怕也多是过时而隔膜的意见了：我真怀疑进入民主时代的对岸同胞，谁愿读这些此岸的絮叨呢。

谢谢台北立绪出版社印行此书的美意，倘若销不出去，我乐意多买，存起来。我既是有了一本台湾“护照”，现在，也总算手边有一册台湾出版的书，而且是繁体字版。

2008年5月14日写在上海

上图：七十年代的索尔仁尼琴。下图：九十年代初索尔仁尼琴回到祖国，遭遇隔代同胞的冷漠和淡忘。2007 年这位斯拉夫主义者重获关注：普京亲自向他颁发国家奖。

安迪·沃霍在长城。克里斯多弗·马可斯摄于1982年。

谈《安迪·沃霍尔的哲学》

安迪·沃霍尔不是作家而超越所有作家。至少，从自然主义、意识流到新小说作家们苦心开掘的领域，被他轻而易举大幅度刷新。他使每分钟的琐屑与念头值得一顾、值得一写，一如他使世界同意：汤罐与广告值得一画。半世纪前，他公开为绘画重新定义，此后又在私下重新定义了写作。

这本书展示了无所不在的自由和诚实，或者说，沃霍尔以无辜的自私、病态的天真、备受困扰的好奇心，以及对任何外部信息与内心活动的天然的平等意识，向我们证明什么才是自由和诚实。阅读它，我发现自己对消费时代种种人性的可能，对于时尚、购物、金钱、媒体、性等等的感知，仍处于前消费时代。

沃霍尔已经过时了，但他在我们这里尚属未来。现在，沃霍尔将近三十年前那些语无伦次而异常细腻的独白，对于自以为进入现代生活的中国都市读者们，可能正当其时。不过请注意，你休想从中获益，除非你也像他那样诚实地面对自由，以至无须在乎那就是自由，就是诚实。

注　2008 年，广西师范大学出版社出版《安迪·沃霍尔的哲学》，作此评语。

不在其“伪”，而在其“劣”

您对制造和买卖假画怎么看？现在的情况是：国内拍卖行不保证画作是真品，甚至公然造假，没有相关行规公约来制约，不承担任何责任；国外的大拍卖行到中国后也入乡随俗，不按照国外惯例。

陈：绘画的赝品和相关牟利，源远流长。欧洲和中国自古就有无比精良的假画业。美国一所博物馆曾买进前希腊时期的精美石雕，九十年代才被发现并查证是赝品，文艺复兴前后个别作品被发现并非出自画中署名的画家。伦勃朗那幅著名的《戴金盔的人》，十多年前被鉴定是赝品。二十世纪另有专门集团制作毕加索、米罗、夏加尔等早期现代主义大师的伪作，销路甚广。

中国古人玩这一招，更早更成熟。全世界可能唯有中国画家格外推崇并标榜“仿作”，明清大师的题款经常自称此画仿宋人或元人。现存王羲之书法没一件是真的，唐的宫廷艺人遵御旨仿制这类书法绝品，或备于宫中，或分赏高官——当然，这是美学问题，“仿作”和“赝品”性质不同——今日国内古画拍卖场常见一种被称作“苏州样”的绘画，落款是自宋及明的大名家，个别赝品比原作还

注　2008 年初夏发表于《南方周末》。

要精良。民国时期第一伪作高手即张大千，他画的“石涛”，行内方家见了也没话说。

有趣的是中外画家对伪作的态度各不一样。董其昌有时吩咐女弟子画山水小品应酬客户，由他题签。柯罗是大好人，在世时不少穷画家仿他的画，他会动几笔，签上自己的名，成人之美。相传齐白石从不点破他的伪作，仿得太差，他会自己买下。

有真迹就有伪作，有市场，则伪作便能牟利。近数十年，名家伪作那是太多了，尤以二十世纪国画名家为甚，只是作伪的技艺一代不如一代，所以问题不全在“假”，而在假得太差，太糙，太欺负人。然而事物都是对等的，如今的买家藏家，眼光和上几代没法子比。

至于你所说的情况，是近二十年各行各业的恶劣现象，不仅假画，三百六十行，行行掺假玩假。理论上，拍卖行是不负责真假问题，相关行规、公约，则恕我无知。不过大家知道，现在的中国，所有行规公约都是徒有其表，不管用的。国外商家因此“入境随俗”，也不可怪，自家事事不规矩，外人很难规矩的。

您有没有假画的困扰？

陈：去年在拍卖场出现四幅，今年六幅，西藏题材或人体习作都有。我平时不留心这些，是朋友在网上发现传我看的，也有买家事先传来向我求证，这才发现。

您遇到这样的问题时，怎么维权呢？

陈：毫无办法。我对着屏幕上的假画愣几秒种，就想别的去了。

要是这哥们能赚几文钱也好，可是花钱的人冤枉。我的画固然比伦勃朗差十万八千里，可是我的伪作也比我差十万八千里啊，譬如仿我的签名，为什么不肯稍微认真一点呢。

中国美术家协会不负责假画真画鉴定。国内也没有权威的鉴定机构。我们甚至没有打假的法律，完全是空白。在揭露制假者以后，公安局也不主动介入，造假者也没有法律追究。

陈：我同情美协，这种事不好办，太多人际关系和潜规则，比乱麻还乱。对各种恶，中国人的伟大，是心里有数，无表情，不表态，多一事不如少一事，少一事不如只当无事。“权威鉴定机构”及“权威人士”，当然有，可是更权威的是钱。我不是说鉴定家拿了钱，但十个专家只要有一人收钱——哪怕一小笔，而且十二分情有可原——其他九人当然无表情，不表态，多一事不如少一事……打假的法律，即便不空白，填满了，你以为真有用么？

对这样的现状，国外会怎么处理？越详细越好。

陈：欧美同样为这些事头疼。不过恕我无知，他们对此施行的律法、规定、措施、案例，我不清楚，不能乱说。十多年前倒是看过一部长纪录片，专讲欧洲庞大的赝品制造业及相关市场，一上来就是联邦调查局人员迅速闯入一间作坊，仿作者，一位漂亮的中年人，当场就捕，人赃俱获，他因败露而发窘，笑了起来。此后便是他与另几位作案者在镜头前眉飞色舞讲解怎样作假画——都是手艺一流的艺术家——譬如制作十五六世纪老油画那些布满干裂细缝的油彩表层，是趁颜料尚未干透前，在太阳下用电风扇对着猛吹，镜头清楚拍摄逐渐均匀开裂的缝隙——啊！原来如此，多聪明啊，中国人也早就知道怎样给伪青铜器涂抹泥土，看上去像是历经沧桑三千年，而今官窑或青花瓷的赝品，则直接从真迹残片提炼古代瓷质，用电脑数据制造器型，包括纹样图案，你他妈现代科技，查验吧，全是真的——总之，我记得那部纪录片详细展示赝品制作的全过程，将这一行业向公众曝光，制作人被判刑（刑期不长，很快交保）。最后的劝告，似乎是赝品还看质量，如果实在制作精良，不比原作差，买家又并不十分在意真伪，则也不失藏购欣赏的价值云云。

我们也来拍这样一部纪录片如何？前提是先得捕到一位作案者，那得劳动公安局。另一前提是作案者必须有点真本事，目前所见的种种假画，我所沮丧者不在其“伪”，而在其“劣”。

此外我说不出什么有益的话。倘若当今全社会样样事物良好无误，唯假画横行而众人束手，倒也罢，可是连教育、医疗和食品都伪劣腐败至于如今这步田地，假画一案，恕我直言，怕只是小事一桩，不值得格外惊怪吧。

2008年6月1日

历史与观看

被割断历史的民族与阶级，它自由地选择与行动的权力，
就不如一个始终得以将自己置身于历史之中的民族与阶级。

——约翰·伯格

本次展出的大量欧洲版画原作，呈现双重历史：一是晚清帝国与西方列强的抗争，一是法国十九世纪原版石印画与铜版画。换句话说，我们将会看见西洋人怎样描绘中国的故事。

当我们在画中认出清廷官兵与义和团，恐怕倍感异样。虽然早经熟知“庚子拳变”与“八国联军”，但全体中国人，包括大部分画家或美术史家，或许未曾听说，更没见过这些版画的真迹。现在，我相信，我们心中的民族主义情结——这种情结或强或弱，从未消失——可能会对这些画心生反感：由西方人手绘的画面中再度确认祖宗的屈辱，毕竟与阅读本国教科书的种种训诫，有所不同。

这将是一项略显尴尬的新经验：如同百年前被洋枪洋炮轰醒，这些早已过时的洋画可能提醒我们，民族的落后不仅在科技或军事，而且在历史的观念，这观念的确立，起于观看。

注　2008年初夏，今日美术馆举办秦风先生策划的专题展“19世纪与20世纪欧洲石印画铜版画”。这篇文章为该展画册所写。

媒体影像，是现代人不可或缺的观看经验，是这整体经验被融铸为历史，使现代人之所以是现代人。今天，中国人开始追求“知的权利”，其中，观看的权利，至关重要。亿万人民今已获准从现代影像媒体同步获知世界大事：冷战告终、海湾战争、“9·11”惨祸、萨达姆就刑……新世纪以来，中国本土大事件也被酌情公诸媒体，使国人得以目击部分真相，譬如非典疫情，譬如刚刚发生的四川大地震。

一百多年前，中国人没有这种观看的意识——西方人有了，而且成熟。

虽然，十九世纪中叶西方经已发明摄影术，而用于新闻摄影的快照技术迟至二十世纪初方才出现，但现代西方的历史学与传播学已告确立，而普及版历史画的整套技术系统，完善已久，此一系统即诞生于十五世纪的铜版画（现藏柏林博物馆的《鞭打基督》是最早可资考证的铜版画，作于1446年）和十八世纪的石印画（由德国人塞尼菲尔德于十八世纪末发明）。十九世纪，报纸、期刊、画报等等现代传播业在西方次第出现，迅速茁育开展（法国石印画刊的定期上市，时在1870年左右），石印画、铜版画于是等同今日的影像媒体，成为传播利器，与教会、宫廷的古典绘画传统始得相分离而相诘抗，成为公众的艺术，影响社会，服务国家：那两个世纪，正是英法确立现代国家与资产阶级民主政治的伟大时代，同时，也是欧洲列强在世界范围推行殖民文化的全盛期。因此，这些精致的版画除了艺术价值，更在全新的历史观，更由于殖民扩张，西方新兴图像传播囊括了世界各大区域的不同历史与文明。

中国人的历史意识，原本格外早熟。史识、史书、史官，在先秦时代即已出现，延绵不绝，及至晚清。但中国古典史学毕竟与西方现代历史观不是一回事，犹未进入公众与传播的领域。再看绘画，中国历代墓室画、壁画、宫廷画与图文并茂的民间话本，均广涉历史主题（中国版画印刷术尤早于西方），然绝大部分历史画是为宫廷绘制，其功效，旨在歌功颂德，致力于历史的美化与教化，虽也有限触及争战，亦多取胜迹、凯旋等等帝王伟业与朝廷盛事。西方现代历史画则注重历史的真实性，直接描绘重大时事，追求人物与场景的准确翔实，不避暴力、死亡、血腥、失败等等细节，使之可信，进而产生历史感。而石印画与铜版画介入传播，以时效优胜，公众不但阅读新闻，同时经由画面，随时、及时、适时，获知世界大势，这种对世势的把握与判断，使一个国家、民族，乃至个人处于恒常的主动状态，用约翰·伯格的话说，便是“自由地选择与行动的权力”。

可以想象，当十九世纪中晚期中国发生一系列有涉民族危亡与国家转型的大事件，清廷完全没有图像记载的概念。那时的中国朝野既没有现代媒体，更不具备现代新闻意识，而宫廷画与文人画从来远避现实政治，与社会民众长期绝缘。乾隆年间宫廷虽曾延请欧人以铜版画刻印征战胜事，光绪时代另有王肇宏赴日留学初识西洋版画技术，回国后著有《铜刻小记》一书，然前者止于宫内，后者影响甚微。直到清末民初，中国民间早期画报这才出现可数的战争插图，但那是对西洋同类绘画的三流模仿，并非出于历史意识。是故，更新美术概念，引进西洋绘画，乃成为此后中国新兴美术的历史契机，与五四新文化运动相呼应而相汇聚。

这不是艺术问题，而是，仍然取约翰·伯格的话说：“所有古代的绘画都是政治问题。”

眼下我们观赏的这批铜版画与石印画，详尽描述了自1858年到1900年间英法联军、八国联军与清廷的历次大规模冲突，俨然图像编年史，倘若转换为今日媒介，足以构成一部大型文献纪录

清廷委托欧洲人印制的铜版画，内容是国家平定边患的著名战役。

片。作者忠于时事，每一单幅作品均依据史实，画面是想象的，但未曾臆造，既描绘中国民众对洋人的攻击杀戮，也大幅呈现联军屠杀清军与平民的场面，文字说明介于新闻报道和历史陈述之间，清晰而完整，唯刻画列强瓜分中国的漫画，带有显著的政治讽寓。如所周知，中西文化发生现代意义上的对比研究，开其端绪者，是明末进入中国的西方传教士。鸦片战争后，西方对中国的野心与兴趣，持续升高，因此这批展品的三分之一画面，向欧洲展示了华夏人情风物和民俗景观，是被美术化的早期地理学、人类学图像文本。当然，在西洋画家的笔下，华夏的山川、城郭、楼宇、街市，尤其是中国人的形象，不免失据而失真，但作者大致未予刻意贬低，反而随处流露对这东方古老帝国的好奇，甚至向往。须知，当时的西方艺术家与媒体已告相对独立，服务公众，并不全然受制于政府意志。总之，一百多年前的西方人民，便是经由这批绘画开始了认知中国的过程。

顺便一说，十九世纪欧洲的初期摄影曾被用于地理学或医学等资料研究，摄影家分赴全世界，包括中国。第一批华夏各地风土人情的照片，悉数出自欧洲摄影家。日本同类专家稍后跟进，摄取大量影像资料，为日后入侵中国的文化准备，提供视觉文本。摄影之广泛用于新闻报道，要到二十世纪初叶，其时，已是欧洲石印画、铜版画黄金时代的尾声，然而西方公众对这精美而通俗的绘画久已养成数百年欣赏积习，其中产生好几代享誉一时的刻绘名家，举凡文学名著、科教图书、新闻业国际栏目，竞相刊载名家石印画、铜版画，赢得广泛的读者和市场。

时至今日，石印画、铜版画经已从新闻出版业全身而退，成为西方美术史古董级文物。近三十年来，中国引进不少欧美古典及现代绘画展览，在我印象中，经典石印画与铜版画真迹的专项展览，似乎未曾得缘展示，故而眼前这一批不但以数量和品质见胜，尤以中国近代史的丰富内容，愈形珍贵。台湾秦风先生独具锐眼藏购并展示这批原作，显然出于比美术鉴赏更高更深的意旨，委实用心良苦——时移世易，中国美术界及其观众，纷纷欣然关注新世纪种种新艺术，但我们对绘画的历史与政治功能，较之百年前的无知蒙昧，可曾发生实质的变化么？我们自以为国家经已富强，义和团之类陈年旧事，早有结论，而这批版画也不过彼时的文物，有何值得格外看重的理由？

我谨提醒观众：我们的祖宗——不论是朝廷还是拳民——作为画中被击败的主角，当时浑然不知这些画，更不知窥视中国者何止军队与洋商，还包括整个西方的目光。及至帝国沦亡，革命骤起，中国人又哪里知道洋画在其间扮演何种角色？本次展览并不仅仅意在重温民族的失败，而在显示百年前的“他们”，那些“先进国家”与“先进文化”，何以制胜。这制胜的内因，基于文化，其中，包括这些绘画。

2008 年 6 月 4 日写在北京

感谢清华大学美术学院颜辉先生为此文提供了铜版画、石印画历史的准确资料。

L'ILLUSTRATION,

JOURNAL UNIVERSEL.

ABONNEMENTS POUR PARIS ET LES DÉPARTEMENTS : 3 mois, 9 fr.; 6 mois, 18 fr.; un an, 36 fr.; le numéro, 75 c.; la collection mensuelle, 3 fr.; le volume semestriel, 18 fr.

N° 788. — VOL. XXXI. — BUREAUX : RUE RICHELIEU, 60.
Vu les traités internationaux, les éditeurs se réservent le droit de reproduction et de traduction à l'étranger.

ABONNEMENTS POUR L'ÉTRANGER : Par an, 36 fr.; plus les droits de poste, qui varient de 5 f. 20 à 22 f. 88 c. par an, suivant les indications données au n° 722.

SOMMAIRE.

Histoire de la semaine.

Les nouvelles politiques étant rares, on s'occupe, particulièrement à Paris et à Londres, de la nomination de M. le maréchal Pélissier aux fonctions d'ambassadeur près du gouvernement de la Reine. Sans craindre que cette nomination n'amenât des manifestations blessantes de la presse anglaise, on était loin de s'attendre, en France, à l'unanimité à peu près absolue qui a accueilli la décision de l'Empereur de l'autre côté du détroit. Si l'on se reporte en effet aux articles violents du *Times* et de quelques autres organes de l'opinion anglaise, dont l'animosité contre le gouvernement impérial s'est donné, dans ces derniers temps, si ample carrière, il était naturel de s'attendre à ce qu'une occasion si tentante fournît de nouveau prétexte à des commentaires blessants ; heureusement il n'en a rien été, et après un premier moment de surprise et d'émotion, suite naturelle de tout malentendu, la presse anglaise, mieux conseillée ou plus habile, a reconnu son erreur, et, par le langage qu'elle tient depuis huit jours, elle montre qu'elle est revenue à des

L'ILE D'OR (KIN-CHAN), ET LA VILLE FORTE DE KOUA-TCHEOU, reprise aux insurgés par les Impériaux. — (Voir l'article page 219 et suivantes.)

1858年，法国画报*L 'Illustration, journal universel*铜版画页面刊印如诗如画的珠江风情。

LE MONDE ILLUSTRÉ

JOURNAL HEBDOMADAIRE

5me Année, N° 197. — 19 janvier 1861.

Direction et Administration : 15, rue Breda.

Chez P. A. BOQUES, 51, High Holborn, London, W. C.

Entrevue du baron Gros et du prince Kong, le 25 octobre dernier, dans le palais des *Rites*, à Pékin. (D'après un croquis de M. D..., officier de l'expédition.)

1861 年，法国画报 *Le Monde Illustré* 铜版画页面刊出上一年恭亲王在礼部会见英法联军代表，被迫签署《北京条约》的情景。

L'ILLUSTRATION, JOURNAL UNIVERSEL. 217

qui ressemblait à une caserne mal tenue; deux lions de granit sculptés, accroupis sur le perron, et deux géants, vêtus d'habits magnifiques et tenant leur barbe dans leur main gauche, gardaient la porte; ni les lions ni les géants ne m'ont barré le passage.

Ce palais, m'a-t-on dit, était celui du général tartare. Un peu plus loin, de larges allées de beaux arbres et des portiques élégants m'ont attiré; j'ai pénétré dans une cour immense et j'y ai vu sept mille petites niches de quatre pieds carrés chacune. C'est dans ces niches que les étudiants et les lettrés rédigeaient les compositions soumises aux examinateurs.

Le palais de la trésorerie n'a pas à l'extérieur un aspect moins gai; ce sont les mêmes portiques et les mêmes ombrages. On ne saurait recevoir de l'argent dans un lieu plus agréable.

Un peu las de mes courses, je me suis assis à la table d'un restaurant chinois: j'y ai mangé, dans des assiettes grandes comme des soucoupes, des œufs pondus l'année dernière, un ragoût de chien à l'huile de ricin et des limaces de mer; j'y ai bu, dans une tasse grande comme un dé à coudre, du samshu brûlant et du vin de millet. C'était, il me semble, à peu de chose près, le repas que fit à Macao mon compatriote, M. Laurence Oliphant. Comme lui, je m'essuyai les mains à de petits carrés de papier brun.

Décidément, le capitaine Lecoq a raison : la Chine est un drôle de pays.

Mais la Chine est bruyante, la Chine est sale, la Chine sent mauvais, et je me suis décidé bien vite à ne pas loger dans la ville, mais à retourner le soir coucher dans ma cabine de *la Fantaisie*.

M. Thomas Harrisson m'a donné, le jour où je lui ai fait mes adieux, une lettre d'introduction auprès d'un citoyen de Canton qui a gagné une honnête fortune à Singapore dans le commerce, et qui, modéré dans ses vœux, est retourné jouir dans son pays du fruit de vingt ans de travail. Chung-tso parle assez couramment l'anglais; voilà certes un Chinois précieux, aussi n'ai-je point envie de le négliger.

Ce matin je me suis fait porter en palanquin à la maison de Chung-tso,

Yamoun du général tartare, à Canton. — D'après un croquis de M. V. Léonard.

Types chinois. — D'après un croquis de M. V. Léonard

dans la rue du Nord. J'étais en grande toilette et, avant de partir, j'avais eu soin de répéter plusieurs fois le *tchin-tchin* ou salut chinois devant ma glace, pensant donner par là une idée avantageuse de mon savoir-vivre à un homme avec lequel je tenais beaucoup à entretenir d'agréables relations.

Chung-tso n'était pas chez lui; je laissai la lettre de M. Thomas Harrisson et ma carte, sur laquelle j'écrivis au crayon que je reviendrais un peu plus tard.

En effet, dans l'après-dînée, je suis retourné chez l'ami de M. Thomas Harrisson. On m'a conduit dans une chambre assez petite, meublée fort simplement, où l'on voyait beaucoup de livres rangés dans des casiers. Les murs où étaient suspendus des rouleaux de soie de couleurs vives, ornés de peintures d'une finesse extrême ou couverts de caractères qui retraçaient sans doute quelques-unes des plus belles maximes de la philosophie chinoise, m'ont fait songer au cabinet de travail de Mlle Chân, dans le roman des *Deux jeunes filles lettrées*.

J'attendais depuis une ou deux minutes, lorsque la portière du côté opposé à celui par lequel j'étais entré s'est soulevée, et un gros homme à la figure riante et spirituelle, fort simplement et fort proprement vêtu, a paru sur le seuil de la chambre : c'était le maître de la maison. Chose singulière et dont j'ai été frappé dès le premier moment, Chung-tso ressemble prodigieusement à M. Harrisson : mêmes petits yeux gris, même regard vif et intelligent, même bouche aux lèvres bien dessinées, d'où il semble ne pouvoir s'échapper que des paroles gracieuses et bienveillantes; même embonpoint, même âge : Chung-tso est un Thomas Harrisson chinois, et Thomas Harrisson est un Chung-tso anglais. On comprend facilement que ces deux hommes ont dû éprouver l'un pour l'autre une instinctive sympathie. J'avais à peine eu le temps de faire gravement un pas en avant et de me préparer à exécuter, selon toutes les règles du cérémonial, le plus respectueux des *tchin-tchin*, que Chung-tso était près de moi, me serrait les mains avec une effusion véritable et me disait en anglais, avec un léger accent chinois qui n'avait rien de choquant: « Que l'ami de mon ami soit le bienvenu dans ma maison; le jour où je le reçois dans ma maison est un jour béni. »

Rue du Nord, à Canton. — D'après un croquis de M. V. Léonard.

1858 年，法国画报 *L' Illustration, journal universel* 铜版画页面刊出广东景观，中间条幅描绘的是大清国各地百姓的形象。

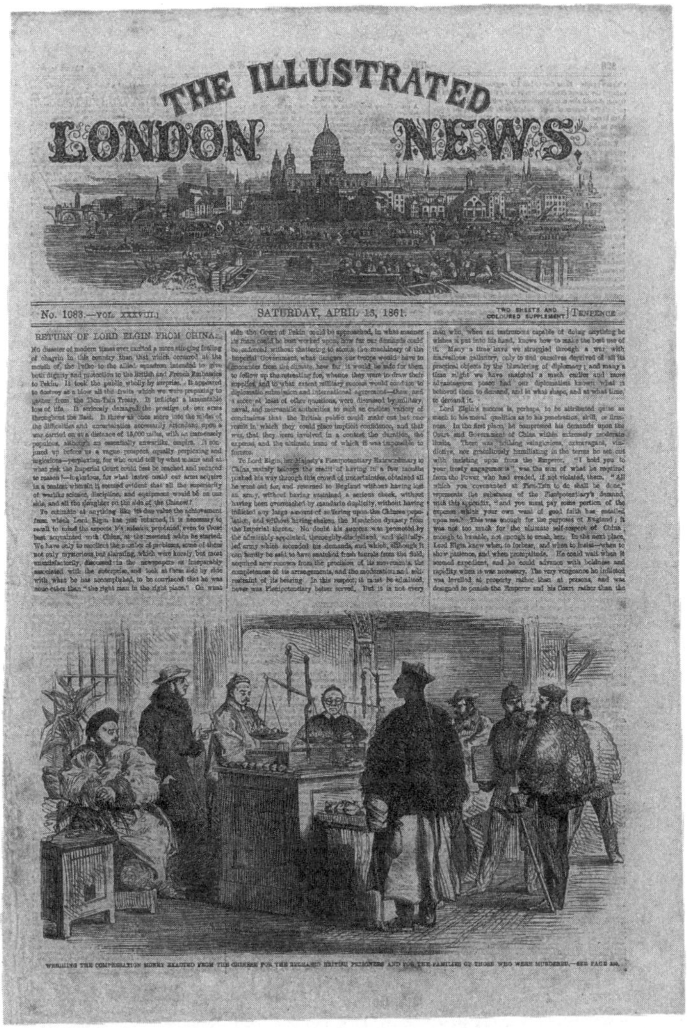
THE ILLUSTRATED LONDON NEWS

No. 1083.—VOL. XXXVIII.] SATURDAY, APRIL 13, 1861. TWO SHEETS AND COLOURED SUPPLEMENT } TENPENCE

RETURN OF LORD ELGIN FROM CHINA.

1861 年，英国画报 *The Illustated London New* 铜版画页面刊出英法联军战役后，中国人正核算银两，准备支付战争赔偿金。

1900年，法国画报 *Le Petit Journal* 增刊彩色石印画，描绘庚子事变期间山东拳民攻击教堂、杀戮传教士与当地教民的情状。

Le Petit Journal

Le Petit Journal
CHAQUE JOUR 5 CENTIMES
Le Supplément illustré
CHAQUE SEMAINE 5 CENTIMES

SUPPLÉMENT ILLUSTRÉ
Huit pages : CINQ centimes

ABONNEMENTS

Douzième année — DIMANCHE 20 JANVIER 1901 — Numéro 531

ÉVÉNEMENTS DE CHINE
Exécution à Pao-Tin-Fou

1901 年，法国画报 *Le Petit Journal* 彩色石印画描绘义和团失败后，清廷在联军监督下处斩首犯的情状，北京沦为大刑场。

Les Russes défendant une barricade attaquée par les Boxers. — Voir l'article, page 268.

PÉKING. — La revanche du siège des légations : les ministres de France et d'Espagne sur le trône du Fils du Ciel pendant une visite du Palais Impérial. — Phot. du méd.-major J. Matignon. (Voir l'art. p. 291.)

上图：1900年，法国画报 *L′ Illustration* 刊出版画，描绘八国联军进攻京城，与清军和拳民展开巷战的情状。下图：庚子事变，法国与西班牙军官长驱直入紫禁城，登上金銮殿。

1900年，法国画报*Le Petit Journal*增刊彩色石印画，描绘列强首脑分割中国：我们可以辨认出英国女王维多利亚、德国皇帝威廉二世、俄皇尼古拉二世，以及代表日本的武士；尼古拉二世背后的女人，则可能代表法国。此画当年在西方世界大量传播，原件弥足珍贵。

上图：毛泽东，1893—1976，毕生历经清朝末年、中华民国，并“亲手缔造中华人民共和国”。下图：董其昌，1555—1636，毕生历经明世宗（嘉靖）、穆宗（隆庆）、神宗（万历）、光宗（泰昌）、熹宗（天启）、思宗（崇祯）。

从毛泽东到董其昌

2008年7月27日香港书展讲演

大家好：

我不是作家，想半天，还是谈我学画的来路。可是在一个文学讲座系列中谈绘画，很滑稽，我只好拉了毛主席和董其昌陪我——昨天几位记者问我：这讲题什么意思？为什么是"从毛泽东到董其昌"？

今年是我学画油画四十年。四十年前，1968年，"文革"发生的第三年，我十四五岁，刚进初中，跟随美术老师章明炎到处画毛主席像，在校园、里弄、工厂、农村，总共画了一百多幅。艺术学院的学生是画石膏素描学习西洋画，我，还有许多"文革"中热爱画画的青年，学油画是从毛主席像开始的。三十年后，我在纽约写生静物。什么静物？就是画册和书籍。有西洋绘画的画册，有中国绘画的画册，画册上印着委拉斯开兹或者董其昌的画。从那以后，直到现在，我大概"写生"过三十多幅董其昌的画面，当然，还有其他宋元明清中国山水画经典。

所以我的讲题是老实交代，不是故作惊奇。如果今年画笔扔掉，不画画，我这四十年干的勾当，就是从毛泽东那张脸，一路画到董其昌的山水画。但我没有足够的聪明想出这个题目，还是老实

注　2008年7月，应香港书市邀请作演讲，此文据演讲修改而成。

交代：这是抄西洋人的现成题目，改了改。

1976年，“文革”结束了，洋人开始进入中国。有位美国小提琴家伊萨克·斯特恩来北京，和中央音乐学院的中国孩子交流。他很惊讶中国有良好的西洋古典音乐技术训练，回去后推出一部纪录片，轰动西方，叫作《从毛泽东到莫扎特》。多好的题目！毛泽东代表红色中国，莫扎特呢，代表欧洲音乐。那年月，西方人对中国长期不了解，一看这题目，就会认同：谁不知道毛泽东？谁不知道莫扎特？可是一位中南海的雄主和萨尔茨堡的天才，什么关系呢？诸位有兴趣，找来那部电影看看：有关系，很有意思的关系。中国，从1949年到“文革”，曾经禁止了几乎一切艺术，可是莫扎特的曲子仍然在演奏。今天，几个人乐意读毛泽东的书？可是全世界倾听莫扎特，还会继续听。

我所以将这现成的题目改个名字，换成董其昌。

毛泽东，生在19世纪，清末光绪年间，后来成为盖世无双的革命家、军事家和新中国的缔造者；董其昌，生在16世纪，晚明嘉靖年间，文人画家，当过官，松江一带大地主。毛泽东的革命是将孔夫子到董其昌们的一切，统统扫荡，他们两人要是活在同代，董不是毛的对手，革命群众会狠狠批斗董其昌，或者打死他，庄园全没收。不过毛泽东欢喜书法，两人要是认识，弄得好，可能老董会给请到中南海谈谈书法，毛放他一马，给个闲差，“养起来，做反面教材”。

许多年过去了，毛泽东的市面越来越冷清，董其昌的市面越来越火了：清末民初新文化运动起来，他和清的王时敏、王原祁等“四王”被激烈批判，1949年后直到“文革”结束，没画册，没画展，几乎被遗忘。可是八十年代迄今，先是中国学者研究他，出版专著，开研讨会，出好画集，九十年代又有纽约大都会美术馆隆重举办回顾展“董其昌和他的时代”。早先，他的大量作品不仅早已被欧美日本和中国的博物馆收藏，近十年更不断出现在拍卖行。2005年秋天澳门博物馆举办大型董其昌特展，题目叫作“南宗北斗”，我特意去澳门看了两天，看得我魂灵出窍，在几套山水册页前，我欢喜得简直生气，气得胃也痛起来。

现在董与毛忽然发生关系了：因为我的缘故。怎么回事呢？我得向大家交代：在画毛主席像之后，画董其昌画册之前，我画了些什么。简单说，从十四岁到二十五岁上美院，我画的连环画、宣传画、插图、油画创作，全是政治教条，譬如画知青向党表忠心，画老红军甘祖昌，画阶级教育图和计划生育图之类。1976年第一次去西藏，我还画了藏人为毛主席逝世而哭泣的《泪水洒满丰收田》，获得肯定，算是成名作，但主题仍然根据“形势需要”，属于政治宣传。直到1980年，我第一次画出了自己想画的画，就是《西藏组画》。后来，在纽约，在九十年代，我画了大型并置创作，还有书籍画册的静物写生。

总之，过去四十年我的绘画生涯，借用昨天哈金先生讲演的命题，是持续面对“个人与国家”的关系：前阶段，国家决定个人画什么，怎么画；后阶段，自己决定画什么，怎么画——大家知道，“文革”时期弄创作，没选择，没商量，一律政治宣传，我的“文革”创作没有个人经验，只有国家经验，而国家经验，就是党的意志……这不是我个人的状况，而是全体艺术家的状况。

在我两次去西藏之间，相隔四年，这四年，我越过了建国三十年的文艺教条，以自己的喜好，开始表达个人经验。《西藏组画》可以说是国家命题到个人命题的转换。现在想来，《西藏组画》凭的是直觉、本能，并没有清晰的个人意识、自由意识。八十年代我们这代人弄创作都是靠青春、靠勇气，对世界一无所知。可是出了国，没有人处处管你，一切自己做主，这时，昨天哈金先生说的问题出现了：忽然获得自由，很可怕，很难办。至少在我，是巨大的失落——你自由了，但自由对你意味着什么？你拿这份自由怎么办？在纽约，你什么都能做，什么都能看到，但你怎样使这些资源变成你的作品？变成你的自由？

这种反差很严峻。“文革”时我们都在挣扎，讨那么一点小自由、小突破，在小小的对抗中获得创作张力。譬如《泪水洒满丰收田》，我并未画出毛主席，而是一张张哭泣的脸，以哭泣毛主席作理由，摆脱“文革”绘画假大空教条，追求俄罗斯绘画的真实感和悲剧感。到纽约后，你自由了，可是失去对抗，失去张力，甚至失去支点。什么支点呢？就是你在中国的心理资源创作资源，没有了。你画什么？你想表达什么？画现实，你的“现实”在中国，你改路子，譬如抽象画或者任何后现代艺术的玩意儿，可是这一切花招的背景不是你的。哈金的写作生涯始于美国，他没有过去的负担；我的绘画生涯始于中国，这种生涯虽然获得成功，但在另一个国家，等于零。

这时，“个人和国家”的命题变了，不是紧张、对抗，也不是平等、和谐，而是，我暂时失去和国家的“关系”：我所在的国家不是我的国家。

不是我的国家，没关系，美国成千上万艺术家都不是美国人，但来自欧洲的艺术家和美国人分享一个文化资源，譬如基督教，譬如文艺复兴，譬如启蒙运动的价值观，以及种种现代理念。即便来自印度或日本的艺术家，也能和美国人分享同样的民主文化，懂得面对个人经验，调理个人自由。我呢？我这代人与中国古典传统处于深刻的断层，此前我的生存经验和创作资源只是1949年后的政治文化，那是我们厌恶对抗的经验，但它已塑造了我们。不是吗，整个中国可以告别“文革”，告别毛泽东，可是难以摆脱毛文化的巨大遗产。简单地说，我来到纽约，除了两箱子行李，此外就是带着“毛泽东”。

然而谢天谢地，美国完整保留着一个前毛泽东时代的中国，学界称之为“文化中国”。在这个“中国”，准确地说，是在美国的美术馆，我遭遇了自先秦直到晚清的大量中国文艺，遭遇了董其昌。慢慢地，我的记忆越过了毛泽东，与毛之前的中国传统，接续了。

今天在这里不方便介绍我的第二阶段创作，大致说来，九十年代迄今我的大型并置和画册静物系列，都和历史记忆有关，即便是关于“文革”、关于毛的记忆，也被织入中国历史大记忆，进入我的画面：它强烈暗示政治主题，但不是政治教条；它选择历史符号，但那是我的选择；它再度回到国家命题，但不是被迫，而是自己的立场。目前大家能够看到的只是我的静物系列，画着一本一本画册，似乎与政治毫无关系，但有位学者居然说，这些静物画传达的是“文化乡愁”。如果我同意这种说法，如果“文化乡愁”可以是形容词，那么，董其昌在他的时代也同样表达文化乡愁：隋唐五代，宋人元人，就是他的文化乡愁。你看他的笔墨和题识，五代的荆、关、董、巨，北宋的刘、李、马、夏，元代的黄公望、倪瓒、吴镇、王蒙，反复出现在董其昌的美学意识与历史对话中。全世界可能没有一个国家一个文明的绘画，像中国人这样迷恋于前朝前代的脉迹，沉溺于古人的美学言说中，而董其昌是其中最突出最完满的范例。

“文革”中毛泽东有一句名言，就是无产阶级和资产阶级在“争夺下一代”。现在大家看到：我的青年时代被毛泽东扣留，画他的脸，画他的革命，画他治下的新中国，一直画到他被上帝扣留，被上帝争夺了去，或者，照共产党人的说法，他见马克思去了。到了

上图：《泪水洒满丰收田》，画于1976年10月。下图：
《华主席与西藏各族人民在一起》，画于1976年11月。

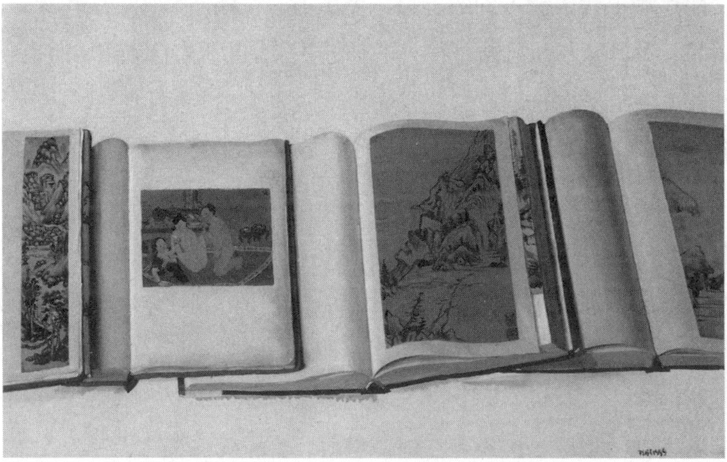

上图：《董其昌与春宫》，画于1999年6月。下图：《董其昌与春宫》，画于1999年7月——老天爷！我自己都难以相信这四幅画出于同一作者。

1993年，毛泽东诞生一百年，我在国外媒体又看到无比熟悉的毛泽东的镜头。为了纪念我们的被扣留，纪念那张脸，我在1996年前后画了一组毛泽东肖像系列，从他青年直到老年的模样，各种表情，取名《毛润之》，这套画的收藏者，就在香港。

这是不是一个扣留的过程？争夺的过程？或者换句话说，这种自我寻找自我归属的过程，在我这儿，在我的绘画中，董其昌赢了，毛泽东输了。董其昌生前，自愿归属五代的荆关董巨，元代的黄倪吴王……现在，我跨越了毛泽东，自愿归入董其昌的阵营。

不过这寻找归属的过程，出现两个意外。一个巨大"意外"属于大批中国人，并发生在中国：中国的千年文化在二十世纪初发生断层，现在全中国以国学热等等方式，试图弥合断层，这是五四新文化运动那代人想不到的。另一个小小的"意外"发生在我身上，就是，我追寻董其昌的过程，并不在中国，也不来自中国，而是在纽约：我在纽约的美术馆遭遇董其昌，我开始描绘董其昌，是在纽约的画室中。

有趣的是，当我画毛泽东指令的一切时，毛主席活着，知道所有艺术家被他扣押，做着他想要大家做的事；而我画着董其昌的画册，董其昌一点不知道，正像董其昌为他之前数百年的古典画家当"公共秘书"和"集体代言人"时，五代的荆关董巨、北宋的刘李马夏、元代的黄倪吴王，也一点不知道——大家想想看：毛主席在他活着时，也只有在他活着时，才能统治文化、控制艺术，他死去了，他的扣留与控制迅速失效。九十年代以来，他的脸仍旧经常出现在当代画家的画布上，但不再是以他指令的方式，而是以每个艺术家自己的方式，或者说，以他最不高兴看见的西洋人的方式，即"政治波普"之类。大家再想想看：从五代荆关董巨到明末的董其昌，将近六百年；从董其昌到我，又将近六百年，加起来，总共一千两百多年。一千两百多年来，从来没有人向这些画家呼喊万岁，从来没有人被迫对他们效忠，他们本人，恐怕也没想到自己的作品天长地久，影响后来人。他们一个接一个死掉了，可是活着的人，譬如我，一个毛泽东的孩子，仍然不由自主地挣脱毛泽东的摇篮，出去寻找他们，追摹他们，以西方的油画颜料描绘他们的山水画。

这一切说明什么呢？我猜，现在大家一定明白，并且同意，我的讲题为什么叫作“从毛泽东到董其昌”。

2008 年 7 月 27 日

上图：鸟巢地下室庞大的演员和化装人群。中图：完成面部化装的“汉儒”集体候场。下图：全副装扮的“汉儒”群集结入口处，准备上场。

百年苦难的补偿

6月，奥运会开幕式表演团队移进鸟巢，日夜操练。却说7月底8月初三场大彩排，虽非正式演出，但总算在数万观众面前亮相了。此前我已看过多次演练，这三场彩排就跟着记者在后台混。

午后一点左右，逾万演职人员开始陆续进入鸟巢庞大的地下室。男演员几乎全是大兵，女演员选自军区或地方文工团，他们据不同角色群散在指定点化装。古代造型分量吃重，两千多名击缶汉、八百多名船桨手，面妆尚称简单，近两千名汉儒唐女的浓妆和头饰，可就麻烦了，平均一位演员由两位化装师伺候，再加上另几场戏的数千名演员，真是人声鼎沸，望不到边。我猜，连资深导演也未必见过这等壮观的化装场面。

四点多钟，面部化装大致就绪，只见唐女们耸着高高的发髻，插满银簪金饰，穿着T恤、衬衣、牛仔裤、花裙子、球鞋皮鞋舞鞋拖鞋，满场走动，携手聊天，或成片坐开，歪斜瞌睡。儒生们的头顶则竖一先秦士子的笔直头饰，我叫不出名目，因是壮丁，成排坐着，不许动，唯游目四望走来走去的俏宫女。那二十几位将要吊上半空的敦煌飞天女浑身环绕精细的电线，像要执行爆破；数百名古

注　这篇文字发表于2008年8月《南方周末》“奥运会开幕式专题”，题目被改为《那一刻，人人都是李宁》。部分文字被删除，现为全文。该文发表当天，几位青年便在网上痛骂本人，指为招安之举，无耻之尤。

上图："唐女"们在鸟巢一层回廊列队，再次复习舞姿。中图："汉儒"手持《论语》竹简，群相走向入口处集结。下图：这群女孩最是辛苦——现在她们进入鸟巢参与文艺表演最后一场，此后近两个多钟头必须驻守场地，跳动挥手，保持欢笑，伺候漫长的运动员入场仪式，全过程不能喝水，不能上厕所。

船桨手活脱衙役，仿佛将去捕人；最可怜几百位活动字模的演员早在一楼大环廊集结，各自守在两尺宽窄的模具里，不得动弹，露个脑袋四处张望——观众席看去，演员们齐整鲜亮花团锦簇，好精神，就近看他们浓眉厚妆油汗淋淋，十九是农村的孩子脸。饰演要角儿的职业演员自然标致而娇贵，另有隔间给他们细细慢慢地弄，我每从门口过，惊鸿一瞥。

六点种光景，全场轰然骚动，起立排队，分片领取戏服。没待看得仔细，周围已挤满古装人群，数千幅宽大的裙衣下摆彼此拂动阻碍，响成一片，只听男女领队高声吆喝着，他们排着队从各个出口涌向一层。一层，是鸟巢巨大的环型回廊，原已摆满各场戏目的大小道具，这时各区小门源源走出千百名演员，铺排蔓延，顷刻营营嗡嗡像个大蜂房——秦兵黑色，汉儒灰色，唐女分金黄与红绿三色，桨手蓝色，少数民族和儿童演员五颜六色，太极拳手和终场迎宾的男女少年一律白色。不少洋演员混杂其间，有肥壮的英国风笛手，有半裸体涂上油彩装扮野人的北欧汉子，有西班牙和南美的盛装舞者……后来我才看见下半场数千名演员都在鸟巢外露天候场，一楼早已站满了。

近七点，从东南西北四个入口向体育场内望望，夏夜黄昏，倾斜高耸的观众席已然密密麻麻，人声如潮。小时候看戏，进场的一瞬最是惊动，但哪里见过这等大场面，此刻演员行将出场，我参与开幕式策划的初衷与私念，便是等这观望古人的一刻。

我何以这般好古？所有古装都为今人改良，伪汉服、伪唐装、伪敦煌，但眼看一群群宽袍大袖及地长裙的男女迎面走来——聊天、打哈欠、弄手机——我的眼睛愿意相信他们是千百年前的祖先。当年汉高祖唐太宗登基、上朝、出巡，便是成百上千的官兵与宫女逶迤列队，如我眼前这般。现在他们散开、聚合，忽然群相坐

宫女们在地下室经过将近六个钟头的化装和等待，上到一层回廊，再集结候场一小时，然后上场演出“礼乐”部分的五分钟舞蹈，始可退场卸装。

凑近看，宫女们十之八九都是小孩子。整个排练与开幕式期间，她们无法观看自己的演出。开幕式翌日，即集体整装离开北京。

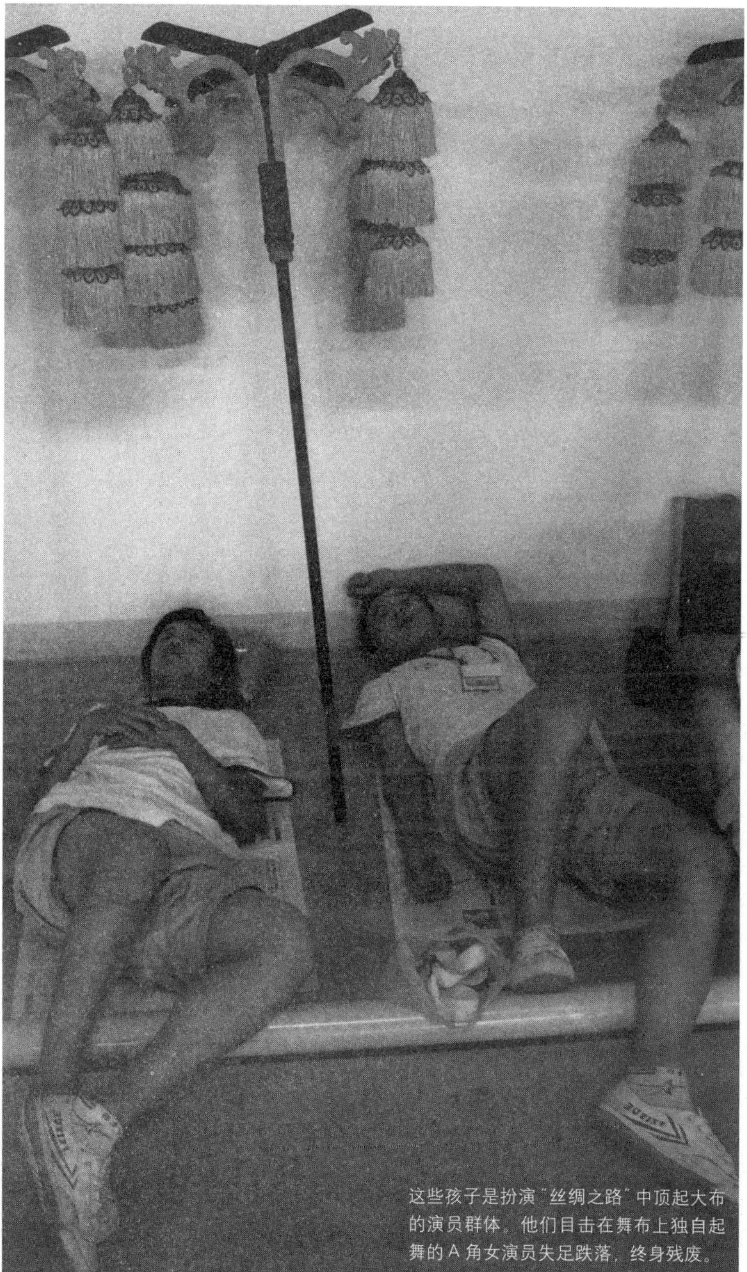

这些孩子是扮演"丝绸之路"中顶起大布的演员群体。他们目击在舞布上独自起舞的A角女演员失足跌落，终身残废。

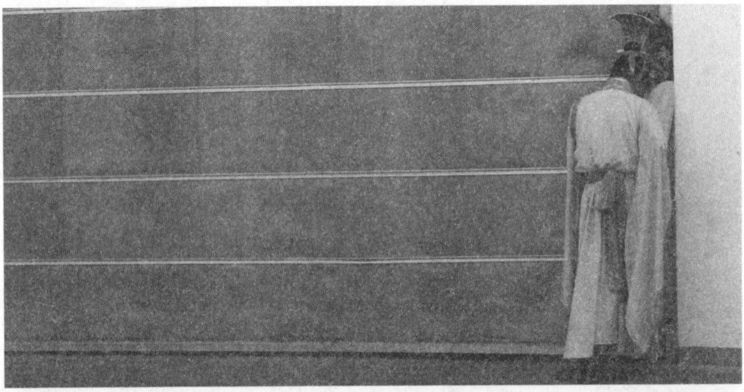

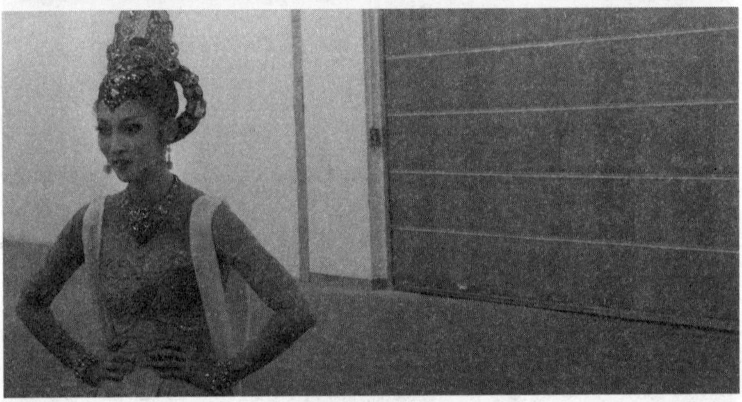

上图：扮演“礼乐”的男演员临阵磨练。中图：扮演丝路女神的B角女演员在正式演出前不到十余日，受命上场。下图：沿墙休息的小宫女。

上图：庞大的击缶阵容在东入口集结候场。中图：环伺红地毯的礼仪姑娘们盛装等候出场。下图：国旗手集结。

下，一簇簇巨大的裙裾如花绽开，间中缀满浓妆的孩子脸和乌黑高耸的发髻，颤颤微微。宫廷画师顾恺之和顾闳中日日亲见宫中仕女，而后下笔描摹，现在我举着数码相机，只顾仓皇拍摄，这梦游古代的机缘，就是三场大彩排。

开演了。通道口工作人员火急火燎大忙起来：上一场临近结束时刻，下一场演员阵容早已趁灯光转换瞬间，鱼贯进入，迅速到位，全场大亮时，忽已布列成阵，手舞足蹈了，数万观众自然是继续赏看，不知下场的演员们在东南西北口简直如决堤洪水般汹涌而出，一通过狭窄的出口即拔腿飞跑，让道给密匝匝挤挤挨挨即将登场的另一拨演员……汉儒和唐女们下场后纷纷撩起闷热的古装，边跑边脱，露出裙下的球鞋皮鞋舞鞋拖鞋，负责推送巨型彩柱的红衣相公们立刻脱去沉重的头饰，露出孩子兵的乱发，如释重负开颜憨笑，同时，最后入场的愈千名白衣女孩从不知哪里忽然现身，两人一排，望不到尽头，白花花一片步入鸟巢——当这壮观的奔忙一一行进时，场内音乐激昂汹涌，被海涛般的惊呼和掌声再三打断。临近尾声，回廊的许多区域已经空旷无人，唯剩下三步一岗的小武警笔直挺立，地下室里，想必数千下场的演员已在集体卸装。

从中午到现在，这些从各地招募的逾万名演员苦等七八小时，上场舞弄不过四五分钟，便即仓皇退场。击缶演员训练了整整十五个月，唐女汉儒也集结至少半年。这些孩子既不能亲见整场开幕式，8号当晚又无缘看电视转播，一位大连小姑娘眉间描着唐代的梅花印，平静地说：9号一早我们就上车回去了。烦吗，我问，她像孩子般点头笑道：烦！

近十点，为避开散场人流，我们提前离开。一出鸟巢，更是人山人海，紧挨着每条街口的每一道警戒线后，是满满当当老百姓的脸，有限爆发的焰火刹那间照亮他们，又复昏暗，但群众仍然惊呼

7月底进入密集彩排期，成千上万的首都居民每天晚上在鸟巢外整夜守候观望。

哗笑，高举手机拍摄，毫无希望地希望着，巴望下一柱焰火。他们被隔开得那么远，几乎听不到场内震耳的音乐，可是显然站了整夜，来自全城、全国的四面八方。回望鸟巢，我想起小时候上海人民广场入夏支起杂技团大帐篷，买不起票，也不知到哪里买，但孩子们必定扯着爹妈，走去远远看看，也开心发狂。

开幕式轰然闹过了。我想不到自己会介入这场大游戏，不然，会多一位冷然嘲骂的角色吗？我对任何竞赛没有感应，从不看体育节目，现在被要求陈述感受，写什么呢？

团队的老少成员均已相熟，赞美他们，可能与赞美开幕式是一回事。非公开排练时，我即一扫纸上谈兵阶段的疑虑，认定这会是一场壮观的演出，但回想年来无数次会议，当初一筹莫展时遭遇的所有创作疑难，仍然有待清理，然而很难表达——我虽在局内，时常置身事外地看，事不关己地想。

雅典的开幕式，休想超越，也难借鉴，希腊太优越。她是奥运会母国，这母国早古的所有造型符号，以新世纪的新美学与新技术作一番演绎，自必气势堂堂而顺理成章。此外，和就近数届各国奥运会开幕式比较，我相信，现在，张艺谋与他的团队自有说法——我已看到他们会怎样抑制兴奋，竭力谦虚——不过，一年多前大家为开幕式美学苦苦寻觅时，可不是这样。

而希腊的辉煌仅在纪元前，中国的历史的罕见，是在连贯。这连贯的历史交给世界各国首席天才去处理，怕也抱头鼠窜。从先秦到汉魏隋唐以至宋元明清，五十分钟歌舞一路叙述，谁愿夸口担当？何况此番是历史课必须演成开幕式，而开幕式不是历史课。

历史篇幅的删削整和，好几个月，众人已脱一层皮。场面、招数、表演、节奏、意象、风格……在哪里？面对滔滔高见，张艺谋总说：现在不是在讨论美学。他叠起一脑门子皱纹敲着桌子：“干货！你给我干货！”众皆默然。所谓“干货”，就是你满口道理、主意再绝，你得可实行。即便可实行，上下场能否衔接？工程技术是否允许？操作时出现伤亡谁来负责？无数国内外大型表演用过没有？大量绝佳先例又怎样套用过来？陈义太高妙，百姓看不明白。效果太通俗，文化人便来讪笑。内容稍出格，和上面怎样周旋？花招不够新，何必辛苦一场？我原是资深单干，又常开口叫骂，此番大型集体创作，这才承认自以为是的指斥或献策，其实多么轻易而轻佻。

忽然老张跳起来。每当他有一主意，总是起身绕桌来回暴走，同时叫道：“我先瞎说，先瞎说——这一段能不能这样……”于是如此这般，可是还没落座他就意态决绝地说：不行——他想起上一场的某个环节？想起别家早已使过的相似花招？或者，想起他自己备受指责的大片？

这时我打开手机念几则有色短信：哄堂大笑。蔡国强与舞蹈家沈玮常在国外，不熟悉这类本土的刻薄幽默，他们反应太慢，或凑过身要我再念一遍，张艺谋笑是笑了，也竟听不很懂，他也大讲笑话，但常在吃饭时间，且从不注意盘中什么菜：他除了工作就是工作，我现在有点明白——对不起，老张——巩大小姐为什么忍痛离开。

然而大彩排前全体团队临阵受命，张艺谋的最后发言很简单：没时间自作聪明了。安全！现在安全就是顺利，顺利就是胜利。

是的，此刻或许可以略约说起在民主时代已告失败失效的美学。两三位太庞大的名字，不必提了，但里芬施塔尔的《意志的胜利》，至今并未因第三帝国的罪恶与失败而完全消失，她的游魂，仍然有效。其前因，是瓦格纳与贝多芬，前因的前因——包括整个好莱坞早期大片的美学，包括前卫实验时期的苏维埃——则来自同样的源头，即罗

上图：1959年建国十周年国庆大型团体操。吴印咸摄。 下图：朝鲜五十五周年大庆的团体操表演。老六摄。这类超规模团体操的美学源头，是德意志的第三帝国，当然，还有苏联。

KATO
中信建设国华公

左右图：2007年春，开幕式团队首次进入鸟巢，感受现场的巨大空间。
当时画轴方案已定，挖掘机正在破土挖掘场地中央的狭长大坑。

北京城建港源张昌平青年突击队

2008 年初，狭长地坑及地下结构大致成形。

同时，凡已定案的节目在郊外场地日夜排练。上图：参与下半场演出的部分士兵演员。中、下图：击缶演员排练最早、熟练度最高。

上图：鸟巢全部工程逼近奥运会倒计时尾端。下图：2008 年 6 月，全体剧组终于进入鸟巢，实地排练，各组节目的千百名演职人员为了妥善利用场地，出入场时间紧密衔接，通宵达旦。

马帝国。历经二十世纪的冷战与后冷战，这种美学与政权的覆亡同归于尽，但在别的区域，仅以美学论，它仍不失为动因与资源。

张艺谋与他的同事们可能完全不存以上念头。中国总是另一场域，另一种不成其形态的形态。华夏的传统美学在上世纪初即告作废，在新中国更是无所作为。过去半个世纪，我们的所有文艺与表演跟的是苏联。近三十年，苏联模式被成功摆脱，今时朝鲜的大型广场团体操虽则仍会勾起六十年代的宏大记忆，但在本届开幕式议题中绝对是避之唯恐不及的笑谈。但我曾试图提醒他们：倘若作为不带贬褒的词语，并仅限于文艺，极权主义美学绝对是人类意志与想象难以抑制的表达，尤其当这种表达诉诸大型广场与超级盛典。意大利未来派的宣言——"个人"在这宣言中只是蚂蚁——并不知道会给日后的墨索里尼带来启示；而一士谔谔者如尼采，真的要对德意志命运负责吗？他为一匹被凌辱的马痛哭、疯狂，而他毕生迷恋并为之震撼的经验，未必是希腊悲剧或狂欢的酒神，而是步兵队严整划一的操练。

我想说什么呢？我确定张艺谋和他的同事们同样不存以上念想。过去二十个月，我目击全体成员义无反顾的热忱与激情（在眼下全社会的伪消费伪现代妄想中，这种短暂凝聚的集体默契真是久违了）与苏联、美国、德意志或意大利毫无关涉，除了意志（假如这可以被称作意志的话）。当今中国人的这种意志，我要说，只有一个深刻的理由，深刻到我们既不自觉也不肯承认，即百年的自卑——自卑，是无比巨大的能量。什么是民族主义？以赛亚·伯林的定义，即渴望得到承认。渴望得到承认，即渴望竭尽全力竭尽所能的表达，最佳表达，现在可以说，不是政治，不是经济，而是被远远低估，甚至被长期蔑视而反复狎弄的文艺。我不认为承办奥运会是彻底洗刷自卑的机缘，但奥运会有开幕式，开幕式必须交给文艺。当音乐舞蹈史诗《东方红》在四十多年前成为党政历史的超级自我表达，今天，则不论制作者与亿万观众是否有所意识，开幕式试图在世界面前一举清除全民族的自卑。

是这样吗？迄今，一位美国女撰稿人的话我以为最是恳切。她写道："北京奥运会是对中国百年苦难的补偿。"其实，中国早已在奥运会和各种体育赛事中出尽风头（真抱歉，我对此毫无感念），这补偿的药引与真正的快感，无疑，是开幕式。

女儿近时在东京工作，日本人重播三次北京开幕式。电话里我问她怎样，她说好。为什么好？女儿以为这是中国第一次向全世界放肆展示自己的文化与历史，如我听到所有外国人的简洁评价："非常中国"。我问她观看时什么感觉，她说"又感动，又难过"。感动，因为她和所有当代中国青年一样，在汉儒唐女的超级阵营中确认了自己来自这样的祖先，并知道全世界全程观看；难过，因她接受的历史教育和在中国的亲历，告诉她这一切的背后，什么曾经发生，仍在发生。

最后是李宁。他飞升起来，万众瞩目，在鸟巢大碗边奋力奔跑。和其他奥运会相比，这一点火的构想变得很难评价，它超越绝招，甚至超越了象征。我盯着他整个身体与手势以几乎不可能的方式，努力伸向前面，伸向前面，一跨一跨地跑，忽然发现此刻中国人全都是李宁。这一念不是象征，而是实情：我非要到达那里，非要做成这件事，尤其是，非要让全世界停下来当面看我做成这件事，像中国人常说的那样："我拼了！"我瞧着他，甚至不感动，只是被惊呆，直到火焰点燃，我不再惊讶，那就像所有奥运会火炬被点燃时一样。

我可能没说清楚。至少，开幕式小组的全体人员过去几年全是李宁：拼了！没有选择，没有退路，我们无论如何必须到达那里，时间是2008年8月8日，地点是北四环的大鸟巢。

2008年8月11号

我至今仍会将随处可见的“保安”误认作警察，这幅可爱的照片居然摄于“保安寺街”——伟大的奥运会期间，我相信，全北京顶顶要紧的不是运动与狂欢，而是：保安！王文澜摄。

“一个原则，各自表达”

你对开幕式总体印象怎样？

陈：我容易被庞大的场面吸引。拿破仑说“大就是美”。开幕式的定义大概就是持续制造惊讶。我避开8号开幕式，但前面三场彩排都去了，在后台瞎转，听场上几万人一阵一阵惊呼。

我以为长轴画卷是你的主意。

陈：不，完全不是。去年元月我给叫去开幕式团队，画卷方案早在2006年就定了。说来有意思，张艺谋坚持反对过多影像，说不能让大家来看电影；我却不主张在体育场凸现绘画的美学。整场表演从画轴展开、变化，是有新意，但我很难摆脱对画轴的传统想象。进鸟巢后我第一次看到大画轴，忽然发现另一种效果出现了：那不再是“长轴画”，而是巨大的电子设施和钢铁装置，椭圆形体育场中间需要刚硬的直线，给出均衡、张力。现在这个装置“表意”画轴，画轴又“表意”中国历史斯文的一脉，“斯文的中国”此前从未被大规模表现过。它出现在影视和舞台会廉价，却适宜平面广

注　发表于2008年8月《南方周末》，题目被改为《大就是美》。

场。开幕式是广场表演，全程暴露，电影靠剪辑，开幕式自始至终众目睽睽，上万人进场、退场、调度，本身就是效果。画轴使广场出现另一个空间，兼具“能指”和“所指”，它“指”的是“历史”，同时又成为聚散的形式与框架。

你是怎么介入到开幕式来的？

陈：2006年秋，已经正式介入团队的蔡国强从纽约来电话，说是和张艺谋讲好要我过去帮忙。我跟他见过两面，不熟，也不认识张艺谋。我犹豫了几个月，那时刚退出清华，不愿进体制。可是你瞧，我接受一件事常常因为“人”的诚意：当初进清华是袁运甫几位老师，这回是蔡和张。2006年底张艺谋秘书来电话约我面谈，我开始好奇，想看看这么大的演出怎么弄出来，可是一坐下开会就发现走不了了。其实我有点小孩心理，期待有一天混进去看看几百人穿唐装汉装是什么景象，过了二十个月，我终于看到了。

你在这个庞大的工程里起的什么作用呢？

陈：几乎没起作用。我不是做这一行的。他们可能需要圈外人给些闲话吧。前期大半年昏天黑地聊，很快我就喜欢这个团队，在清华你根本干不成事，在开幕式中心则实打实干活。我帮的小忙是他们七嘴八舌谈想法，我随时画，画在当场可以擦掉的板上：场面、角度、阵营、方位、造型，随画随改，大概画了几百，抹了几百，后来他们说可惜了，买了大纸给我画，现在留不少草图。我原先没想到我能做这件事，副导演陈维亚也很能画几笔。

你负责哪方面的工作？

陈：前半年分在导演组痛聊，后来帮影像组做点判断。帮人做事要服从，我的老板是组长杨庆生，很忠厚的一个人，他的老板是张艺谋。目前演出中我的唯一可见的"劣迹"就是"礼乐"那场戏在画轴LED滚动的古代画卷——唐宋元明清各一幅，《簪花仕女图》、《清明上河图》，《卤薄图》等等——手卷画面在滚动中一会儿就滚完了，我做了些小手脚，裁减拼贴，让画面永远滚不完的样子，又看不出画面给篡改。这属于雕虫小技，后来被采纳了。等我看到在现场给LED放大数千倍，好壮观，经典真了不起，经得起切割，经得起无限放大。我谢谢在电脑上为我做三维的小伙子，他准确理解并实现了我的阴谋。

导演组除了你之外，还有哪些人？

陈：副导演张继钢、陈维亚管无数摊子又吃重又麻烦的事，张艺谋总导演，脸都熬绿了。两位重量级军师，樊跃、王潮歌，专门在杭州和桂林做大型空间演出，经验多，和张艺谋搭档，出不少要命的点子。创意组的蔡国强，美术组的陈岩、韩立勋，音乐组陈其钢，舞蹈组一大拨人，我特别佩服灯光组组长沙晓岚，这家伙熟知超高技术的照明效果，他的看家本事要到进鸟巢才使得上劲。他们全都熬得脸绿，半夜三更灯火辉煌，痛聊，后期忙成一团。年轻帮手几百人，满屋子电脑。

除了画轴图像，你在导演组具体还做过哪些事？

陈：我是个清客，参与这种超大型集体创作，不能任意跨行、越权、自作聪明。无效琐事我做了一些，但每个人都有无数方案被推翻。我的极小极小的作用可能是坦率反对某些设想，有那么几次被接纳，但具体内容忘了。这么大的创作，你分不清，也不该计较谁做了什么。

在后期影像组里，你做了什么？

陈：表演全过程随时需要影像陪衬，又不能喧宾夺主。目前败笔之一是影像，中国人玩影像还不行。大家很尊重我的意见，但大部分未被采纳，这种项目不是争论美学的场所，我不会试图说服别人。影像组经常很无奈，三维影像都交给外面公司做，有技术，没感觉，长期僵化美术教育的硬伤处处体现，回馈上来，水准不一，常常变成风马牛。除了"礼乐"部分影像，其他我都不知道谁做的，因为牵涉好多不同公司。我经常离开，出差出国，回来一看，都做好了。

彩排和今天播出的之间，仍然有调整吗？

陈：进入鸟巢后也有无数调整，记不清了。今天看到的只是最后确定版本。譬如"礼乐"那排柱子，起先是居中双排，后来一排靠边，上个月又改回居中双排。

在开幕式上，领导参与意见的多不多？

陈：两次，一次是去年初春，中南海的人听方案，提意见。一次是今年7月16日，来看彩排。意见不少，提了就得改。譬如现在导引运动员进场女孩的服装，端庄，东方，但总像宾馆礼仪小姐。前面的设计很前卫，裙摆翘到后面，一颠一晃的，非常英俊摩登，可是没通过，半个月内全改掉。应该坚持的。

新闻报道上说你负责的是艺术督导和画作的选择。

陈：是吗？艺术督导？完全谈不上。我常会唱反调，但和在清华一样，我没有决定权。演艺项目我是外行，并不期望被采纳，也不在乎被否决。蔡国强曾有整场戏被砍掉，连两位副导演的意见十之七八也不被采纳，张艺谋更是枪毙了不知道多少他自己的决定。至于画作选择，我会拿出画册给些建议，但百分之九十没被采纳。遗憾太多了，看最后彩排的影像，我心想要是用哪幅画，又怎样用法，该多好啊。现在的影像廉价粗糙，幸好表演部分强，无伤大局。

讲讲在选择、淘汰的过程中，你自己经历的几件事。

陈：每场戏都放弃无数方案。单是“礼乐”那场，目前看到的大柱子之前，是实景造个宫殿从坑里升起来，再之前是个复杂的排比式的宫殿剪影，再之前是阶梯式装置，再之前我都忘了。每个方案至少讨论一两个月，无数草图，包括演员怎样上场，舞阵怎样摆……太多了，讲不过来，我被擦掉的那些草图记录了前期过程。还有“夸父追日”那场，直到上个月才被剪掉，因为六十来岁的看客看不懂，你想想，炎黄子孙不知道夸父追日？！我不在点火部门，那是更核心的秘密小组，8号我从电视看着李宁被圆形的追光照亮，顽强地跑啊跑，忽然看见了“夸父追日”的意象——但这是我猜想，核心小组未必是这意思吧。

韩寒博客说，晚会前半部分还不错，后半部分就变成春晚的感觉了。

陈：你说下半场怎么弄？革命？现在回避都来不及。建设？难道表现青藏铁路？三峡工程？卫星上天？改革开放？百年来中国一切新玩意儿全是西方的。所以下半场能够图个热闹、气氛，譬如电子团体操之类。最后的大地球是英国人马克设计的，必须有个世界意象，娱乐性质，拉斯维加斯那类的，然后大团圆，此外你说还能怎样？

广场表演不是历史课。古代部分弄成这样浓缩，也好不容易。谁都可以插嘴，谁都一堆高见，可要变成表演，变成场面，你怎么弄？张艺谋面对一万个反对意见或聪明想法，只要他问：你说怎么办？对方就闷了。他自己许多方案一实施，效果不对，立刻否决。

你和张艺谋有直接交谈吗？

陈：他坐在桌子对面，不停不停说话。他就一老知青，工作狂，很熟悉的类型。我喜欢做事情的人。我们趣味观点不同，你知道我向来批评第五代电影，但他比电视上采访时聪明得多，而且异常顽强，逼近开幕一团乱麻，他沉得住气。每天多少方案琐事要他审核、签字、定夺，他脑袋里始终一部戏。他不摆谱，彩排时进鸟巢和所有人一样排队，安检当然认出是他，但他乖乖举起双手给人上下前后瞎摸……其他成员也都有种，我看见死命干活的都很认同。有个小插曲：去年某天正开会，日本影帝高仓健忽然很害羞地站在门口，原来他特意重金打造一对日本古剑远道来送给艺谋，保佑他开幕式平安成功。宝剑匣现在还搁在会议室墙上。

有个遗憾：我进入团队后发现年龄偏大，我希望能有七零后、八零后参加，他们会有意外的妄想、活力，但不可能。当年左翼弄电影弄话剧，解放后弄音乐舞蹈史诗《东方红》，很多年轻人。样板戏里三十岁左右的骨干非常多，于会泳、殷承宗就是当时的"七零后"。国外专门弄开幕式的公司也来过，插不上嘴，但成员多有年轻人。希腊开幕式的创意骨干才三十出头，我在厕所遇见他，我说你真年轻，他一愣，说：我是很年轻啊！

这是一个巨大的艺术工程，可谓各种力量妥协导致的一个产物。是不是这样？

陈：整个一大军团，你到后台看看，就是调度战役。纸上谈兵的阶段也有好几层楼的人，颁发聘书时坐一礼堂，还不包括外国人。

看开幕式的观众是两类：一个是现场观众，另一个是电视机前的观众。你们在设计时会不会考虑到两种观众的需求？

陈：从一开始张艺谋就扯着喉咙强调现场和电视效果必须兼顾。这次转播委托欧洲公司做，大失策。此前张艺谋派了二十几台机器，每次彩排录下，回去狠狠地看。他平时滑稽好玩，干起活来脸上恶狠狠的。

在大型的文艺演出中，再多艺术家的参与，并不能带来节目的丰富性和多元化。

陈：不可能。第一，集体创作不是求丰富，而是求协调，目前协调做到了。第二，你不能指望“多元化”，开幕式浓缩了我们整个文化形态。这是个准官方政治项目，不可能超越，能将现有形态发挥到最佳，就是万幸。这不是美国人或法国人的一场戏——今天《泰晤士报》尚且说，中国开幕式很好，对英国下一届开幕式是挑战——中国人要超越的是《东方红》，是样板戏，是革命团体操，是春晚。对张艺谋来说，是超越自己，超越四年前的八分钟。他率先趟地雷，拍大片，一片笑骂，可是这回老百姓还会笑骂吗？目前满意率超出预想，没有炸锅臭骂，过去两年小组里谁都不敢奢望是这结果啊。

美中不足的是，这是一种中国文化、中国精神的体现，但是它怎么跟奥运精神去发生联系？

陈：除了希腊，所有国家举办奥运会开幕式都是麻烦。亚洲人尤其麻烦。日本弄点扇子，韩国人弄点击鼓，印度人弄什么呢？中国人念念《论语》。是的，和体育毫无关系，可是开幕式本该“一个原则，各自表达”，本来就是一狂欢嘛，全场一惊一乍就是大功告成。每次运动员进场我就感动：人类不闹了，暂时不提飞弹原子弹，各色人等疯了似的集体暴走，无缘无故傻笑、挥手、做怪脸、抖几下子，此外你说说看，奥运精神是什么？

参与这个工作，对你的艺术创作有什么启发吗？

陈：我满足了孩子式的愿望，亲眼看到超大型节目怎样做出来。我相信张艺谋和所有主创者都是第一次做这样疯狂的事情，该去问问他们。我因此认识了一堆弄演艺的家伙，瞧他们拼精力，我再次确认最省心最自私的勾当，就是一个人躲屋里画画。

2008 年 8 月 14 日

一位女生仰面倒向同学臂膀的一瞬。王文泉摄于 2007 年。

伟大的体育运动不在奥运会、不在北京、不在鸟巢，而在这四幅照片中。感谢摄影者王文澜、王文泉、王文扬兄弟！这些照片使我开怀大笑，肃然起敬！

1761年正月，乾隆帝在紫光阁为平定边患的功臣设宴庆贺，并举行大型滑冰表演。此图局部取自姚文翰所绘《紫光阁赐宴图卷》。下图：清制，每年冬季于"太液池"（今北京南海、北海、中海）表演"冰嬉"，表演者选自八旗将士和内务府上三旗官兵之"善走冰"者，逾千人集中训练，冬至一过，正式比赛，同时向朝廷圣上与文武百官献艺。此图局部取自金昆、程志道、福隆安所绘《冰嬉图卷》。

中国符号与中国文化

奥运会结束了。本次开幕式获得国内大部分观众肯定，国外舆论更是高度评价。在这些热情之后，我们是否对开幕式美学作一番清理，检视文艺创作乃至整体的文化问题。对此你能否进一步展开谈谈？

陈：奥运会开幕式是“一次性”演出专项，创作资源博杂，显示机会稀少，四年轮一次，随不同国家有所变化。在欧美，供宗教与节庆的大型广场表演，包括拉斯维加斯专事制造梦幻与惊奇的超级制作，持续创发积累了大量艺术和技术成果，这样的制作公司全世界才几家，他们的创意会被某国开幕式酌情借鉴，有时得到惊人发挥。但你不可能将奥运会开幕式表演全球巡回，演过了就演过了。通常的演艺项目有固定场域、长期演出系统和深厚社会基础，而开幕式不是“可持续发展”模式，它被限定在体育场。总之，一次性。

庞大的开幕式表演超出任何演出所能网罗的观众量，对它的评价自然取决于大多数，少数意见难以奏效。本次奥运会开幕式，在下面，在网络，多有批评，尤其是文化人。我相信创意人员也有许

注　这篇访谈发表于2008年8月底《南方周末》，被删除三分之一，现为全文。

许多多遗憾，明白有哪些瑕疵，但目前大范围的失望与负面评价没有出现——本来完全可能出现的——低调地说，北京开幕式被最多数量的观众接受了，接下来的问题是：它将带来什么？它是中国可见的已知的文艺资源的总和吗？它会是一个良性的，甚至令人振奋的信号吗？

我会审慎看待。开幕式的驱动力、凝聚力和超常发挥，是一次性的。从主题看，不会出现别的理由再次调动同样的表演：今后还有哪场演出有必要叙述五千年文明，并给予世界性意图吗？不可能了。除非再办一次北京奥运。反正这事过去了，一切又会返回它发生之前的状态。我看不出此后中国的演艺会有决定性改变或飞跃。

张艺谋这次运用了大量中国元素和中国概念，他的运用和表达是否好？好在哪里？今后的文艺创作是否能够从中有所启示、借鉴？

陈：任何一个导演接手，哪怕外国公司，都会绞尽脑汁运用所谓中国的元素和概念。不可能有别的方向或选择。区别只在如何运用，效果如何。目前不论批评与赞美怎么说法，它已不可比较——谁能同时另排一台同样的大戏让我们比较选择呢？不可能。

这事与张艺谋的关系是双重的。开幕式是他个人事业的顶端，而他八十年代即以“中国元素”获取声誉。另外，如前所说，这也是他的“一次性”，是“老革命遇到新问题”，他能调动的现成经验其实有限。一方面，虽然他的大片备受批评，但假如他没有几部大片的经验，直接介入开幕式是不可想象的；另一面，大片经验绝不顺理成章“等于”开幕式：我目击他千方百计回避他在大片中用过的手段，他非常清楚广场表演是另一回事。很多相当好的构想被他断然放弃。譬如他善于调动大场面，但并未滥用红色；他能驾驭千百古装演员，但这次服装总设计是日本人，就我所知，他介入意见甚少；另外，开幕式起先不是击缶，而是击鼓，被他否决了，说是有他早期电影的西北风调；他的大片故事即便再糟，毕竟有叙述框架，由他自己支配，但这类经验不可能用于开幕式的世界性人文要求和歌舞叙述，可用的只是他对大型项目的控制力和承受力，创意等等必须从零做起。所以他能调动的只有大片经验，又必须和自己的过去隔绝。我几次对他说：你这哪里是在创作，你是要发明啊。

当然，全场表演有他的强烈印迹：北方、男性、强悍，他爱说什么“浪漫梦幻”之类，用词不当。画轴定位是斯文的，主题歌、童声唱《我爱祖国》、孩子笑脸之类，打的是软性牌，但全部演出的风神与基调是意志的、猛烈的、强势的，不然那几下软笔触根本撑不住。

我不在乎所谓“中国概念”，也不确定什么叫作“中国元素”。素材、符号，无关成功失败，还看谁在用、怎么用。《花木兰》和《功夫熊猫》，准中国故事中国元素，可那是百分之百的美国动画片。希腊开幕式请张艺谋弄，他堆满古希腊符号，还是会“很中国”，一看就是老谋子。反过来，斯皮尔伯格拍《红楼梦》，肯定弄成好莱坞。

其实这次中国符号能够奏效，全靠西方演艺概念，譬如开始的“画卷”是舞者上去就地涂抹，古典中国哪有这样满地打滚的舞蹈？那是沈玮在纽约大获成功的西洋现代舞。缶阵、《论语》方阵，还有许多队列变化，全是西洋大型表演手段，西洋人也是从西方军事布阵中演化而来。你看古典长卷画，汉唐明清皇家仪式不是这样的队列阵营。至于大量高科技更是准西方产品，譬如画轴的LED，譬如整个灯光系统和照明美学，全是最摩登的西方夜总会

上图：明（佚名）《宣宗行乐图》之“击鞠图”，描绘皇帝朱瞻基观赏“击鞠”，即骑手在马上持棍击球的运动。下图：《宣宗行乐图》之“垂丸图”。此时皇帝本人入场玩弄。此画显示的种种细节，均与元人《丸经》所述相吻合，类似运动直可上溯宋唐的记载。

和演唱会手段。

所以命题可能正相反：是哪些西方概念和西方元素能够使中国符号得以奏效?

但我暂时看不出开幕式对今后其他演艺会构成怎样本质的建设性的影响。今后的景观设计或春晚舞台，可能会有个把活儿给人瞧着说：啊！还不是从开幕式抄来的。但这种影响是枝节性的，开幕式是一整体，一次性弄过，就弄过了。

我倒是恐怕会对外国有点暧昧的影响。这回，全世界完整观摩了一次中国文明总演义，人家没有禁忌，广收并蓄的能量太大了，不是有文章说《功夫熊猫》比中国人还了解中国文化吗？中国人自己却弄不出来，根本没那根筋。单说服装设计，欧美人用东方的、中国的元素，花招奇出，妙不可言，你瞧中国自己的时装设计，那份不伦不类，那份土啊，“土”绝不是“中国”。张艺谋早先的花招也还是将本土符号尽可能西化，电影根本就是西洋文艺的“利器”。你要知道，纯正的中国货是昆曲、京剧、秦腔之类，这些土产能在西方引来好奇，但不可能被广泛接受的。

你认为还有哪些中国文化更能代表中国，而没有出现的?

陈：这就是上面谈到的问题：“中国”符号太多太多了，难题是怎样给它西化，给它一道所谓世界性现代性的视觉听觉洗礼，这是中国艺术家的普遍困境，同时也是机遇。你想，假如将中国上古的巫艺术、汉唐盛世歌舞、晚期的阴柔精致与文人气，以及大红大绿大吹大擂的民间艺术等等全部堆上开幕式，别说“世界”，连亿万炎黄子孙也看不懂，不要看。这次许多人嫌《论语》的咏唱听不清楚，当然，古人不是这么念《论语》，几乎跟念经一样，受得了吗？郭文井必须将吟诵“音乐化”，音乐又必须带出舞动的节点，不然上千人在体育场念经？就算句句清楚，等于“文革”时群众集体背诵毛语录，观众愿意听吗？毛语录尚且要谱成歌曲呢。

国力上升，文化影响力也在上升，奥运会开幕式成为全球聚焦点。这些年，政府力推的孔子学院，大学力推的国学，民间的汉服、读经，中国传统文化大有复苏之势。根据你的观察，这些年的中国文化、中国符号或中国元素，在全球范围发生了哪些变化和影响？

陈：政府力推的“孔子学院”属于国家主义外交宣传，不是你指望的“中国文化”，民间的种种瞎闹不可能发生影响，更别说影响世界。你真的以为“中国传统文化”在微波炉里“热”那么一“热”，端出来，就有“复苏之势”吗？奥运会开幕式的巨大影响根本不是因为“中国”，而是因为“奥运会”——没有奥运会，哪来开幕式？如果我们自己排这么一场超级表演，全世界会有四十亿观众等着守着看吗——我强调“一次性”，就是这意思啊。

文化是国家的灯塔。中国文化的原创力并不出色。本国电影多数不好看，或根本看不到，电视节目没有读书栏目，戏剧不精彩，图书多不足观，报纸文化版面成为稀缺产品。总之，今日中国不是文化大国，文化名人追逐着新闻热点而非真问题，新晋的年轻人则热衷于成名和投机。问题多多的大学也没有为中国文化的未来提供希望和清晰的愿景。这种中国当代文化究竟有没有创造力？

陈：我认为有创造力——这种创造力的伟大功能是成功泯灭

人的创造力，使文化教育等等成为纯行政机构，供养无数饭碗。在中国，国家才是文化的“灯塔”，文化人可别弄错。

文化不是经济的花瓶，而是国家精神之根。没有杰出的文化产品，公众会失去精神方向。古代中国人在优美醇厚的文章中得到慰藉，观照人生的至善至美，今天人们难以得到相应的体验。我们正面临一个来自世界的问题：今日中国人将成为没有文化和信念的地球寄生者吗？

陈：中国已经成功证明一个“没有杰出的文化产品”、“失去精神方向”的民族，照样可以致富，可以崛起，可以在“地球”上大大方方满满当当“寄生”着，而拼命想做生意的洋人们，不请自来——这真的是一个“来自世界的问题”。

能否完成从“Made in China”到“Cultured in China”的转型，恢复明朝以前中国文化对世界文明的影响力？请你谈谈自己的判断。

陈：奥运会比赛项目哪几项是“中国创造”？几乎没有。眼下还添了一项蹦床，中国发明的吗？不是。可是男女蹦床都是中国拿金牌——明朝以前的“中国文化”哪有蹦床啊。

从“Made in China”到“Cultured in China”，这命题，还是想做老大，还是没摆脱自卑。自卑，会影响对人家对自己的种种判断。要使文化影响力恢复到“明朝以前”，前提是世界得退回到十四世纪，远的不说，明太祖起事时，欧洲还在中世纪尾端，发明印刷术的谷腾堡过半个世纪左右才生出来——可能吗？历史不是可以回放的录音带录像带。我们强大过，有过影响力，如今不那么强大，不再有影响力，先接受并承认这一点，则可能还会强大，还有点影响力。

但是文化与国力未必是一回事，目前总是拿国力（其实是经济成就）和文化混为一谈。文化的伟大与困境，就在文化不是比赛，不是输赢。目前全世界瞧着中国的经济成就，目瞪口呆，“明清之前”的中国不曾获取类似的注目。至于文艺，固然令人沮丧，但假如“中国文化的影响力”指的是本届北京奥运会的全程操作，我会警告自己：成功换取世界高度关注的事物，也是“中国文化”。不是吗？这种“中国文化”将鸟巢的设计项目拱手交给外国人去做，它不惜大规模停顿日常生活，几乎以一座空城留给奥运会，它向天空施放逾千枚弹药驱散雨云，它成功排除任何杂音，让人群按照它所希望的方式欢呼喧嚣。

是的。这强势文化是在利用，并从骨子里蔑视你所说的“文化”，但以“文化”一词的涵义，它也是，而且绝对是不折不扣的“当代中国文化”。

2008年8月28日写在北京

中央美院建院九十周年发言

各位老师好！同学好！

中央美院真是高寿：明年是五四运动九十周年，中央美院今年就先过九十岁生日了。九十年前的故事，无从谈起，今天在座资格最老的校友应该是北平艺专大学生，我们的回忆，可以从他们开始。

六十年前，1948年，艺专学生侯一民有一天爬在果树上玩，徐悲鸿先生走过，就在树下和他说话。徐先生当时不知道，这个小伙子是中共北平艺专地下党头目，徐先生也不知道，第二年北平解放，他这所学校将命名为“中央美术学院”。

五十年前，1958年，马可西莫夫培训班的学生都已光荣毕业，意气风发，成为新中国第一代油画家，日后就是我们的老师。几年前蔡国强收藏的马可西莫夫绘画展在美院展出，称这位老同志是“中国美术史伟大的苏联画家”。

四十年前，1968年，“文革”运动席卷中国，中央美院内，徐悲鸿先生的同辈，几乎全被打倒，马克西莫夫的徒弟，几乎全部靠边，教学中止了，学生造反，老师下乡。

三十年前，1978年，“文革”结束两年，恢复高考，我和许多幸运儿来到中央美院，在考场的一次临时接见中，我看到了许多仰

注　2008年10月18日中央美院举办建院九十周年庆典，我以校友身份被邀请作此发言。

慕已久的老前辈，他们在“文革”中被摧残、被耽误，我至今记得老人们走进房间打量我们这些后生的目光。

二十年前，1988年，“八五现代艺术运动”已经发生，下一年，“八九现代艺术大展”开幕。我相信，在那一年前后，中央美院数十年教学创作的大传统、大美学，遭遇空前的挑战和契机，现代艺术，第一次以无可估量的可能性，进入中央美院的教学视野。

十年前，1998年，中央美院已经被迫离开王府井老校址，进入备感挫折、沮丧和困扰的酒仙桥“二厂时期”。除了“文革”横祸，我们不记得美院经历过这样的低潮。那年的八十校庆仍在老美院旧址举行，然而U字楼的所有教室早已贴上封条了。

十年后，今天，此刻，大家理所当然在这里，在花家地新中央美院举行九十周年校庆。关于老美院的回忆即便仍然充满情感和情绪，但不再像十年前那样折磨大家。我们有理由说，中央美院早已从那场噩梦中醒来，接受了自己的命运。现在，假如有一种力量能使诸位师生收拾铺盖搬回老美院，大家愿意吗？

我无法预见中央美院的2018年、2028年、2038年……但大家看见，过去九十年，中央美院子孙满堂。我听说，最近，在全国一份在校生对本校满意度的大型调查中，中央美院领先全国数百家大专院校，位居第一名。是什么原因使中央美院获得历届徒子徒孙的敬爱？我不是能够给予回答的合适人选，因为中央美院之所以是中央美院，靠的是好几代老师和学生。我谨在母校九十大寿时，感念最老最老的老前辈蔡元培先生和徐悲鸿院长，他们是开山开路的先驱。我们也感念共和国历史风雨中为学校心力交瘁的历任院长——其中我有幸面识而被关爱的，是江丰先生、吴作人先生、侯一民先生，还有靳尚谊先生——这份差事的为难超出我们的想象。我想借此机会对新世纪接掌新美院的潘公凯先生表示敬意，大家都清楚，一位外校的来者并不仅仅接掌了一所学院，而是承受一段骄傲的历史，同时，还要为这份世代的骄傲持续提供新的机会，不消说，这是多么为难的一份苦差事。

当然，我们都会感念六十年来中央美院几代好老师，我没有荣幸见过刘开渠、李可染、董希文等等老前辈，但我们很幸运：过去半世纪享誉全国的不少老教授，今天仍然和大家坐在一起为美院祝寿。看到他们，请原谅我公布我的伤感：论集体人格与丰厚的资望，今天乃至今后的教育界，可能很难很难再遇见这样的老教授了。

今天是美院大喜的日子，不能有煞风景的话，所以最后，我想说，是一代一代拼命来到美院的大学生，使美院柳暗花明、益寿延年。大家想想看，再过九十年，美院一百八十岁，很老很老了，可是只要中央美院不换招牌不改名，只要热爱艺术的年轻人仍然一拨一拨拼命挤进来，我相信，一百八十岁的中央美院，会比现在更年轻。

中央美院生日快乐！

2008年10月18日

附注：

关于侯先生上果树一节，是我八十年代在美院就学时侯先生告诉我们的故事。讲演后，侯先生笑着补正了我的记忆错误：到果树下与他说话的是徐先生世交，民国时代著名的“交际大王”黄警顽先生，黄先生通知侯先生，说因他当时煽动的集体“罢考”，徐先生准备将他开除，事后徐先生见侯先生本人的考试成绩极佳——那是关于马匹解剖的素描——于是欣然放弃开除的决定。如今想来，这个小故事实在是当年院长与学生、学术与考试、规则与人性等诸般关系的美谈，这种美谈，在今天的教育中绝对不可能了。

王府井校尉胡同五号，中央美院原址。晚清时为兵营，抗战期间日本人辟为小学，胜利后，1946年徐悲鸿出掌北平艺专，据说由他老朋友李宗仁拨与这块校舍，随即建立美术界著名的U字楼画室群。留法雕塑家滑田友教授根据巴黎天窗画室规范，严格设计，迄今全国所有天窗画室，无出其右者。1950年易名为"中央美术学院"，毛泽东手书校名。1995年，当局以改造王府井为由，软硬兼施，遂使中央美院从市中心被迫迁出经营半世纪的老校区，原地拆毁，据说将起建干部疗养院——巴黎、彼得堡、佛罗伦萨、纽约的古董级美术学院，均在名城心脏区域，历史悠久，地位崇高，斯文不绝，安然至今，岂有移动之理。今观诸国中无数公然的强权掠夺，美院之被驱逐，小焉者也。图为建院九十周年大展中的老美院招牌，招牌旁贴着一幅昔年学生在老校址门口的欢乐合影。

本人，1970年3月摄于上海人民广场。一个月后即离开上海，奔赴“广阔天地”了。

幸亏年轻

回想七十年代

1976年秋初，我以知青身份有幸被西藏自治区“美术摄影办公室”——“文革”期间各省唯一的美术机构——借去画画，同行者另有南京艺术学院陈德曦老师和王孟奇。9月1日到拉萨，我们落宿幸福东路12号二楼，短暂的高原适应后，天天散在街头画速写。

9月9日午后，我们正收拾画具，负责安排活动的“美影办”主任屠思华上楼进屋，并不看着我们，说：“这样子，下午不出去了。四点钟电台有重要广播。”旋即离开。

我们各自坐下，忽然好安静。那么，是毛主席死了。

活在1976年的人明白那是怎样一种感觉，那是怎样的一年。元月周恩来殁，仲夏是朱德的死，“人心惶惶”，不准确，那年，人心是在默然等待，暗暗地猜……拉萨阳光猛烈，我记得屋里的静，三个人刻意扯些别的话题，闪避目光，不敢对视，抑制嘴角的痉挛，只怕猝不及防，笑出来——**“那一瞬间，他没有能够使他的脸色适应于他的过失……他的面孔完全不由自主地突然浮现了他那素常的，因而是痴愚的微笑。”**《安娜·卡列尼娜》的开篇这样描写奥布隆斯基偷情后被妻子发现的一瞬。**不合时宜的表情！**“文革”翌年家

注　文学期刊《今天》稿约，与另五十多位同代人的回顾文章先后发表，今已集结成书，香港牛津大学出版社出版。现部分文字删除。

里接到一封报丧的信，是父亲有位老同学干校猝死，我先拆看了，递给父亲时，也曾忽然发笑，其时十四岁——1976年我满二十三岁，已知事关重大，然而9月9日下午我们竭力抑制的正是托尔斯泰捕捉的那种笑，虽则理由大异，但何其危险：笑是可怕的证据，门虽关着，三个彼此信赖的人，可是一笑之后怎样收场？说什么？说什么都不宜。

确凿的经验无法确凿描写，我确凿记得那天下午怎样吞咽有罪的笑意，同时心生恐惧。四点钟到了，一遍又一遍的哀乐、回放，那些年城乡遍布高音喇叭。几天后，拉萨广场庞大的葬礼，万人默哀，所有警报汽笛齐声鸣响。今年，汶川地震再度全国举丧，我伫立街头，从风中肃然辨听远近四外的机械哀鸣，想起三十二年前。三十二年后，此刻，我斗胆写出当年的真实，但找不到准确的词。

此后我不再目击千百人颠扑号叫的壮观。葬礼中陆续有人昏倒，被抬出行列。那年10月我画成的大油画便是一组痛哭的脸。这万民痛哭的理由，是大悲痛、大忧患、大解脱，或者，仅只因为恐惧，因恐惧而趁势放声一哭。我确知人民哀伤，我同样确信，那时，许多人，包括中南海诸公，都在暗暗等待终结的一刻，只是没人知道此后中国将会上演什么剧情……当我混在挤挤挨挨的葬礼行列中用力低垂头颅，周围数百人的号哭一阵阵如爆炸般轰鸣，怎么办？那些年我为种种理由感伤泣涕，可现在只剩几个人便轮到我上前鞠躬，眼中还是没有泪，怎么办，我绝非无动于衷，但此刻必须痛哭！疯狂搜索悲酸的记忆，忽然想起“美影办”资料中一幅老照片，是当纳粹占领巴黎，有位街头观看的法国绅士被屈辱扭歪胖脸，老泪溢出……一阵眼热，下颌趁势抽搐，几秒种后，我成功地哭起来。

演员。罗伯特·德·尼罗曾主演一位嗜好歌剧的黑帮教父，他的手下潜入剧场悄声通知：警长已被击杀。正为咏叹调感动而泪流

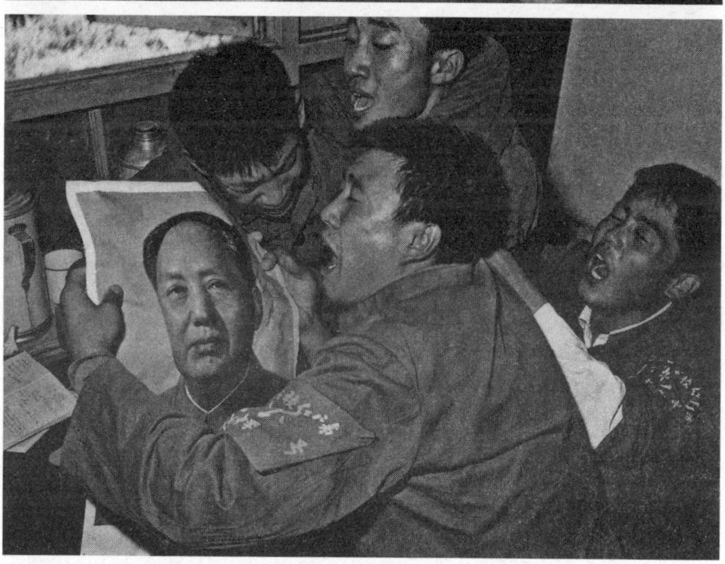

上图：1957年，全国女劳模为毛主席点烟。下图：1976年，沈阳红卫兵捧着毛主席像竞相号哭。蒋少武摄。

满面的德·尼罗在哭的抽搐中，裂嘴笑了，同时继续痛哭。我又曾读到于是之的自白，他说，每当在《茶馆》第三幕规定情境流下泪来，他就心中默念："没演砸、没演砸。"我岂是演员，大葬礼那天的急不择泪绝对不是表演、不是假装，当然，诸位，我也不是真的在哭：哭毛泽东。

这篇文字被指定从1969年到1979年，描述"七十年代"。其实，1976年9月9日之后，在中国，"七十年代"已告终结。此后数年，全国上下的百般骚动不过是为八十年代开始了种种铺垫和预演。

* * *

人忆述三四十年前的往事，其实难。记忆是内心的"视像"，封存无为；回想，则近于"思考"，不安分，试图有为了；一旦转成文字，被人读，就有要人相信的意思了。

我爱读各种回忆文字，然而苛求。历年关于"文革"的回顾，很不少，内容大多指涉党政高层人物，属于六七十年代的政治大事记，其中千般机密，当年牵动亿万人，而亿万人浑然不知——1971年林彪事败，我正从江西回沪，赖着，混着，忽一日，与数百名无业青年被居委会叫到静安区体育馆聆听传达。气氛先已蹊跷，文件又短，念完，静默良久，居委会头目带领鼓掌，全场这才渐次响起由疏而密的集体掌声：勉强、短促，拍了一小会儿就停止了，与"文革"时期动辄爆响的"热烈掌声"完全不同——林副统帅跑了？死了？！那一瞬，没人来得及接受这是可以鼓掌庆贺的事——散场后我们路过街头某处宣传橱窗，群相围看一幅未及撤除的图片：那是江青上一年为林副主席拍摄的彩色照片，罕见地露出副统帅的秃顶，逆光，神情专注，捧着毛选。

那年月没有任何电影海报或商业广告，几乎所有公开的图片都是党政首脑。众人凑近细看，一声不响，然而那一刻人心的幡然突变，尤甚于几年后毛的死亡：毛总会死的，可谁曾想林彪谋乱，且是这种死法。后来内部传阅飞机在蒙古失事的黑白照片，人民赫然目睹副统帅被烧焦的头颅和肉体，形同煤炭——那是林彪在公众记忆中的最后图像。

我是依赖"观看"的动物。记忆随时饥渴，眼睛会自动核查往事的物证：景物，人事，如今七十年代的生活遗迹几乎消逝尽净，到处变样了。标志性宏大建筑如天安门城楼、人民大会堂，都还在，1976年春"四五运动"在这里发生时，"毛主席纪念堂"尚未建成，现在周围新楼阻断了完整的七十年代景观——"祖国大地"也被大肆猥亵、践踏、整容了，除非是我落户的穷乡僻壤，荒山溪流不值钱，总不至拆毁吧。常听说老知青结队回到曾经流放的省区，我知道，非得哪天沿着昔年的山径一程一程走回去，站在山脚、村口，这才可能给我的眼睛找回"七十年代"。

那十年有限的电影、图画，无一给予七十年代的日常真实，直到九十年代初终于看了那部"文革"中被声讨的意大利纪录片《中国》。导演，老共产党员安东尼奥尼2004年被请到中国，重申自己当年的委曲。我也现在明白，为什么西方左翼尊敬欣赏红色中国，可是他们来过，走了，在中国的生存者，是我们——我盯着看，很久难以接受这就是记忆中的七十年代，但每一影像对我说，承认吧，你就在这如蚁的人流中。灰色的人流。到处空旷贫瘠，城市，乡村，因为荒败，居然尚称洁净，简直优美。在北方一座村落中，镜头所及，村民争相走避，同时回看镜头。我找不到词语形容那眼神，因久在国外，九十年代我亦不免习染了他者的目光，凝视这幅员辽阔的前现代国家——我的前半生——片尾，一群乡村小学生在操场上列成方阵玩跑步接力赛，大太阳照着，贫穷而顽强，如我落户的荒山中那些石粒和野果般粗韧。

这一幕，确曾捕捉了整代人的无知与生命力。《中国》是我迄今所见唯一逼真记录七十年代的影像：一位外国人的作品。

七十年代被指令观看的大量官方纪录片，倒也留存部分真实：毛、林、周、江青，红卫兵，批斗会，誓师大会，还有庞大的党代会……影像比文字无情，无情才能真实：年代久远，这些电影不再能够行使党政宣传而俨然转成历史的证据，而时间改变同一影像，改变人。四十多年前瞧着天安门广场千万人仰望领袖，欢呼雀跃——1966年，中国的七十年代其实从那时开始——我们，十几岁的孩子，以为理所当然。如今平静目睹这光天白日的疯狂，我们长大了。人需要年龄。现在我瞧着周恩来的脸，这才读出他的表情，明白他虽笑着，心中何其警策而焦虑。黎明曙色中，当身穿军装的毛泽东被团团簇拥走下金水桥，断然步入沸腾的广场人群，这一刻，镜头摇晃模糊，我也能读到这个曾叫做毛润之的人——仅仅作为一个人——正怀抱心中的绝决，预备挥霍权力，闯开这历史的弥天大祸。

镜头没有偏见，但当年我们读不懂，如同盲人。

印象最深是外事纪录片，那是七十年代绝无仅有目睹外国人的机会。各国首脑照例被周恩来陪伴着进入那间书房，毛靠在他的沙发上，困难地转侧脸面，收蓄口涎。自幼及长，我们年年月月在所有图像中逾万次看这张脸，他是唯一的明星，超级明星——很久以后，我们也才知道扶持他的女子名叫张玉凤——但这类电影一律关闭领袖与宾客的对话，只有配音解说，还有音乐，与七十年代猛烈叫嚣的革命音乐不同，这种配乐亲和、优美，我喜欢听，至今没有

1972年，毛主席在书房会见尼克松。杜修贤摄。

文献告诉我音乐作者是谁。

在电影院的黑暗中，被音乐感动着，安抚着，我总会闪过有罪的一念：还要等多久？

进到那间书房的国家元首都死了：尼克松、布托、金日成、胡志明……布托死于绞刑，齐奥塞斯库被好几条枪扫射毙命，马科斯暗杀政敌后，携夫人流亡夏威夷，客死异邦。那年，八亿人民从电影屏幕目击毛在寓所的过道中与客人拍照时，捉起马科斯夫人的手，俯嘴亲吻。夫人身边的公子典型七十年代西方装扮：蓄长发，穿着腰身紧窄领口夸张的白衬衫，虽然他是亚洲人，但那是我“文革”记忆中与我同龄的外国少年。

* * *

我仍留存着七十年代的中山装，因为件数少，终年穿着，洗到发白。如今男人们学会穿西装了，偶然看见零星来自乡镇的老人、穷汉、乞丐，一身中山装，辗转尘埃，甚至还戴着那时的干部帽，破旧不堪。我曾在哈佛大学听赵元任女儿说，海外华侨最是记得1971年中国首次出席联合国会议，美国电视播出乔冠华率团走下飞机，一律黑色中山装："好精神啊，那真是代表中华人民共和国！"近年，京城好几处豪华餐馆雇来导引宾客车位的英俊青年，寒夜风中，倒是个个穿着笔挺的中山装：那已成了仆役和下人的体面。

除非县干部，七十年代的乡民装束大致仍是民国款式的遗风："文革"初大串联，上海街头走过成群的北方红卫兵，来自鲁、冀、晋、豫，黑粗布棉袄，圆口棉鞋；江南农夫则如鲁迅茅盾小说改编的电影中那样穿着传统短褂，农妇们一身青布衫裤，蓝围裙，入冬，个个裹着绣满彩花的头巾；赣南山民是如清末图画中的耕夫，粗布短打，元宝领、盘扣、窄袖，只是溃烂污浊，不成形状——现在成衣批量倾销，电视中瞧见汶川震区乡下孩子的衣装，个个无异于城里人，而九十年代从江西乡下走出的女孩吕燕，早已被法国人捧为著名时装模特了。

那时的成衣业十分有限，仅在大城市。七十年代上海人的夏装经已流行"的确良"，春秋衣料大致是卡其布与混纺织品，冬衣，则包括棉毛衫、羊毛衫，绒衣出现高领——深秋风寒，在坡地或谷场，农家老少围拢来，显然从未见过细密编织的绒衣，他们轮番抚摸，喃喃地说："多软，多暖和！这么好的东西！"山民们甚至连鞋袜也没有，为了御寒，不过是单衣外再穿一件同样破烂的单衣，拦腰捆着草绳，双手擎一枚小炉，炉中是温热的灰烬。我不记得哪位山民穿过中山装，也不记得在农家见过像样的棉被，多半絮花累累，经年的破烂，不辨颜色。

我所在宁都县是老红区，村中有老农见过项英和瞿秋白。四次反"围剿"战事均在县内的深山老林："林子密得瞧不到天啊，老虎，野猪，”老人们回忆，“大跃进，老树全砍了，现在连个獐子都找不见。”三十年代他们也这般赤贫么？很久后我才读到在苏维埃地区发生什么：数万人被认作“AB团”成员，在我落户的区域丧命。1934年，成千上万赣南红区的壮丁跟随长征，一路死伤——我们从小在电影中看见红军穿着青色的军装，八角帽，多年后在域外发现当年的历史照片，那些活着走到延安的人，挑着铁锅、枪械，一身赣南耕夫的粗布衣。

贫贱、暴力，已成遗传：从三十年代的苏维埃到五十年代土改，再到“文革”事起，除了批斗，游村，便是毒打。村长张万策那张脸，畜生般野蛮而温顺，对我说，“文革”时他被公社派来的土红卫兵吊在屋梁上彻夜痛打，不给吃饭，不给喝水。我们惊讶，贫农干部被吊打？张老叔叫道：“是啊！革命嘛！”随即解开腰上的布条，缠绕双手，作出被吊打的姿势，同时朗声暴笑。

歇晌了，也是万策老叔，重重叹一口气，绽开惨笑，狰狞而善良：“你看，解放前给地主做，三餐干饭，尽吃，现在谁都吃不饱啊！”他环顾村人，快乐地吼道：是不是啊？！

* * *

我在赣南山中的第一年即学会吃辣，剧烈的辣。农忙时节，田间的饭菜是每人带一小瓶炝熟的辣椒，拌着粗盐，连同密集的辣椒籽，狼吞虎咽。知青的农事多是失败的，直到我离开那里，仍然只会栽种空心菜。空心菜不必照看，自会蔓延，肥料是我们自己的尿，提着尿桶在溪边兑了水，然后洒向菜园——不知是为年轻还是饥饿，我们似乎每时每刻低头觅食，仿佛猪狗。赣南沙土适合种植山芋和花生，收获时，每个人掰断连根带泥的果实，大口啃着，生吃，满嘴辛涩的甘甜。邻家的猫被狗咬断一只耳朵，横在墙角，翌日死了。不记得谁剥了皮，由我拎着去小溪冲洗。溪流清澈湍急，一只剥了皮的猫，脑袋、爪子已被斩去……忽然我撒手，眼瞧血肉模糊的小兽尸出没清波，漂浮着，旋即被飞速奔临的草狗叼上溪岸，迟来的群狗，一拥而上。

仲夏抢收与冬末春节，一年两次，村民得以饱餐。呜呼！我至今不再尝到那来自泥土的鲜美：新割的稻米、池里的活鱼、才从菜园割取的菜蔬——洗过，碧青，热锅水沸，炉膛山柴爆响，烈焰熊熊——还有，清晨宰杀的猪！那猪，没命嘶叫，我亲眼瞧着几条壮汉怎样拦截，怎样对准喉头一刀刺入、退出，鲜血如注。当全猪被滚水冲刷过，昂然倒挂，庖丁解牛也便如此吧：屠夫，一位沉默的中年人，温柔体贴，只轻轻一刀，缓缓顺下来，晶莹热烫的心、肝、腰、肠，蒙着如炊烟般青蓝的透明的膜，成堆坠落。当着围观的男女老少，屠夫于是一刀一刀分解、取出，秤和案板，就在边上。

我至今记得那位分肉的老汉，简直勃鲁盖尔画中的角色，当他咧开溃烂的大嘴，像是盛怒咆哮，也像大笑。他四顾众人，并不看着案板，一刀切下去，四两、半斤，从不出错。昔年他是彪悍的土匪，当村人谈起土匪，莫不神旺。临村另一位壮汉的父亲，小地主，红军撤走，他成了寻仇的人。村民在七十年代仍然啧啧惊叹他的体魄和技巧：怎样喝退左右，徒手杀猪，徒手杀人，那办法，是握紧仇家的双腿，高高拎起，使对方倒悬的脑袋对准山石，频频顿挫，连连撞击，直到死。

他的儿子三十多岁了，没人愿意嫁给他，因他的父亲是被枪毙的反革命。他常在山腰发呆，女人走过他便解开裤裆，远远笑着，笑意粗野而妩媚，活像周润发。

在七十年代的幸福记忆中，我看见自己混入上海小菜场排队行列，春节前夕，彻夜守候。天没亮，每个菜场布满黑压压骚动嘈杂的市民，曙色初露，人声鼎沸。排队！那是六七十年代的终年记忆。春节前知青大抵回城，无业，无事，我在队伍中享受无比的温馨，傍晚菜市加班销售，拉出电线，点亮灯，尤其动人。我愿几小时排队，寻看路过的漂亮女孩，欣然绝望，默认自己是户口迁出上海的人。

一年一度，家家户户会在春节领到特许的食品票证，人群盯着菜场案板冰冻的整猪、鸡鸭、黄鱼、乌贼……开秤了，队伍纠结形同暴动：鸡鸭总有大小，每户一份，没选择，凶悍的男女奋勇抢夺，声嘶力竭：“我操你的老娘啊、操你阿妹！”同一句咒骂，强者声色俱厉，失败者叫来是悠扬婉转，仿佛哭丧……花生、蜜饯、瓜子、黄澄澄的豆芽，件件是一年分配一次，我记得豆芽每人半斤，四分钱。自领到票证，家人无数次从抽屉深处取出，清点，商量，然后深藏，当轮到付钱的一刻，四分钱票据被一把撕去——再等明年。

食品以不可思议的方式被暗中买卖。人民不远千里万里捎带腊肉、咸鱼、菜干、糖果和各种土产，火车上，被绑缚的公鸡忽然在人堆里啼叫司晨……我转去江苏插队后，每次回沪背几十斤大米，因江苏不限制糙米大米的购粮比例，而上海限制。到七十年代，城市居民常年使用食品副食品票证已历二十年，亲友赠送粮油票，等于钞票——顺便一说，除了特权阶层，七十年代全中国没有富人。有限的工薪差异不是如今的贫富差别：六十年代末“文革”事起，全国资本家除了招致迫害的阶级标签，家产资产一律被没收冻结了。

亿万农民无票无证，口粮仍被严格限定。虽然史书记载历朝历代的灾荒饥馑，口粮限制仍是千年未有的记忆。我每月口粮二十九斤，当被省出版社借去画政治宣传画，必须暂借粮票，然后择时坐

中南山区打谷的农人。南怀谦摄于20世纪初——这种古老的打谷方式，可从汉代画像砖画印证。我在赣南时以同样的工具和方式打谷，仲夏酷暑，稻田里飞溅浓郁呛人的水腥与谷香。

长途车一整天回县城，再翻山越岭走到本村，以稻谷称满数月的口粮。粮库的大锁被锒铛打开，我记得会计的手与秤砣怎样颤抖，记得村里派送的挑夫，我跟在后面，到得公社，眼看那份谷子流泄无声，没入公社粮站的巨大谷堆。挑夫的酬劳是一块钱，农民难见现钞，欢喜接过，浑身大汗陪我到粮管所转换粮票，清点后仔细端详，递给我。我给他叫一斤米饭、一盘猪血、一碗菠菜猪肝汤——顷刻尽净。

1975年当我流窜到苏北二度插队，再次面对当地村官的无奈：他们在田里商量，争吵，拖延，用力吐唾，每个脚趾缝涌出江北松软的泥，走上田埂，不看我，狠狠喝令会计批发口粮。我又被领到粮库，出来时，村民老小站成一圈，瞧着这个据说是知青的外地人，分食全村的口粮。

* * *

上海老家早已拆毁。如今要拍摄石库门弄堂的最后影像，须得撞见临近街区的断墙残壁。我穿行其间，有时一惊，依稀认出这是哪位老同学在七十年代的家。

每间陋室人去楼空，屋顶掀开，一地烂家当。这非人的居所并非命该被毁，只因万千私房从五十年代被充公、被改制，承受几代不具产权的住户，繁衍、膨胀、溃烂，丧尽尊严。我在瓦砾堆中几次踩到屋主的家庭照片，污损蒙尘，凝着微光：黑白照片大致摄于五十到七十年代，民国的爹妈和解放后出生的孩子依偎着，红领巾、红宝书，幸福而愚昧；彩色照片始于八十年代，同一家人，大的大了，老的老了，口红、烫发，廉价的西装与时装，更其愚昧而幸福。

三五上年纪的人在废墟间踯躅，显然是老住户，看去与我同龄，那么七十年代正当年轻，就近上学玩耍，及长，务工务农，八十年代成家立业，直到拆迁。平庸的悲剧悲喜莫辨，被驱逐的补偿是他们远在郊外的新公寓。三十多年前当我们爬上屋顶伫立风中，猖狂而茫然，谁曾想连绵弄堂万瓦鳞次，有一天会成废墟，更不曾想老来有住进公寓的命——煤气、冰箱、彩电、冷热水、抽水马桶，七十年代的民居完全没有这些，因为没有，事事理所当然：洗刷年夜饭后的油腻锅碗，用冰凉的水；冬日清晨抖瑟瑟升燃煤球炉，看炉火逐渐变蓝；挨家挨户的马桶等候粪车时，娘姨们和车夫打情骂俏……很久很久没用双手自己洗衣，一件件穿过竹杆，晾出去。移居纽约的母亲至今不肯放弃手洗的积习，只不必与邻里等候同一个水槽。

前现代生活并非地狱，时或简直天堂。没电视，但五十年代全国的小朋友从无线电聆听慈蔼的孙敬修老爷爷（七十年代他消失了）；贫家没有收音机，但隔壁弄堂的板车夫大叔常在家门口给大家讲桃园三结义，声若洪钟（七十年代谁敢当众讲古）。今日街巷不再有望之无边的乘凉人群，人人裎膀露腿，无耻而坦然。不过革命少女当街熟睡，深宵时分被人剪开亵裤的遭遇，时有所闻，肇事者的下场当然是逮捕枪毙。

“文革”初，芸芸弄堂一夜间沦为惨剧的舞台：这里那里的人家，门窗洞开，昼夜抄家，邻里屏息谛听：呵斥、咆哮、嚎哭、抗辩，沉重的家当连续扔出窗外，砰然碎裂，殴打的声响惊心动魄。几乎每天听闻谁家有人失踪或自杀：上吊、割腕、开煤气……有位老太太居然攀上屋顶，爬着，寻到羞辱她的那一户顶层，跳下去。活着的罪人低头走过，身首凝着他人的唾沫。我眼看对门那位穿旗袍的母亲当众发疯，声若游丝，缓缓移步，缓缓煽动展开的双臂，一脸令人惊怵的狂喜。

是的。只要看见残存的七十年代民居，我知道每个门洞后有过什么故事。记忆是该统统捣毁，如今京沪的神奇，是除了触目的伧俗繁华，看过去从未发生任何事情。

历史在原来作痛的无数地点消失了。但我心里时常望见七十年代的上海夜晚，掌灯时分，熄灭希望的家家户户被十五或二十支光灯泡照亮，团坐吃饭，温馨而凄凉。六十年代末的暴乱已告缓和，七十年代仿佛一张被轮番痛打的脸，宁静了，渐有活色。公园店铺熙熙攘攘，爱俏的男女偷偷裁剪衣装，电影院停业多年后开始放映几部革命电影，阁楼或天井传出小提琴声，不事声张的体育比赛恢复了，乒乓球原本流行，忽然时髦——1971年林彪事变前后的莫大事变，是基辛格、尼克松相继访华，美帝国主义长驱直入。我小学所在的茂名北路直通锦江饭店，《上海公报》即在那里签署，沿途所有住户因此招致严厉监管，包括晾晒的衣裤一律不得移出窗外。外宾被指定经过的街市一时货品充盈，春节才供应的全猪全鸡密匝匝堆出来，通体冰霜，只给看，不卖，美国人一走，当夜撤回——多年后我读到美国人的七十年代回忆，他们居然十分清楚当年来华观瞻的种种奥秘，就像今岁京城奥运会的全套应对也被万恶的西洋人看在眼里，只是琳琅道具可比那时阔气太多了。

* * *

统治，监管，如今的招数与七十年代相比，各有胜擅。父亲，戴帽右派，“文革”十年每年春节不许出门，于是大年初一将自行车扛到楼上，拆一地，细细擦拭——五类分子总算废除了，现在被各地官员层层扣押者是前仆后继的上访人员，再就是管不胜管的盲

凡是被发表的这类送别照片，大抵是被安排组织的场面，其状激昂。我所经历的上海车站送别，无不惨苦，引杜甫《兵车行》句，稍改动，是"爷娘兄妹走相送，哭声震荡火车站"。

流人口，数千万。前几年坐火车北上，尾端两节车厢挤挤挨挨坐满民工，据说没有暂住证，集体遣返，年纪最小的十三四岁，看守的武警也是农村孩子脸——九十年代上海黄蜀芹执导连续剧《孽债》，一开头便是横七竖八挤满乘客的昏暗车厢，几位被知青遗弃的小孩混票上车，北上寻亲，被查出，逮起来。镜头移出窗外，黑夜，车声隆隆，呼啸转弯：这一刻，我猛然撞见常年流离的七十年代。

现在车站送旅人，站台空寂。1992年从纽约初次回国，若有所失：车窗改成封闭式，送者寥寥，每一车门下站着女列车员。这就对了，但于老知青却是记忆的错位：七十年代站台送别永远是在列车无声起动的刹那，人群轰然暴哭，无数手臂扯紧又掰开，同时吵闹着高音喇叭播放的革命音乐……电影可能是火车生涯的最佳叙述，除了画面，车轮的密集音响才是记忆的神助：阔别神州十一载，那年回国头一次坐火车，清晨六点我被列车播音吵醒：杂音喧嚣的起始乐《东方红》，接着是播音员傲慢的诵词："中央人民广播电台"

1967年，乘客在营口火车站停车时必须全体下车，跳忠字舞，然后再上车，因过于荒诞，七十年代不再实行了。蒋少武摄。

——声势虚张，和过去一样，但那熟悉的非人腔调给我近乎刺痛的亲切：不是记忆，而是感官，我发现自己仍是七十年代的人质。

七十年代的记忆被火车贯穿："文革"十年，亿万人民不准迁徙，没有旅行，出行和返回一律需要公家证明，除非政治或商业性质的差旅，被准予在"祖国大地"往来南北的群体，是上千万知青：被赋予光荣的革命身份，却没有户口和单位的人。那时我在深山徒然羡慕靠近公路的村落，扒车混票，出得山来，路近省城一眼望见铁轨，思家之念汹涌难抑。筹划票钱是父母的大笔预算，贫家儿数年回不得家。赣州，宁都，地方知青也得下乡，也想回家。与我同村熬着一对赣州兄弟，吃苦、乖巧，不知家中什么事故，哥哥暗中筹划离开，没钱，决定一路帮工步行回家。忽一日我看他挑着行李疾步过村，远远大叫："保重啊丹青，你也要想办法走啊！"同时泪流满面——赣南山区每四五里路有明清留下的砖砌凉亭，予人歇息，墙上残留红军时代直到"文革"的标语。我久在山中学会长途跋涉，走啊走，人会平静坚毅。荒径草长，蛇！惊人地美丽，瞳仁与我对视刹那，倏忽逸走了，嘶嘶有声，遗下一窝蠕动的小蛇。

七十年代没有国道，没有立交桥，没有高速公路，除了自行车，没有任何人拥有私家车，火车、公交车、大卡车、拖拉机，全部属于国家（直到八十年代，汽车司机还曾是民女的最佳求偶对象）。军队与高层则是七十年代严格保密的移动群体。多年后，我从境外书刊获知毛在七十年代的数度出行：忽然起意备车，忽然中途改道，忽然在车厢逐一召见当地省官——“你们要对我说实话”，毛主席恳求他的属下——当年军区或地方高官配有吉普专车，不过与今日玩高尔夫球的新贵们的豪华进口货，不可比了。

七十年代有飞机的故事吗？现在首都机场仍然保留周恩来迎候尼克松的小小机场。那时几乎没有民用航空业，我唯一的空中旅行是1976年自南京去拉萨，当天机场的全部业务，只有一班飞机。

* * *

辽阔、贫荒、昏沉，七十年代远未梦见日后中国的路途，1949年后的政治变局从未如此密集，接踵而来，以持续阻断的形态联结七十年代——

1969年，分送各省农村的大规模遣散，启动了，世称“干校”，名单中囊括当时全国重要的文人和艺术家。上山下乡号令经已发布一年，数百万老三届初高中生以半数比例发配边省，我所属69届的遣送比例，则被时任上海市委书记的张春桥定为百分之百。

1970年，我与数万名初中生被发配赣南、皖北、云南、黑龙江，3月注销户口，4月初塞满一系列专程火车，喧哗哭叫，离开上海。

1971年，当毛主席将他的专列停靠南昌郊外约来省委书记进车厢秘谈时，我在当年他和红军盘踞的深山学会砍柴做饭，认定此生将永远落户农村。9月，林彪事败。

1972年初，我在蚊帐里收听到美国人来了，局势缓和，5月，由江青做主恢复歌舞表演和全国美展。同年，全国人民在中国乒乓球代表团出访北美四国的纪录片中，第一次看到西方的摩天大楼和二次现代化的种种景观。

1973年，各省出版业渐次恢复，我有幸被江西省出版社借调绘制连环画，走出山沟，去到南昌。同年，中央美院两位才子：描绘《开国大典》的内控右派董希文，描绘土地改革、来自延安的革命画家王式廓，盛年辞世。

1974年，我被告知仍须回乡务农，邓小平被安排去井冈山作革命“怀旧”之旅，意谓复职在即，年底，周恩来在四届人大斗胆宣布中国要实现四个现代化。那年我混票赴京，为观看全国美展。首都空旷宁静，古意苍苍。

1975年，邓小平施政展开，其中包括有限放宽并调整下放人员政策，我的私人变动是转赴江北落户，趋近上海，南京就在长江对岸。

1976年，元月周恩来死，3月邓小平下台，4月，南京北京相继爆发庞大骚动——我目击金陵城数十万工人借周恩来之死游行抗议，一路花圈高及树顶，浩浩荡荡——入夏是唐山地震。9月，毛主席逝世，乃有本文开始的一幕。不久华国锋上台，10月，“四人帮”就捕。

1977年，我回到江北，不久全国恢复高考。四五天安门运动被中央适时正名，历年积欠累累冤案的平反昭雪，闪现希望：毛终于走了，为“文革”时期乃至上溯1957年反右运动数百万旧案的一举重议，在是年中央文件中显露契机。

1978年秋，北上就学。深秋，西单民主墙贴出第一份民间政

五十年代的北京——直到七十年代中期我首度造访北京，故宫一带仍然如此。Frernand Gigon 摄。

"党不会杀害它的女儿"，张志新生前如是说。

论，并呼吁邓小平复出。冬初，十一届三中全会召开，国家宣布告别政治运动。年底，中美正式建交。不久，邓小平访美纪录片公映，中国人看见了白宫与曼哈顿，并聆听由丹佛演唱的轻型摇滚乐乡村歌曲。

1979年春，中越开战，西单墙被封。"文革"末期临刑时被切断喉管的女共产党员张志新忽然成为是年被隆重宣扬的人物，中国美术馆为之举办专展，纪念活动随即被抑制，相关连环画禁止出版。秋初，北京"星星"在野艺术团伙亮相受阻，上街游行。

这是一份被重复无数次的大事记，倒退三十多年，其中每件私事，无不仰赖国事的松紧与宽严，攸关亿万人的命运：命运就是公章——平反、出狱、回城、复职、退赔私产、准予高考、作品开禁……工人的奖金、农民的集市，终告合法，半合法半地下的琐屑事物，包括用稀有盒式磁带辗转录制邓丽君的歌声……离散的人团圆了，到处是追悼会和骨灰安葬仪式（刘少奇平反大会迟至1980年），控诉、涕泣、失态、过度惊喜、卑怯的感激——总之，一切的一切取

1980年，在杨述追悼会上痛哭的韦君宜与廖沫沙——“文革”收束后数年，公开与私人场合，随时有人忽然咒骂、哭泣、痛笑、浩叹。

决于公章和准许盖章的命令。农场朋友曾描述这等传奇：场部抽屉锁着公章，如玉玺，万难启用。1977年允许回城的国家指令下达了，为一拨拨申请人分别盖章，不胜烦，场部用一根长长的橡皮筋栓住图章，吊起来，大门洞开，四乡来人随时进入，一把扯下，自行盖章，盖妥了，命运的皮筋随即弹回原位。

自1976年底到1979年期间，虽然各省旧案的审断仍将案犯执行枪决，其中许多怨鬼稍后便属革命英雄。然而那时国家陶醉其间的总情绪可以概括为获颁大赦令，而党的语言甚至将1976年喻为1949年以来的“第二次解放”——若非严厉的讽刺，显然这是全党共识——“解放后”的成年人个个扬眉吐气，悲从中来。久违的文艺名流陆续出台，苍老、衰败，动辄哭笑，引吭高歌，近于疯癫——我们的好总理啊！你在哪里——扮演白毛女的老区歌手王昆同志在演唱中几度哽咽，收音机长时间录播她的泣不成声，还有超长的不断被自己打断的感言。

1978年，华尔兹舞曲带动第二次解放感带来的集体晕旋，在场地中央狂舞的男女全部五十岁上下，我辈不会跳，对这一延安时期和建国初年流行的西洋舞蹈，唯贴墙围观。第一学期的课外记忆是终日寻看内部上映的西方电影——凡事略微开禁，中国人的活力火速蹿升："文革"末期各省已闷着偷看若干"内部电影"——第一次目击全裸女子的彩色电影是墨西哥片，我的裤裆登时鼓起；卓别林《城市之光》笑得是肠胃抽筋，我强忍绞痛，以全部体能继续狂笑。

那年最庄严的单项记忆是中央电视台首播李德伦指挥贝多芬《第五交响乐》。虽然早就偷听古典音乐，但中国人玩弄的西洋弓弦在我错觉中似乎只为《沙家浜》伴奏——非常好听——此刻这些弓弦在中国奏响原本发自它的语言。不久，傅聪与小泽征尔被郑重请到，以亚洲脸作为视觉过渡，在七十年代初开国门面对西方时，可谓入情入理，我接连三场混在红塔礼堂聆听排练《第九交响乐》，当"四海之内皆兄弟"排山倒海唱起来，忽然我想起赣南的村民与荒山。

那时，贝多芬已逝世150多年——七十年代世界范围的太多剧情，很久以后才知道，才了解：当我在山溪冲洗那只无头死猫，巴黎五月学潮、美国嬉皮士运动、伍德斯托克露天摇滚乐大会、安迪·沃霍尔遇刺、毕加索逝世、萨特全瞎……这些人事均在六七十年代发生，科波拉的《现代启示录》、斯科塞斯的《出租车司机》、帕索里尼的《天方夜谭》、贝托鲁奇的《1900年》等经典电影均摄于七十年代。索尔仁尼琴、博尔赫斯、马尔克斯……长串的名单，他们，都在七十年代完成了自己最重要的作品。

我不想描述七十年代我与知识和艺术的可怜纠缠，当我后来去到域外，总算明白自己几乎是野蛮人。因此1978年上学后的发现值得一说：原来京城"文革"期间竟有诗人团伙、地下艺术家，以及早就试图谋反或治国的少年匹夫。至今的相关传说，最集中，最传奇，几乎获得唯一的叙述与被叙述者，是北京群体。他们在七十年代的流传书单，江南闻所未闻：《麦田里的守望者》、《二十二条军规》，还包括猫王与约翰 · 列侬的唱片……首都文艺高干子弟可能是这个圈子的背景甚至核心，乱世聚散，他们是共和国第一拨青苗，也是头一代忤逆的人，他们和父辈一样，天生渴望事功，天生不安分，诚哉居江湖之远而思庙堂之高，看来儒与我党的混合基因，不绝如缕——在几位老高中生的“文革”回忆中，他们研读内部刊行的西方政治、历史与经济译作，年纪青青，七十年代即以国务院的眼光思路，在边村油灯下摆弄未知的国家棋局了。

而当时代转亮，有人活着看到以上一切，却怀抱纯净的绝望，熄灭了：1976年12月，穆旦写出七十年代无可替代的诗作，《冬》，翌年2月死去。此刻，我不知该接引他的哪一句：“但如今，突然面对着坟墓”，还是“多少人的痛苦都随身而没”？我默念，不像读诗，而是面对死者的遗物：放回1976年，心情全出，那是七十年代极深处的真实，以性命承受这真实感，并非我辈，而是上一代人。

* * *

诸位：倘若我们当年不是十七八岁，而是身为父辈或祖父辈的老人，该怎样讲述七十年代？会不会愿意讲述？

在各种“文革”回忆文字中，我留心受难者的年龄和死去的年份。湮灭的平民算不清、没人说——却说拿天下的一代，1970年前后，贺龙、刘少奇、彭德怀、张闻天……相继恨恨而死，火葬时不具名姓，唯有编号。问题不在寿数，而是：有谁在七十年代进入晚年么？那是老来遭遇的大劫、地狱、没顶之灾，且无可逃遁。穆旦，还有不及活到1976年的顾准，当他们在七十年代写着诗与文，正是我们现在的年龄：现在，七十年代早已退远，我们苦尽甘来，但对于穆旦顾准，那十年是迎面而来的深渊：并非死亡，而是覆灭，“多少人的痛苦都随身而没”。

冯友兰、梁漱溟、胡风、周扬、沈从文、巴金……不少高寿的人物活下来，经落实政策，有人敬，有人伺候，坐在京城哪个院子或公寓深处，但看晚岁照片，给很深很深的绝望堵着，吐不出，咽不下，郁结为神色，显然难以消化七十年代的巨恶与毁劫；他们过去各自守护的主义、志业，似乎无助于七十年代给予的大绝望。严厉整人从无笑脸的周扬，晚年词汇总算出现“人道”，这迟来的良知，等同空话，令我厌恶，其实和以上几位曾在他鄙视与掌控范围的人相比，他的“文革”遭遇更坏：秦城监狱蹲了九年。

“这世界会好吗？”在生命终点，梁漱溟瞪着失去焦距的炯炯双目，如是说。

如今回来分羹的“海龟”人士有福了。悬想四五十年代自英美苏联回来报效祖国的前辈，除非会弄核子飞弹之类，老舍，傅雷，即选择自我了断，不肯熬到七十年代。我现在知道他们在外面黄油面包吃过，回来是什么意思，什么感觉，他们真的爱国家。我辈的品学怎与前代比呢，他们中有人便这样收场了。

穆旦还参加过抗日远征军，并曾留学美国。

比穆旦辈小一代的中年人，七十年代晚期大约四十多岁吧，留得一命，固然重拾尊严，得享晚年，但我记得1966年“文革”风动，父亲日常答非所问，心事重重。他在病榻向我口授书信，其中一句：“今年四十岁了，一事无成。”说这话时，“文革”才刚开始——诸事有成的中年人遭遇七十年代，也无非虎被犬欺。中央美院

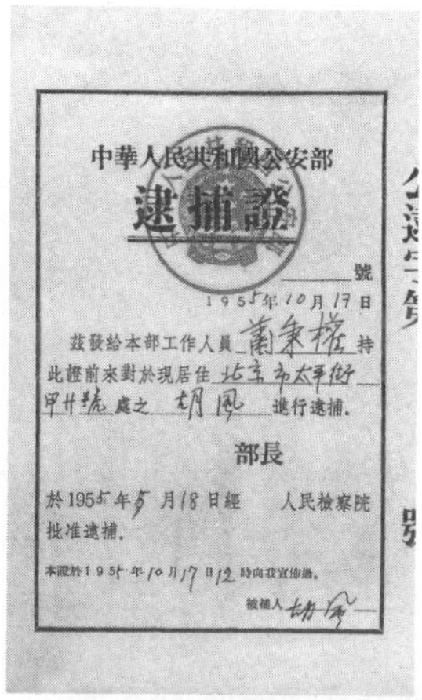

中華人民共和國公安部
逮捕證

號

1955年10月17日

兹發給本部工作人員[illegible]持此證前來對於現居住北京市太平街甲廿號處之胡風進行逮捕。

部長

於1955年5月18日經人民檢察院批准逮捕。

本證於1955年10月17日12時向我宣佈過。

被捕人 胡風

上左：胡风与梅志，1934年。上右：1955年，中华人民共和国公安部签发逮捕胡风的命令。下图：1949年9月第一届全国政协会议，自左至右：巴金、艾青、胡风、马思聪、史东山。

胡风家属，北京，2004年，周海婴摄——右上侧，胡风遗像。左站者，胡风的公子，酷似乃父，坐者即陪伴夫君受尽磨难的梅志。这件作品的经典感，无可形容，劫后余生的种种迹象，与无迹象，尽在其中矣。

教授侯一民先生，仪表非凡，学生时期即地下党员，“文革”初被侮辱痛殴时年仅三十多岁，几乎死，而父兄俱亡。1978年初见我，他端详片刻，说：你们可没给耽误啊！

是的。1976年后我目击多少中年长辈与悲观和时间展开持续博弈，或委身才学之外的去处。但那种奋然豁达，在深处，仍出于七十年代无可挽回的失败感——上回出《八十年代》，叫来我辈谈论，这次的叙述者仍是我们，这是一种权利么？七十年代的苦雨殃及所有人，若是人人痛说，本书不过滴水。然而寻求别种辈分的叙述，却也为难：晚生的七十年代印象，模糊不确，上几代则多数故去，即便存活，内心都想甩脱七十年代的阴霾——除了极少数人。“世界是你们的，也是我们的，但归根结底是你们的。”有时，我从各种高层回忆录的零星细节中，揣想毛周一辈怎样感受并度过七十年代，那是他们最后的岁月了，他们会料想共和国第一代孩子，我们，将怎样谈论七十年代吗？

欧美人谈起七十年代，至今神旺：不论文艺、哲学、越战，还是民权、金融、科技，那是战后资本主义阵营重建信念、开拓价值的好时光，是人家进入二次现代化的响亮时代；日本干干净净的崛起，正在七十年代，台湾九十年代初组织文人议述的七十年代专题，读来也和世界主潮不隔——我们的七十年代便是一部“阳光灿烂”么？不是说不像，而是如今叙述七十年代的人即当年失学撒野的小孩子，小孩子心眼中，四出耍闹的青春戏，竟可以是天堂。

谈论七十年代就是谈论“文革”。我们迄今尚未获致追究“文革”的堂堂共识，尤难找到准确的语言——西方反刍历史的思想工具，嫌太丰富：譬如汉娜·阿伦特剖析纳粹文化，头头是道，以赛亚·伯林痛陈民粹主义的百般迷障，尤其深广——他对阿伦特不以为然——在海德格尔、马丁·瓦尔泽、君特·格拉斯那里，同一历史公案持续展开强劲的道德纬度，紧张而饱满……然而西方的训诫总难契入我们的痛感，更与中国七十年代的灾相与祸源，大有所隔。我读《古拉格群岛》和奥斯维辛的故事，无话可说，然而劳改营和焚尸工程，毕竟呈现为一种人类罪恶的“行政架构”和“专业景观”，足使后人的指控有根有据，揭示历史脉迹的所以然。如此看看，中国人三十年来的浑浑噩噩若无其事，简直亿万活神仙。

而奥斯维辛与古拉格的罪孽，在西方无论如何是定了性了，那是反省与锐变的大前提——旧时代的账目远未结清，簇新的时代改头换面，出发上路了：这伟大的民族真会“向前看”，而至今毛的大肖像和大寝陵停在首都心脏，供人瞻拜……中国人的不治而愈，不愈而活，耿介如西洋人，弄不懂的，类似的历史修辞，他们没有。而中国修辞的古老历史，及这修辞所能涵括的道德与人文，自先秦到民国，经五四开裂，也还残破苟延至于五六十年代初，进入七十年代，行至终点，彻底溃灭了。

此后，种种“底线”的大规模丧失过程，于焉开始，直到现在。现在，这民族的万般活力与事功，已令世界瞠目，这倒是幸赖七十年代的教训与催逼，然而，图强求变的民族活力，与国家的元气不是一回事——此番便是这样地将七十年代匆匆表过，淹在书肆里，六十年代、五十年代，及上溯四十年代之前的岁月人事，如何打发？那都是历史的坏账滥账糊涂账，不追究前因的前因、后果的后果，我们活该世代幼稚——实在说，七十年代的人质无分年龄，那十年的癌细胞早经内化为众人的心理与生理结构，深藏而细腻，并抓住每一种理由，对内心说：忘却七十年代。

不是么？有关“文革”的讲述久已在芸芸多数那里，乖悖时宜，我听说近有高端学术论坛中的少壮豪杰，西装领带，当面申斥在场人士省思“文革”的发言。难怪，这类国家主义逻辑，早经根植于将历史活埋的七十年代。

* * *

朝露，翠岭，鹧鸪声从深壑间歇传来，灯油尽了，熄灭前，火苗忽然那么一亮，轻轻炸响，还有，雨后暴涨的山溪——在私人记忆中，我从未停止怀念七十年代。除了以上污浊纷乱的描述，假如我有过铭心刻骨的优美体验，全在那十年。什么能替代一个人在少年时分的所见所感？当我躺在板床上凝视法国巴比松派的风景画片，后山的大樟树亦如画中那样，亭亭如盖；油灯下读到《战争与和平》片段——罗斯托夫的弟弟与军中少年在雨夜摸索行走，彼此看不见，颤声叫道：你在哪里？——我游目出神，窗外也漆黑一片。而村头的溪，蜿蜒出山了，汇入两条宁都县境的清流，单是名字就多么好听：琴江与梅江，“春来江水绿如蓝”。

刻画承平岁月的种种恶，容易，讲述罪孽时代的片刻欢悦，很难，而且不宜。流落的滋味，容我直说，另有田园诗意，而自强的过程日后总会被解作浪漫。吃苦受罪的最佳时段是在青少年时代，倘若争气，赔得起，看得开。回顾七十年代的艰难是在个人遭遇和政治事件、青春细节与国家悲剧，两相重叠，难分难解——这篇长稿的命题不是私人履历，而是“七十年代”。

截至目前，我仍未打算回去赣南或苏北兀自怀旧。好在是十六七岁上遭遇流放，不懂事，仅有命运的触觉。七十年代算得天地不仁，终于拿青春没奈何。幸亏年轻！这题目，是为我辈侥幸，也为那时代无数被吞没的人。

2008 年 11 月 17 日

1970年，下乡前，我与弟弟。

图书在版编目(CIP)数据

荒废集/陈丹青著. —桂林:广西师范大学出版社,
2009.1(2015.4 重印)

ISBN 978－7－5633－7917－0

I. 荒…　Ⅱ. 陈…　Ⅲ. 杂文－作品集－中国－当代
Ⅳ. I267.1

中国版本图书馆 CIP 数据核字(2008)第 189780 号

广西师范大学出版社出版发行
(桂林市中华路 22 号　邮政编码:541001
网址:www.bbtpress.com)
出版人:何林夏
全国新华书店经销
发行热线:010－64284815
山东新华印刷厂印刷
山东省济南市经十路 125 号　邮政编码:250001
开本:965mm×1 270mm　1/32
印张:12　字数:160 千字
2009 年 1 月第 1 版　2015 年 4 月第 9 次印刷
印数:90 001～110 000　定价:48.00 元

联系人：陈先生
电话：010-84255528-8015
Email:cly@bbtpress.com
地址：100013，北京市东城区和平里兴化东里26号楼